Katie Davis Majors

Katie – Hoffnung gibt nicht auf

Mit einem Vorwort von Ann Voskamp

Aus dem amerikanischen Englisch
von Silvia Lutz

SCM
Hänssler

SCM

Stiftung Christliche Medien

SCM Hänssler ist ein Imprint der SCM Verlagsgruppe, die zur Stiftung Christliche Medien gehört, einer gemeinnützigen Stiftung, die sich für die Förderung und Verbreitung christlicher Bücher, Zeitschriften, Filme und Musik einsetzt.

Dieses Buch beruht auf Tatsachen. Dennoch wurden zum Schutz der Persönlichkeitsrechte einige Namen und Umstände geändert.
Kursive Schrift in den Bibelzitaten kennzeichnen Hervorhebungen des Autors.

FSC www.fsc.org MIX Papier aus verantwortungsvollen Quellen FSC® C006701

Übersetzung: Silvia Lutz
Umschlaggestaltung: Kathrin Spiegelberg, Weil im Schönbuch
Titelbild: © Mary McLeod, www.wanderingwithmary.com
Satz: Satz & Medien Wieser, Stolberg
Druck und Bindung: GGP Media GmbH, Pößneck
Gedruckt in Deutschland
ISBN 978-3-7751-5843-5
Bestell-Nr. 395.843

Für unsere Kinder
Diese Dinge will ich euch mitgeben

Inhalt

Vorwort von Ann Voskamp

Wenn man den Mut hat, Hoffnung zu wagen, kann das befreien und Ketten sprengen, obwohl man manchmal nicht einmal weiß, dass man in einem Gefängnis sitzt.

Und manchmal?

Manchmal ist uns gar nicht bewusst, dass die Hoffnung bereits schwach in uns glimmt, bis wir einem Menschen begegnen, in dem das Flüstern von Gottes Herrlichkeit wie ein loderndes Feuer brennt.

So ist es, als ich Katie unter der glühenden Julisonne auf dem roten afrikanischen Lehmboden ihrer Veranda treffe.

Fünf Minuten später sitze ich im Schneidersitz auf Katies Couch. Ihre kleinste Tochter hat einen Stapel Bücher angeschleppt und ich lese mitten in Uganda aus dem amerikanischen Kinderbuch *Ox-Cart Man* vor, während sich dieses kleine Wunder auf meinen Schoß kuschelt und den Kopf mit seinen Zöpfen unter mein Kinn legt. Ich habe das Gefühl, mein Herz müsse jeden Moment zerspringen.

Katie rührt in einem massiven Topf auf dem Herd Bohnen um. Eines der Mädchen zieht einen Stuhl heran und zerdrückt einen dampfenden Berg Kartoffeln, während ich dem kleinsten Mädchen die Geschichte vorlese. An der Wand über Katies Tisch hängt eine Weltkarte.

Wir könnten es in allen Küchen der Welt an die Wand schreiben: Du tust etwas Großartiges mit deinem Leben, wenn du mit Gottes großer Liebe unzählige kleine Dinge tust. Du veränderst die Welt, wenn du die Welt eines einzigen Menschen veränderst. Du verpasst im Leben nichts, wenn du Gelegenheiten ergreifst, andere Menschen so zu lieben, wie Jesus sie liebt.

Liebe ist kompliziert und gleichzeitig das Einfachste der Welt. Und sie ist das Einzige, worauf es ankommt.

Wenn man Gottes Liebe auf tausenderlei Weise kennenlernt, wird der Mut, Hoffnung zu wagen, so selbstverständlich wie das Atmen.

Wenn man nur fünf Minuten mit Katie zusammen ist, spürt und sieht man, dass sie ein Zeugnis für Liebe und Hoffnung und ein reiches Leben ist. Sie ist eine Frau, die laut und lange lacht. Sie erinnert ein wenig an einen Engel, wenn jemand sagt, sie wäre eine moderne Mutter Teresa.

Katie nimmt Jesus einfach beim Wort: Echtes Leben wird auf den Knien gelebt. Unsere Hoffnung ist ein mutiger Samen, den wir durch Gebet immer wieder aussäen und durch den wir in unserem Leben immer mehr Freude ernten.

Ein Mann, sichtbar von einem Virus angegriffen, kommt humpelnd an die Tür. Katie macht die Tür weit auf und holt ihm einen Stuhl. Ich sehe zu, wie sie seine Wunde verbindet. Katies Hoffnung ist ein Tunwort, das Gott die Hände hinhält, das den Menschen die Hände hinhält, das Hände und Herz hat. Und sie gibt die Hoffnung nie auf.

Wir gehen in die notleidende Umgebung hinaus, in der *Amazima,* der Dienst, den sie gegründet hat, hunderte Kinder ernährt. Wir singen Lobpreislieder, bis ich das Gefühl habe, der Himmel stehe über uns offen. Ich schiebe lachende Kinder auf Schaukeln an und sehe zu, wie diese Kinder in ihrer schwierigen Umgebung den Himmel berühren. Ich sehe, wie alle Hoffnungen zu Gottes weitem Horizont nach oben schaukeln.

Eine von Katies schönen Töchtern feiert Geburtstag. Katie und ich stehen in der Küche und bereiten sechs Pfannen Lasagne vor. Ich kann fast fühlen, wie der Himmel herabsteigt und diesem mutigen Glauben begegnet. Katie verköstigt heute Abend 22 Menschen an ihrem Tisch. Sie beugt sich in der Küche über meine Schulter und flüstert: »Bete bitte. Heute Abend kommt ein Freund, er heißt Benji. Es ist noch ganz frisch, aber vielleicht beruft uns Gott zu etwas, das weitergeht als nur Freundschaft. Vielleicht kannst du mit uns hoffen?« Katie lächelt und strahlt. Dank ihrer unablässigen Gebete und ihres unerschütterlichen Lobpreises trägt sie Strahlen der leuchtenden Sonne, Funken von Gottes unbestreitbarer Herrlichkeit in sich.

Als Katie an diesem Abend die Kerzen anzündet, kann man das Leuchten fühlen: In einem radikalen Leben geht es nicht darum, wo man lebt; es geht darum, wie man liebt.

Wie man Gottes Schönheit liebt, wie man sein schönes Volk liebt.

Es geht darum zu erkennen: Echtes Leben, große Liebe geschieht nicht, wenn man an einem bestimmten Ort ankommt. Es geschieht, wenn *Ihr* Herz an einem bestimmten Ort ankommt. Es ist egal, wo Sie sind. Es passiert genau da, wo Sie sind, ob in Afrika mit seinen Lehmstraßen oder in Amerika mit seinen asphaltierten Seitenstraßen.

Wenn Ihr Herz beschließt, sich in Gottes Arme zu begeben, bekommen Sie immer das, was Sie sich wirklich erhoffen: mehr von Gott.

Den Mut zu haben, große Dinge zu hoffen, heißt nicht, einen außergewöhnlichen Glauben zu haben. Es geht darum, in den kleinen, gewöhnlichen Dingen treu zu sein. Es geht darum, sich auf den nächsten Moment einzulassen, den einem Gott vor die Füße legt. Dann finden Sie, was Sie sich immer erhofft haben: Gottes Schulter, an die Sie sich lehnen können, Gottes Arme, die alles tragen, Gottes Herz, das Ihr Zuhause ist.

Ich werfe einen Blick hinüber auf Katie, die über die Kerzen lächelt, Katie, die strahlt, und da ist es: Radikales Leben, radikales Lieben, radikales Hoffen hat nicht so sehr damit zu tun, wohin Sie gehen, sondern mit einem Leben, in dem Sie Jesu Angesicht schauen und sich von ihm dort, wo Sie sind, in Bewegung setzen lassen.

Vielleicht führt Gott Sie auf die andere Seite der Erde. Oder er führt Sie dazu, dass Sie wieder glauben, dass Sie wieder etwas wagen, dass Sie wieder auf Gott und auf andere Menschen zugehen. Wenn Jesu tragende Liebe Sie führt, führt sie Sie mit der kühnsten Hoffnung in die Welt hinaus. Er führt Sie, dass Sie auf scheinbar unmögliche Dinge hoffen können, weil seine Nähe für Sie das Kostbarste ist.

Zu oft wollen wir Klarheit, aber Gott will, dass wir näher kommen. Träume werden konkret, wenn man näher kommt und sie durch Gottes reine Liebe sieht. Jede Seite dieses Buches, das Sie in Händen halten, ist reine Transparenz. Katies Herz und ihre Nähe zu Gott werden Ihnen den Atem rauben, und Sie werden erleben, dass Sie ein befreiter Gefangener der größten Hoffnung sind.

Nach der Geburtstagsfeier zündet Benji im Garten ein Lagerfeuer an. Katies 13 Töchter suchen Stecken. Benji hilft Katies Mädchen, einen Berg von Marshmallows zu grillen. Man sieht es in Katies Augen, wie sie ihn ansieht, wie sie ihre Töchter ansieht: Sie ist von der Wärme von Gottes Liebe, die nicht von dieser Welt ist, entfacht.

Als Katie in jener Nacht unter dem Sternenhimmel von Uganda stand, wusste sie noch nicht, wie die Geschichte, die Sie jetzt in Händen halten, weitergehen würde. Sie wusste nicht, welcher Kummer auf sie zukommen würde, sie wusste nicht, welche Kurven und Wendungen und Umwege die Straße vor ihr bereithielt, sie wusste nicht, dass sie Gottes Herrlichkeit erleben und ihn sehen und in allem von ihm gehalten werden würde.

Katie wandte sich an mich und sagte: »Die Antwort auf alles ist Beziehung.« Ich nickte und konnte die heilende Wärme fühlen.

Die Antwort auf jede Frage, die wir haben, ist immer eine enge Beziehung.

Eine enge Beziehung zu Gott.

Es kommt auf die Beziehung an. Katie lebt das auf eine seltene, echte und Jesus-revolutionäre Weise. Diese Seiten bezeugen eine enge Liebesbeziehung zu Jesus, die eine Hoffnung gebiert, die nicht enttäuschen kann. Wenn wir wissen, dass Jesus uns festhält, können wir uns immer an die Hoffnung klammern.

Meine älteste Tochter und ich verbrachten drei ganz gewöhnliche, ungewöhnliche Tage bei Katie und erlebten eine unverfälschte, authentische, erstaunliche Gnade. Hart erarbeiteter Friede herrschte und am Ende jeder Mahlzeit servierte Katie ihrer Familie Lebendiges Brot aus Gottes Wort, genauso wie sie es auf jeder Seite dieses Buches macht. Ich konnte nur denken: *Wir hoffen so gut, wie wir unseren himmlischen Vater kennen.* Katie hofft so, wie sie das Gesicht ihres himmlischen Vaters kennt. Das ist ein heiliges Zeugnis. Sie halten ein Buch in Händen, das dies bezeugt.

Dieses Buch wird Sie verändern.

Als Benji noch einmal im Feuer stochert, fliegen die Funken. Hoffnung steigt zum Himmel auf und selbst die Sterne loben Gott.

Ann Voskamp
Autorin der Bestseller
Durch meine Risse scheint dein Licht
und *Tausend Geschenke*

1 Eine Einladung, Hoffnung zu wagen

Meine Küche ist gelb gestrichen. Weil Gelb die Farbe des Sonnenscheins und der Freude ist und weil Gelb meine Lieblingsfarbe ist.

Sie ist nie so sauber, wie ich sie gerne hätte. Während ich in der Stille, nachdem die Kinder im Bett sind, hier stehe, folgen meine Augen einer Spur von Fußabdrücken aus rotem Lehm über diesem Boden. Eigentlich sollte er weiß sein. Tränen der Dankbarkeit steigen in mir auf. Geliebte Erinnerungen melden sich. Erinnerungen an vieles, das sich hier in dieser Küche zugetragen hat.

Diese Küche ist der Ort, an dem ich diene. Oft verbringe ich fast den ganzen Tag in dieser Küche. Durch das Fenster über der Spüle schaue ich in den Garten hinaus. Mein Blick wandert hinüber, wo die hohen Maispflanzen stehen und die Kinder zwischen Sonnenblumen und Zuckerrohrpflanzen Verstecken spielen. Ich sehe durch dieses Fenster den Mangobaum, an dem meine Mädchen oft hängen, glücklich und mit winkenden Armen und Beinen. Ich tue so, als würde ich mir keine Sorgen machen, dass sie herunterfallen könnten. Ich habe 13 Kinder, 13 kleine Mädchen, die sich schneller, als mir lieb ist, in junge Frauen verwandeln. Jedes einzelne Kind kam durch das unglaublich schöne, unglaublich schwere Wunder der Adoption in unsere Familie.

Ich stehe an diesem Fenster und manchmal habe ich das Gefühl, als würde ich den größten Teil des Tages hier verbringen. Ich spüle Geschirr, wasche Gemüse und singe Lobpreislieder. Direkt neben der Spüle ist die Tür, die in den Garten führt. Die Kinder laufen hinaus und herein, ihre endlosen Fragen, ihr lautes Lachen und ihre staubigen Fußabdrücke erfüllen unser Haus mit Freude. Das klingt zauberhaft, nicht wahr? Es kann auch zauberhaft sein.

Manchmal ist es jedoch nicht zauberhaft. Die Kinder quengeln und die Mutter verliert die Geduld und das Brot brennt an und alles kann ziemlich schnell unerfreulich werden.

Diese Arbeitsplatten, abgestoßen und mit Krümeln bedeckt, und die Spüle, neben der das Geschirr zum Trocknen hoch aufgestapelt ist, könnten viele Geschichten erzählen. Sie haben meine Freude gesehen, wenn ich durch das Fenster auf meine lachenden Kinder hinausschaue und meine Hände, an denen der Spülschaum hängt, im Lobpreis erhebe. Sie haben Tränen der Resignation gesehen, die ich wegen scheinbar hilfloser Situationen vergossen habe, während ich einen Berg Kartoffeln schälte und Psalmen aufsagte, um mein Herz zu beruhigen. Sie haben meine Zunge ungeduldige Worte zischen hören, wenn wieder einmal ein Kind durchs Haus brüllte. Später hörten sie meine geflüsterte Reue, wenn ich Gott bat, mich zu der Mutter zu machen, die ich gern sein möchte. Diese gelben Wände haben Lachen mit lieben Freunden bis tief in die Nacht und Trauer wegen gestorbener Träume am frühen Morgen gehört. Sie haben Schuldbekenntnisse und Erfolge und die Gebete so vieler leidender Herzen – einschließlich meines Herzens – gehört.

In diese Küche habe ich mich niedergeschlagen zurückgezogen, als ich ohne die vierjährige Pflegetochter zurückkam, um die ich vergeblich gekämpft hatte. Liebe Freunde versammelten sich um meine Töchter und mich und machten uns etwas zu essen. Ihre schweigende Hilfe bedeutete mehr als Worte. Ich erinnere mich an unser erstes Erntedankessen, das in dieser Küche zubereitet wurde, an meine Mutter, die das Festessen aus dem Ofen holte, Kinder, die glücklich tanzten, und Menschen – ach, so viele Menschen –, die diesen kleinen Raum füllten und Freude verbreiteten. Hier haben wir zu laute Musik gespielt und getanzt, während wir

Berge über Berge von Geschirr spülten. Hier habe ich Pflegebabys neben Töpfen mit Essen für Nachbarn auf die Arbeitsplatten gelegt. Hier, in dieser Küche, habe ich mitten in der Nacht erschöpft gestanden und hochkalorische Milch für Menschen angerührt, die um ihr Leben kämpften, und zu Jesus geschrien, dass er sie retten möge.

Ich stehe hier und gebe den Erinnerungen in meinem Herzen Raum. Vor meinem geistigen Auge sehe ich Kinder auf der Arbeitsplatte sitzen, die mir beim Backen zusehen und ungeduldig darauf warten, dass sie den Finger in das, was ich zusammenrühre, stecken dürfen. Ich höre das Tapsen kleiner Füße über dem Blubbern des Kaffeetopfs und die aufgeregte Stimme meiner Kleinsten, die verkündet, dass die Hühner am frühen Morgen »aufgeplatzt« sind. Und ich fühle, wie mich an diesem Ort Gottes Barmherzigkeit überflutet. Ich sehe unzählige Kochstunden, kleine Kinder, die um einen großen Topf herumstehen und eifrig abmessen, eingießen, umrühren wollen. Ich sehe Geburtstagskuchen – *so* viele Geburtstagskuchen –, die mit Zuckerguss überzogen und mit Schmetterlingen und Blumen verziert werden. Ich rieche Vollkornbrot, das jeden Tag warm in diesem Ofen aufgeht, und danke staunend, dass Gott unser tägliches Brot ist.

Ich denke an die Menschen, an die vielen Menschen, die im Laufe der Jahre an diesem Ort waren. Dank der Gespräche und Gebete und des Trostes in dieser Küche finden obdachlose Mütter einen Weg zu einem besseren Leben, werden Kinder geheilt, finden Freunde Ruhe und erwidern Menschen, die ich liebe, meine Liebe. Menschen lernen an diesem Ort den Herrn kennen. *Ich lerne den Herrn an diesem Ort kennen.*

Ich fahre mit den Fingern über die verkratzten Arbeitsplatten. Die Zeit vergeht zu schnell. Menschen werden von hier ausgesandt. Menschen, die nach Hause gehen, und Menschen, die in eine neue Zukunft gehen. Eines Tages werden auch diese Mädchen in ihre eigene Zukunft gehen. Es ist fast zu viel, die Zeit vergeht so schnell. Träume sterben und neue keimen auf, Babys wachsen zu Kindern heran und Kinder zu Frauen und Herzen zur Reife. Ich weine, weil ich alles für immer festhalten will, die Güte des Herrn an diesem Ort.

Ich habe hier gelacht, ich habe hier geweint, ich habe hier geschafft, und, *oh, ich habe hier gebetet.* An diesem Ort habe ich Gott besser kennengelernt. Ich habe nicht alles richtig gemacht, und an manchen Tagen habe ich das Gefühl, nicht genug zu sein, aber ich weiß, dass er genug ist. *Er ist genug.*

Direkt über dem Ofen sind diese Worte aus der Apostelgeschichte an die Wand geschrieben: »Sie nahmen gemeinsam die Mahlzeiten ein, bei denen es fröhlich zuging und großzügig geteilt wurde. … Und jeden Tag fügte der Herr neue Menschen hinzu, die gerettet wurden.«[1] Das ist mein tiefster Wunsch. Ich weiß es, so wie ich um meinen nächsten Atemzug weiß: Die Zeit vergeht, und diese Menschen werden gehen. Sie werden an neue Orte und in eine neue Zukunft aufbrechen, und nur Gott wird bleiben. Ich verteile in dieser Küche Mahlzeiten, aber ich will auch verteilen, was wirklich zählt. *Ich will allen, die eine Weile an diesem Ort sind, das Lebendige Brot geben, das Einzige, das wirklich zählt.*

Meine Augen wandern zu den Fußabdrücken, die zur Tür führen, und mit angehaltenem Atem frage ich, bitte ich: »Herr, wenn ich nur um eines bitten könnte, könnte ich ihnen bitte *dich* nahebringen?«

Vor zehn Jahren bin ich aus Tennessee nach Uganda umgezogen. Ich war erfüllt von etwas, das ich für Hoffnung hielt. Aber in Wirklichkeit war es eher naiver Optimismus. Wenn man mich damals gefragt hätte, wie der Herr meine Beziehung zu ihm am meisten vertiefen könnte, hätte ich darauf alle möglichen Antworten gegeben. Im reifen und weisen Alter von 19 Jahren dachte ich, viel zu wissen. Ich wollte mein Leben für Jesus geben. Ich wollte das Leben von Menschen verändern, indem ich sie das Evangelium von Jesus lehre und dazu beitrage, dass für ihre Grundbedürfnisse gesorgt ist. Gott würde mich gebrauchen. Ich wäre die Lösung.

Ich hatte keine Ahnung von der Schönheit, die ich in einem Leben, das Gott zur Verfügung gestellt wird, finden würde. Von der Freude, kleine Kinder meine »Töchter« zu nennen, mich fest an Jesus zu klammern und zu lernen, was das wirklich bedeutet. Die Freude echter und reiner Anbetung inmitten von Menschen, die nicht dieselbe Sprache sprechen, die aber zu demselben Gott beten. Die Begeisterung zu erleben, wie sich ein Leben verändert, weil es mit solchen einfachen Dingen wie mit Medikamenten und Lebensmitteln versorgt wird.

Ich wusste nichts von dem Schmerz, der mich auf der anderen Seite des Ozeans erwartete, auf der anderen Seite der Demut, wo ich erkennen würde, wie wenig ich zu bieten habe. Ich wusste nicht, dass ich ein kleines Mädchen, das mich jahrelang »Mami« genannt hatte, wieder würde hergeben müssen. Ich wusste nicht, dass ich die Verantwortung würde übernehmen müssen, einer Mutter ins Gesicht zu blicken und ihr zu sagen, dass ihr Kind nicht überleben würde. Ich wusste nicht, dass ich tiefe Freundschaften zu Menschen aufbauen würde, die von einer Sucht gefangen waren, und dass ich ihnen, sosehr ich mich auch bemühte, nicht würde helfen können, diese Sucht zu überwinden. Ich wusste nicht, dass ich mich um Menschen, die sich mit HIV infiziert haben, kümmern würde, einmal sogar monatelang. Und dass ich Gott verzweifelt anflehen würde, ihr Leben zu verschonen, und dass ich später ihre Hand würde halten müssen, während sie in die Ewigkeit hinübergehen und von Jesus auf der anderen Seite empfangen werden würden.

Und ich wusste nicht, dass ich inmitten großer Schmerzen und Trauer und Verluste eine Freude und einen Frieden erleben würde, die jedes menschliche Verstehen bei Weitem übersteigt. Die Realität erschütterte meinen Optimismus, aber ich erkannte, dass meine positive Einstellung ohnehin nur ein billiger Ersatz für echte Hoffnung war. Der Herr nahm die Dunkelheit und machte sie zu meinem geheimen Ort, an dem ich ihn persönlicher und tiefer kennenlernte, als ich es je für möglich gehalten hatte. Inmitten des Orkans, der mich umgab, erlebte ich einen wahren Trost, der so tief, so klar war, dass er sich einfach nicht leugnen ließ. Dieser Trost war Jesus. *Er war nahe.*

In unserem Schmerz ist er nahe.

In schlaflosen Nächten, wenn Freunde sterben und wenn Familien zerbrechen, ist Jesus der Einzige, der konstant bleibt. Er ist der Einzige, der genügt. Er hält meine Hände. Er berührt mein Gesicht. Er ist nahe, und er flüstert, dass der Tag kommen wird, an dem die Schmerzen vorbei sind und ich niederfallen und ihn für immer anbeten kann.

Im Laufe der Jahre erlebte mein Glaube mit allen meinen richtigen und falschen Antworten eine persönliche Berührung durch den lebendigen Gott. Meine Trauer war seine Trauer und meine Freude war seine Freude. In meiner Finsternis kannte ich ihn und er kannte mich. Inmitten des Schmerzes, den ich mir nicht freiwillig ausgesucht hätte, war er real und unbestreitbar und wahr. Wenn das Leben nicht so war, wie ich erwartet hatte, wenn die Hoffnung nicht das war, was ich dachte, schuf er in meinem Herzen Raum für sich.

Dieses Leben ist zwar ganz anders als das perfekte Leben mit zwei Kindern und einem Einfamilienhaus mit nettem Vorgarten, das ich mir früher vorgestellt hatte. Unser Haus ist bei Weitem nicht so gut organisiert, wie ich es gern hätte, und oft kommt das Essen zu spät auf den Tisch. Wir fallen im Supermarkt auf und wir schaffen nie den ganzen Schulstoff, den ich mir für die Woche vornehme. Wir kommen zu spät zum Gottesdienst. Manchmal kommen wir dort an und ein Kind hat keine Schuhe an und ein anderes hat vergessen, sich die Haare zu kämmen. Wir können ein wenig chaotisch sein. Aber wir haben einen Gott, der alles, was uns fehlt, ausgleicht, einen Gott, der Schönheit statt Asche und Ströme in der Wüste und Gnade für heute verspricht.

Ich habe das Gefühl, dass er mir diese Verheißung gibt: Diese Tage sind heilig. Gott ist hier und heute gut zu uns und wirkt alles zu unserem Guten. Er nimmt mir täglich die Schuppen von den Augen und öffnet sie mir, damit ich sehe. Es ist nicht das, was ich mir früher vorgestellt habe; es ist besser.

Unser Haus ist immer voll, aber es kommt mir nie zu klein vor. Im Laufe der Jahre haben wir eine Gewohnheit entwickelt, eigentlich einen Lebensstil: Wir öffnen unsere Türen weit, auch wenn wir das Gefühl haben, dass wir es nicht schaffen, uns noch mehr Menschen, die Gott in unser Leben bringt, zur Verfügung zu stellen. Aber wir sehen seine Güte, wenn wir ihm und anderen Menschen die Arme ausbreiten.

Er bringt sie immer. Menschen kommen zu uns, weil sie ein Glas Wasser suchen, ein freundliches Lächeln, eine Erlösungsgeschichte, einen Ort, an dem sie gern gesehen sind. Er füllt unser Leben und unser Zuhause mit schönen, kaputten Menschen und er erweist sich als Gott, der die Gebrochenen heilt und die Wunden benutzt, um seine Herrlichkeit zu offenbaren.

Die Geschichten, die ich auf diesen Seiten erzähle, sind nicht meine eigenen Geschichten. Es sind die Geschichten von vielen, die treuer sind als ich und diese Dinge erlebt haben. Es sind Geschichten von Menschen, die Gott meinem Herzen anvertraut hat. Ich bete, dass meine schwachen Worte ihnen die nötige Wertschätzung zukommen lassen. Es sind Geschichten voller Wahrheiten, die nicht nur für mich wahr sind, sondern für jeden, der Jesus in der Finsternis erlebt und diese dunkle Zeit sogar als Geschenk erfahren hat.

Es ist eine beängstigende Aufgabe, alles aufzuschreiben, Gott um Worte zu bitten, die wirklich nur auf ihn hinweisen, die Sie einladen, alles zu sehen: das Gute und das Hässliche, die Freude und den Schmerz, mein Herzblut, mit dem ich es zu Papier bringe. Aber auf der anderen Seite dieser beängstigenden Aufgabe, auf der anderen Seite des Risikos, der ganzen Welt mein verwundbares Herz zu zeigen, steht die Chance, dass Sie Jesus hier sehen, hier in unserer Küche, hier in unserem Leben. Vielleicht sehen Sie Jesus auch in unserem Chaos und in unserer Gebrochenheit und sind ermutigt, weil sie erkennen, dass auch in Ihrem Chaos und in Ihrer Gebrochenheit Barmherzigkeit und ein Sinn zu finden sind.

Vielleicht lesen Sie diese Worte und erleben eine reale, echte, anhaltende Hoffnung, die nur in Jesus zu finden ist. Eine Hoffnung, die mir an Orten begegnete, an denen ich es nicht erwartet hatte, an Orten, die ich mir nicht ausgesucht hätte. Eine Hoffnung, die inmitten von Schmerz und Schiffbruch geboren wurde.

Und so lade ich Sie ein, liebe Leser. Nicht weil wir Antworten hätten, sondern weil ich den Einen kenne, der die Antworten hat. Die Küche ist nicht groß, aber wir machen Platz. Kommen Sie herein. Zu einem Glas kaltem Wasser, zu einem freundlichen Lächeln, zu einer Erlösungsgeschichte, an einen Ort, an dem Sie gern gesehen sind. Mein kühnstes Gebet ist es, dass Sie hier auf den Seiten unserer Geschichten den Herrn finden, und noch mehr, dass Sie ihn auf den Seiten Ihrer eigenen Geschichte finden. Er ist in den schwersten Anfechtungen und in der größten Freude mein Begleiter. Es ist sein tiefster Wunsch, auch Ihr Begleiter zu sein.

2

Gotteskämpfer

Die verknitterten Seiten meiner Bibel liegen beim Buch 1. Mose aufgeschlagen neben Bergen von Gemüse, die darauf warten, zu Spaghettisoße verarbeitet zu werden, während ich den Mädchen durch das Küchenfenster zuschaue.

Dann blieb er allein zurück. Da kam ein Mann und kämpfte mit ihm bis zum Morgengrauen.

Als der Mann merkte, dass er Jakob nicht besiegen konnte, gab er ihm einen Schlag auf sein Hüftgelenk, sodass es ausrenkte.

Dann sagte er: »Lass mich los, denn der Morgen dämmert schon.«

Doch Jakob erwiderte: »Ich lasse dich nicht los, bevor du mich gesegnet hast!«

»Wie heißt du?«, fragte der Mann.

Er antwortete: »Jakob.«

»Du sollst nicht länger Jakob heißen«, sagte der Mann. »Von jetzt an heißt du Israel*. Denn du hast sowohl mit Gott als auch mit Menschen gekämpft und gesiegt.«

»Nenn mir deinen Namen!«, forderte Jakob ihn auf.

»Warum erkundigst du dich nach meinem Namen?«, fragte der Mann. Dann segnete er Jakob.

Jakob nannte die Stätte Pnuël – »Angesicht Gottes« –, denn er sagte: »Ich habe Gott von Angesicht zu Angesicht gesehen und trotzdem bin ich noch am Leben!«

---

* Hebräisch: »Gott kämpft« oder »Einer, der mit Gott kämpft«.

Die Sonne ging gerade auf, als er Pnuël verließ. Wegen seiner Hüfte hinkte er.[2]

Ich stehe am Spülbecken, meine Hände sind vom Spülwasser runzelig, und ich schaue zu, wie die Kinder mit Kohlblättern auf den Köpfen im Garten tanzen, während sie Sonnenblumensamen ansäen. Ich staune über ihre Widerstandskraft. Es ist November. Das Leben ist ausgefüllt. Lachen und glückliche Stimmen sind um mich herum zu hören, während ich Gott im Stillen harte Fragen stelle. Ich hätte nie erwartet, dass ich einmal solche Fragen haben würde.

Vor einem Monat wurde mein Leben an einem Tag wie heute, an dem die Sonne schien und der Wind wehte, auf den Kopf gestellt. Die leibliche Mutter eines meiner Pflegekinder, die ihr Kind verlassen hatte, tauchte nach drei Jahren zum ersten Mal auf und erklärte, dass sie ihre Tochter zurückhaben wolle.

Ich war immer ein großer Befürworter von Familienzusammenführungen, und bei uns haben im Laufe der Jahre viele Pflegekinder und sogar Erwachsene gewohnt. Wir hatten für sie immer das Ziel im Blick, wieder selbst auf die Beine zu kommen und ein eigenes Zuhause zu finden. Wir konnten dabei viele Erfolge verbuchen, und wir haben neue Pflegekinder mit echter Freude bei uns aufgenommen, bei denen wir wussten, dass sie nur für eine gewisse Zeit in unserer Familie bleiben würden. Wir liebten diese Menschen von ganzem Herzen. Unsere Hilfsorganisation *Amazima* – dieses Wort in der Sprache Luganda, die in Uganda gesprochen wird, bedeutet »Wahrheit« – versucht, dafür zu sorgen, dass Kinder bei ihren leiblichen Familien bleiben können.

Aber dieses Mal wollte ich das absolut nicht, denn dieses Mal ging es um *meine Tochter.* Wir rechneten nicht damit, dass Jane nur vorübergehend bei uns wohnen würde. Sie war mit nicht einmal zwei Jahren in einem großen, leeren Haus allein gelassen worden und wohnte bei uns. Eine Nachbarin hatte sie gefunden und zu uns gebracht. Es gab keine Anzeichen dafür, dass irgendwelche leiblichen Angehörigen bereit wären, sich um sie zu kümmern. Und so begann ich mit dem Papierkrieg, um ihre Adoption rechtlich abzusichern. In meinem Herzen war sie jedoch schon ein festes Mitglied unserer Familie. Ich nannte sie mein Kind, und ich hatte das Gefühl, dass Gott das auch so sah. Ich kämmte ihr die Haare und lehrte sie das Alphabet und legte sie als ihre Mutter mit einem Kuss abends schlafen. Ich küsste ihre Wangen mit den Grübchen, schwang sie lachend auf meinen Schoß und erinnerte sie als ihre Mutter daran, sich die Zähne zu putzen. Sie sprang aufs Bett und saß mit ihren Schwestern am Tisch und stellte ihre kleinen Schuhe zu den anderen Schuhen unserer Familie neben die Tür.

Plötzlich wurde klar, dass sie nicht zu unserer Familie gehören sollte.

Ich hatte das Gefühl, dass ich mich über Lisas Wunsch, Jane als ihre Tochter zurückzuhaben, eigentlich freuen sollte. Aber bei dieser völlig unerwarteten und scheinbar unfairen Wende erfüllten mich nur Wut und Trauer um einen schmerzlichen Verlust. Ich kannte Lisa nicht. Obwohl ich ihr eine Chance geben wollte, beunruhigten mich die vielen Hinweise zutiefst, dass sie vielleicht nicht für die Verantwortung bereit sein könnte, die es bedeutet, Mutter zu sein. Die süße Jane war wegen dieser fremden Frau, die aus heiterem Himmel auftauchte und ihr Leben auf den Kopf stellte, völlig verwirrt. Wir waren die einzige Familie, die sie je gekannt hatte, die einzige Familie, an die sie sich erinnern konnte. Äußerlich tat ich, was ich konnte, um ihr eine erfolgreiche und gesunde Umstellung zu ermöglichen, aber innerlich kämpfte ich. Ich war Jakob, der Gotteskämpfer.

Ich erinnere mich an diese Zeit wie an eine Diashow mit Standbildern: Janes abgeblätterter, rosa Nagellack an ihren Fingern, die sich um ihren Rucksack verkrampften, als sie zu einer Frau, die sie nicht kannte, ins Auto stieg. Ihre Schwestern, die mich anflehten, sie zurückzuholen, und meine stammelnden Worte, als ich versuchte, ihnen die Sache mit Barmherzigkeit und Verständnis zu erklären. Ich, wie ich später in Tränen aufgelöst im Garten zusammenbreche. Mein lautes Flehen zu Jesus, dass das bitte nicht wahr wäre, dass alles bitte nur ein schlimmer Traum sein solle, aus dem ich bald aufwachen würde und mein Leben wäre wieder normal und meine Kinder, *alle* meine Kinder würden gemeinsam zufrieden am Mangobaum schaukeln.

Aber mein Weinen änderte nichts. Jane lebte in einer anderen Stadt mit einer anderen Mutter, die ihr half, sich die Zähne zu putzen, und sie das Alphabet lehrte. Sie zog ihre Schuhe an der Tür eines anderen Hauses aus, während ihr Platz an unserem Tisch und ihr Bett in ihrem Zimmer leer blieben. In dem Monat, als sie weggegangen ist, habe ich oft auf diesem Bett gesessen und den Herrn unter Tränen angefleht, mir mein kleines Mädchen zurückzubringen. Aber er hat gesagt: *Nein, dieses Mal nicht.*

Was tust du, wenn deine vierjährige Tochter plötzlich nicht mehr dein Kind ist und in deiner Familie ein Loch ist? Und wenn in deinem Herzen ein noch tieferes Loch ist? Wie stehst du Tag für Tag wieder auf und begegnest einer Welt voll Gebrochenheit, Schmerz und Versagen? Du murmelst die Frage und hoffst, dass dich niemand hört: *Ist Gott wirklich gut? Sieht er mich wirklich? Wie kann er uns in diesem ganzen Durcheinander lieben?*

Zum ersten Mal stellte ich Gott infrage, obwohl ich ihm, seit ich klein war, immer aus ganzem Herzen vertraut habe. Ich flüsterte Fragen, obwohl ich das Gefühl hatte, dass ich sie nicht stellen sollte: »Bist du *wirklich* gut? Kannst du gut sein, wenn es auf dieser Welt so viel Leid gibt? Siehst du mich wirklich? Liebst du uns wirklich?« Diese Fragen beunruhigten mich, aber sie ließen sich nicht verdrängen. Wie sollte ich Gottes Güte in dieser Situation erleben, wenn ich *nicht* in dieser Situation sein wollte?

Wie Jakob taumelte ich, aber Gott ließ mich nicht los. Im Gegenteil, er hielt mich noch stärker fest.

Das Leben, wie ich es jahrelang gekannt hatte, gab es nicht mehr. Jede Woche fuhr ich die fünf Stunden in die Kleinstadt, in der Jane jetzt mit ihrer Mutter lebte. Sie sollte unbedingt wissen, dass wir sie nicht im Stich ließen und nicht vergessen hatten. Sie sollte sich geliebt fühlen und merken, dass wir sie bei ihrer Umstellung auf das Leben bei ihrer Mutter unterstützten. Ich war diejenige, die Jane bis vor Kurzem als Mutter gekannt hatte. Ich musste meinem vierjährigen Mädchen versichern, dass diese Veränderung gut und sicher und in Ordnung war. Ich war überzeugt, dass es für Jane gut wäre, diese Sicherheit zu fühlen, auch wenn ich immer noch kämpfte. Auch Lisa sollte wissen, dass ich sie dabei unterstützen würde, die beste Mutter zu sein, die sie sein konnte, auch wenn ich das selbst überhaupt nicht wollte.

Während der langen Fahrt zu Janes neuem Zuhause schaute ich auf die holprigen Lehmstraßen und grünen Teefelder hinaus und versuchte, das alles zu verstehen. Ich versuchte, in dem Schmerz einen Sinn zu finden, versuchte zu glauben, dass Gott hier und jetzt gut *zu mir* war. Wir aßen zu dritt, ich wusch Janes lange, dicke Locken und kämmte vorsichtig ihre verknoteten Haare. Ich kitzelte sie und schmiegte sie an mich und versuchte, dem kleinen Mädchen das Lachen zu entlocken, das ich so liebte. Aber seine Augen starrten jetzt leer und verwirrt eine Frau an, die es jahrelang »Mami« genannt hatte und die es jetzt im Haus einer anderen Frau zurückließ. Ich betete über ihrem kleinen Kopf und erzählte ihrer neuen Mutter Geschichten aus ihren ersten Lebensjahren. Ich erklärte Lisa, welche Lotion Janes empfindlicher Haut guttat und dass sie ihre Schuhe mit einem doppelten Knoten zugebunden haben wollte, damit sie nicht das Spielen unterbrechen musste, um sie wieder zuzuschnüren. Ich zwang mich zu einem Lächeln und zu begeisterten Worten über das neue Leben, das sie jetzt führten, während ich im Stillen Gott fragte: *Warum?* Dann küsste ich beide und fuhr nach Hause zurück, wo meine anderen Kinder ihre kleine Schwester vermissten. Während der ganzen langen Fahrt bat ich Gott um *meinen* Weg und dass *mein* Wille geschehen würde.

Ich kämpfte wie Jakob. Ich ballte die Fäuste und sagte zu dem, was Gott mir gegeben hatte: »Nein.« Nein, ich wollte das nicht. Ich wollte nicht dieser Mensch sein, nicht diese Familie. Das war nicht mein Plan gewesen. *Das passt mir nicht, Gott.*

Aber irgendwie glaubte ich tief in meinem Herzen, dass ich Gott hier sehen könnte.

Wenn ich an Jakobs Geschichte dachte, hatte ich das Gefühl, dass er in seiner Forderung an Gott zu kühn war: »Segne mich! Ich lasse dich nicht los, bevor du mich gesegnet hast!«[3] Aber meine Kühnheit stand Jakobs kühner Forderung in nichts nach. Es ist kühn zu erleben, wie das Leben um dich herum zerbröckelt, und trotzdem irgendwie zu glauben, dass Gott seinen Segen schenkt. Diesen Glauben habe ich nicht in mir gefunden. Es war ein Glaube, den Gott mir auch in meinem Zweifel ins Herz legte. Mein Herz verlangte auf seiner Suche nach einem Gott, der nicht nur gut, sondern auch persönlich ist, wie Jakob: »Ich will dich hier sehen! Ich will den Segen sehen!«

Gott ließ mich nicht los. Und die Sonne ging weiterhin auf. Langsam, zögernd erlebte ich, dass der zerbrechliche Rahmen meines Glaubens entfernt und durch ein tieferes Verständnis ersetzt wurde, das mich mein Leben lang nicht losgelassen hat: Ich würde Gott in meinem Kampf sehen.

Gott begann, in *seiner* Sprache Dinge neu zu definieren, die ich früher in meiner eigenen Sprache definiert hatte. Ich hatte immer geglaubt, dass Schönheit in allen Dingen gefunden werden kann. Bis vor Kurzem hatte ich gedacht, diese Schönheit wäre in einem

»Happy End« zu finden. Ich hatte unbewusst geglaubt, Gottes Segen zeige sich nur, wenn alles gut ausgeht. Und so betete ich und wartete darauf, dass sich die Schönheit nach meinen Vorstellungen offenbaren würde. Ich wollte eine schöne Geschichte schreiben, in Glanzpapier und mit Schleife. Die Geschichte mit dem Happy End, das ich wollte, hübsch und sauber und nicht schmerzhaft oder verwirrend.

Aber Tage, Wochen und Monate vergingen, und diese Geschichte ging nicht nach meinen Vorstellungen aus.

Ich schaute meine ugandischen Brüder und Schwestern in ihrem leidenschaftlichen Glauben an Christus an und sah, dass ihre Geschichten auch nicht so endeten, wie sie es planten oder sich wünschten. Ich kannte Frauen, die treue Ehefrauen und Mütter waren, dem Wort Gottes treu, und die trotzdem Müllhaufen durchwühlen mussten, um am Ende des Tages etwas für ihre Kinder zu essen zu haben. Ich kannte Familien, die ihre Kinder genauso sehr liebten wie ich meine, aber mit ansehen mussten, wie sie starben, weil sie keinen Zugang zu bezahlbaren Medikamenten hatten. Ich kannte Kinder, die ihre Eltern aufgrund einfacher Krankheiten, die verhindert oder behandelt werden könnten, verloren. Überall, wohin ich schaute, sah ich Leiden. Ich sah dafür zwei Erklärungen: Entweder ist Gott nicht der, der er sagt, oder er ist es und ich musste neu lernen, ihn auch in schweren Situationen zu erkennen.

Ich verschlang die Bibel auf neue Weise und versuchte, Antworten auf meine Fragen zu finden. Ich bewegte mich wie im Nebel und las die Worte aus dem Römerbrief immer wieder: »Gott hat nicht einmal seinen eigenen Sohn verschont, sondern hat ihn für uns alle gegeben. Und wenn Gott uns Christus gab, wird er uns mit ihm dann nicht auch alles andere schenken?«[4] Alles. Alles, was wir brauchen. Konnte ich das glauben? Konnte ich glauben, dass Gott alles gab, was ich brauchte, selbst wenn es nicht das war, was ich wollte?

Ich wusste, dass ich lernen musste, das zu glauben. Für mich, für meine Kinder, für die, denen wir dienten. Wir mussten glauben, dass Gott, der seinen Sohn gegeben hat, uns alles gibt, was wir brauchen. Wir mussten glauben, dass *dies* Schönheit genug ist, auch ohne Happy End. Auch wenn Gott mein Gebet nicht so erhörte, wie ich wollte, hat er es erhört. Auf mein ganzes Schreien und mein ganzes Bitten und meine ganzen Fragen hatte er eine Antwort. Er sagte zu meiner Bitte nicht *Ja*, aber er schwieg auch nicht. *Ich mache das auch schön,* flüsterte er. Konnte er das? *Ich habe dich bereits gesegnet,* sprach er wieder in mein Herz. Und dann betete ich immer wieder: *Oh, Herr. Gib mir Augen, die sehen.*

Ich begann bei Jesus, dem Segen, den ich nicht übersehen konnte. *Er, der auch seinen eigenen Sohn nicht verschont hat,* dachte ich. *Was hat er noch gegeben? Was muss ich noch sehen?* Ich dachte immer noch über diese Fragen nach, als ich eines Tages in meiner Küche stand und wieder einmal nach einem Besuch bei Lisa und Jane Geschirr spülte. Ich zog mit immer noch runzeligen Händen einen Klebezettel heraus und schrieb darauf: *Danke, Herr, für die Widerstandskraft meiner Kinder. Danke für das Licht, das durch die Küchenfenster hereinfällt, und dass der Geschirrberg sauber ist. Danke für den Sonnenblumensamen, der eines Tages schön aufblühen wird.* Und dann mehr zu mir selbst als zu ihm: »Wie sollte er uns mit ihm nicht alles schenken?« Wasser tropfte auf den Zettel und die Tinte verlief. Ich klebte den rosa Zettel an die Wand.

Konnte ich auch hier die guten Dinge sehen? Konnte ich lang genug kämpfen, um auch in dunkler Nacht seinen Segen zu sehen?

An diesem Tag sah das Leben von außen gut aus, mit glücklichen Kindern im Garten und dem Eintopf, der auf dem Ofen köchelte. Man hätte meinen können, dass ich »es« als Christ geschafft« hätte. Ich war Mutter mit einem Haus voll kleiner Menschen. Ich leitete von zu Hause aus einen immer größer werdenden christlichen Dienst, der Hunderten Kindern und Familien half, indem wir sie mit Bildung, Essen, Medikamenten und biblischer Lehre versorgen. Aber trotz dieser oberflächlichen Zeichen für angeblichen Erfolg lernte ich erst jetzt, mich vollständig und rückhaltlos auf Gott zu verlassen. Ich musste erst noch seine schöne, zarte Seite kennenlernen, die mich, obwohl ich so bin, wie ich bin, rückhaltlos liebt.

Nicht äußerlicher Dienst oder Erfolg lehrten mich, wer Gott wirklich ist. Nicht der lange Weg zum Pnuël veränderte Jakob, sondern das Kämpfen. Ich kämpfte darum, das Gute zu sehen, die Worte zu glauben, die ich andere zu lehren versuchte. Mein Schrei war derselbe wie der aus Jakobs Mund: »Ich lasse dich nicht eher los, bis du mich gesegnet hast!«

Und so begann ich, meine eigenen Worte aufzuschreiben, nur für mich. Ich schrieb die vielen Dinge auf, die ein Segen sind. Klebezettel begannen, die Küchenwände zu säumen und alles zu bezeugen, was Gott uns gegeben hat. Ich musste es sehen. Ich musste es glauben. Und so schrieb ich: *Klebrige Lutscher und schnelle Entschuldigungen. Lachen um Mitternacht und ein warmes Baby in der Trage. Ein volles Haus, in dem jeder Raum für die Liebe genutzt wird. Schwestern, die helfen. Der Wind in meinen Haaren.* Die Küche füllte sich mit diesen kleinen Zetteln, die mir als Erinnerung dienten. Sie wurden zwischen dem Kartoffelschälen und dem Versorgen von Herzen und dem Bücken über den Wäschebergen, wenn die Kinder im Bett lagen, geschrieben.

Wenn mein Kopf keine Ruhe fand, weil ich mich fragte: »Wo ist Gott in diesem Chaos?«, begann mein Herz, die unerklärliche Tatsache zu begreifen, dass er direkt neben mir war. Der eine Segen war groß, der andere war klein, aber es war nicht zu leugnen, dass er überall war. Ich kannte Gottes Gegenwart auf eine Weise, wie ich sie früher nicht gekannt hatte. Die Dankbarkeit heilte mich. Dem Gott zu danken, der gibt und der nimmt und der in jeder Situation mein Erlöser bleibt, hat mein Herz neu auf ihn ausgerichtet und mich stark gemacht. Ich leide immer noch. Gotteskämpfer. Ich humpelte. Ich konnte immer noch kaum fassen, was er alles für mich hatte, ich lernte immer noch zu sehen. In diesem Kampf begann Gott, mir in einem langen Prozess die Augen zu öffnen. *Saubere Wäsche, Regen, der auf dem Blechdach tanzt, Freunde, die zuhören. Mangos von unserem Baum, geflüsterte Gebete, Gnade für heute.*

Dankbarkeit führte mich in die Gemeinschaft mit Gott. Hier hat Gott seine Schönheit für mich völlig neu definiert. Diese Schönheit kam, weil er bei mir war, noch bevor das Happy End kam. Sie kam, selbst wenn meine Vorstellung, wie das Happy End aussehen sollte, nie wahr wurde.

Es ist Weihnachtszeit. Ich mache Schafkostüme für das Krippenspiel nächste Woche. Weihnachtslieder hallen aus Lautsprechern durchs Haus und werden von Kinderstimmen gesungen, die nicht immer die richtige Melodie treffen. Wie jedes Jahr schüttele ich den Kopf darüber, dass die glühende afrikanische Sonne mitten im Dezember auf mich herabbrennt. In meinem Kopf schwirren die Gedanken, was ich alles noch zu tun habe. Mein Herz sehnt sich danach, den Mädchen inmitten der Trauer über ihre verlorene Schwester ein normales Weihnachten zu bereiten. Wir erwarten über zwanzig Gäste zum Weihnachtsessen. Wir haben es immer geliebt, viele Leute zum Essen zu haben, wenn das Haus voll ist und in ihm Leben und Lachen herrschen. Aber heute fühlt sich der Gedanke, für so viele Menschen zu planen und zu kochen, fast wie eine Last an. Jeder Schritt fällt mir schwer. Wie wird Gott meinem Herz helfen zu sehen, zu empfangen, zu feiern, wenn bei unseren Familientraditionen ein kleines, fröhliches Familienmitglied fehlt?

Wir steigen in den Kleinbus und fahren über Schlaglöcher und Fahrrillen auf den Markt. Der ist voll mit Menschen und Gerüchen und Schmutz. Dort suchen wir uns den größten Truthahn aus und die Mädchen diskutieren, wer den widerspenstigen, lebendigen Vogel auf dem Heimweg halten darf. Ich bitte sie, ihm keinen Namen zu geben, da wir sonst unser Weihnachtsessen an den Kleintierzoo verlieren, der aus Moses, dem Igel, und Bo, dem behinderten Kater, und den anderen Tieren, die sie im Laufe der Jahre gesammelt haben, besteht. Wir ziehen los, um unsere anderen Lebensmittel zu kaufen, Kartoffeln aus einem Jutesack und Karotten frisch aus der Erde. Ich wünsche, ich könnte hier auf dem Markt zusammen mit meinen Zwiebeln auch Freude einpacken. Ich schicke meiner Freundin Renee eine Nachricht und bitte sie, eine Nachspeise mitzubringen, da mein Kuchen immer zerfällt. Alles scheint so zu sein wie jedes Weihnachten. Ich wünsche mir verzweifelt, dass es so ist.

Später hänge ich Strümpfe an die Wand, während meine Jüngste, die zweijährige Patricia, auf dem Esstisch tanzt und nicht erwarten kann, was kommen wird. Die Mädchen betteln, dass sie den Baum schmücken dürfen, den ich erst noch aufstellen muss. Das muss noch ein wenig warten. Sie beschäftigen sich damit, dass sie die Figuren der kleinen Krippe aus Bananenfasern aufstellen und entzückt über das Jesuskind kreischen.

In diesen gewöhnlichen Momenten bin ich so dankbar für meine Mädchen, die Schweres durchgemacht haben, die eine Familie verloren und eine neue Familie gefunden haben. Ich bin für ihre Liebe und ihr Leben und ihr Lachen dankbar. Aber ich bin auch dankbar für ihre praktischen, alltäglichen Bedürfnisse, die mich zwingen, jeden Morgen aufzustehen, die mich daran hindern, in Traurigkeit und Selbstmitleid zu versinken. Diese 13 Herzen brauchen mich immer noch, klammern sich immer noch an mich, und das hilft mir bei jedem neuen Schritt. Ich brauche es, dass sie mich brauchen. Auch wenn ich leide, geben mir ihre alltäglichen, gewöhnlichen Bedürfnisse in meinem Schmerz eine Aufgabe.

Ich komme zu Janes Weihnachtsstrumpf und frage mich, was ich tun soll. Ich kann ihn nicht aufhängen. Ich kann ihn nicht wegwerfen. Ich bin hin- und hergerissen zwischen dem Glauben, dass Gott in allen Dingen gut ist, und einem verwirrten Schweigen.

Ich versinke in diesen Gedanken, während die Sonne am Horizont untergeht. Das Telefon klingelt. Eine junge Frau, Maria, hat im Krankenhaus in unserer Straße ihren kleinen Jungen zu früh entbunden, und die Ärzte können ihre Blutung nicht stillen. Meine langjährige Freundin Christine, Sozialarbeiterin in unserer Organisation, ist am Telefon und bittet mich zu kommen. Also verspreche ich den Mädchen, dass ich den Baum morgen aufstelle, decke sie zu und drücke ihnen einen Gutenachtkuss auf die Stirn. Dann bitte ich die Älteste, auf ihre Schwestern aufzupassen, und fahre zum Krankenhaus.

Bitte nicht wieder, Herr. Mein Verstand arbeitet auf Hochtouren, während ich die kurze, holprige Strecke zurücklege. *Bitte nicht wieder.*

Das Krankenhaus ist schwach beleuchtet, aber die Blässe in Marias Gesicht ist unverkennbar. Sie verliert immer wieder das Bewusstsein. Ich sitze auf ihrer Bettkante, drücke ihren neugeborenen Sohn an meine Brust, um ihn warm zu halten. Die Farbe blättert von den Krankenhauswänden, Frauen stöhnen in ihren Wehen. Die Zeit scheint stillzustehen, als ich seine perfekten, kleinen Finger und Zehen betrachte. Maria bittet stöhnend um Wasser. Christine hält Maria eine Tasse an die Lippen und geht dann einen Arzt suchen. Ich starre auf den rissigen Betonboden und denke an Bethlehem.

Ich kann mir den Gestank vorstellen.

In der sengenden Hitze hat Josef 150 Kilometer zu Fuß zurückgelegt und Maria ist diese Strecke auf dem Esel geritten. Der Wind hat ihnen ins Gesicht geweht und der Staub und Schmutz der Straße kleben an ihnen. Noch mehr Schweiß strömt von Marias Stirn, als die Wehen einsetzen. Der Stall ist mit den Tieren der vielen Reisenden vollgepfercht. Fliegen surren in der Hitze um sie herum. Ein süßlicher Heugeruch und der Gestank von Dung liegen schwer in der Luft.

In diese Umgebung hinein wird ein Baby geboren.

Ich habe solche Geburten schon erlebt. Die Frau presst und das Baby fällt im Dunkeln einer winzigen Lehmhütte, in der das Licht von nur einer dünnen Kerze brennt, auf die Erde. Die Augen suchen etwas Scharfes, mit dem die Nabelschnur durchtrennt werden kann. Wasser ist ein Luxus und so weit entfernt, dass man es um diese Zeit nicht holen kann. Also wickeln die Frauen der Dorfgemeinschaft das Baby in die schmutzigen Lappen, die sie finden können, ohne es vorher abzuwischen.

Ich stelle mir Josef vor, wie er nach irgendetwas sucht, das er in dem schwachen Licht finden kann, um die Nabelschnur zu durchtrennen, und wie er sich dann beeilt, um das Kind einzuwickeln, wahrscheinlich in Lumpen, die den Gestank und Schmutz der Straße an sich haben. Zitternd und erschöpft wickeln sie ihn so gut sie können ein, verscheuchen die Fliegen und legen ihn in denselben Trog, aus dem die Tiere gefressen haben.

Siehe, der Erlöser.

In diesem Moment erfüllt Gott jede Verheißung, die er je gegeben hat. Das ist Gottes perfekte Zeit. Das ist sein perfekter Plan. Seine Verheißung ist einfach und gleichzeitig unglaublich: Emmanuel, *Gott ist mit uns.* Gott selbst, hier in unserem Schmutz. *Selbst hier in meinem alles andere als idealen Weihnachten ist er das Einzige, was ich brauche.*

Er macht sich ganz gering, er hat keine höhere Stellung und keine besseren Chancen als der hilflose Säugling, den ich in den Armen halte, oder als die Frau, die neben mir auf dem Bett verblutet. Er macht sich ganz gering, damit er zu den Verzweifeltsten sprechen kann: zu uns. Und zu den Verachtetsten, zu den Hirten. Er schickt seine Boten, die sie auffordern, zu kommen und ihn zu sehen. Nur die, die verzweifelt und arm und gering sind, können das Wunder dieser Nacht sehen.

Er ist hier. Gott ist bei uns, hier im Schmutz. Hier in dem Haus, in dem eine Vierjährige fehlt, und hier in diesem überfüllten, unterbesetzten Krankenhaus. Er ist hier auf dem wackeligen Metallbett im Licht der Laterne. Der erbärmliche Zustand unseres Herzens ist schlimmer als der erbärmliche Zustand dieses Krankenhauses, und der Gestank unserer Sünde und unseres Zweifels ist viel stärker als der Gestank eines Stalls, aber das hält ihn, Gott mit uns, nicht ab.

Bin ich demütig genug, um zu sehen?

Siehe, der Erlöser.

Ich kehre in die Gegenwart zurück, als Maria laut seufzt und ihren letzten Atemzug tut. Ihr Baby in meinen Armen weint und hat Hunger.

3

Im Busch

Früh am nächsten Morgen sitze ich nach nur wenigen Stunden Schlaf im Jugendamt und fülle Papiere für eine vorübergehende Pflegschaft aus, damit Marias winziges Baby Gift, das Geschenk Gottes*, bei uns bleiben kann, bis wir seine Verwandten gefunden haben. Mit den Papieren fahre ich wieder zum Krankenhaus, um ihn abzuholen. Ich habe das Neugeborene fest auf meine Brust gebunden und fahre wieder nach Hause. Ich betrachte den kleinen Jungen, der seine Mutter verloren hat, als die Sonne über dem Horizont aufgeht. Ich betrachte meine Hände, die viele Kinder geliebt haben und sie später wieder gehen lassen mussten. Und ich erstelle im Kopf, auch ohne einen Klebezettel, eine Liste mit allem, womit ich gesegnet wurde: *Weihnachtslieder, Fingernägel von Neugeborenen, Kinder, die dieses Baby begeistert aufnehmen werden.*

Ich schaue in sein süßes Babygesicht und Hoffnung keimt angesichts dieses neuen Lebens in mir auf. Aber sofort wirft die Trauer einen Schatten auf die Hoffnung, während ich mich frage: *Wohin wird er gehen? Wer wird er sein? Wird er eine Familie haben?* Ich freue mich darüber, dass ich zur Weihnachtszeit ein Baby in unserem Haus habe, aber gleichzeitig fühle ich mich von der Not dieser Welt wie erdrückt. Ich kämpfe.

Als wir nach Hause kommen, laufen die Mädchen voller Vorfreude auf unseren winzigen Gast zum Auto. Sie kreischen und machen ein großes »Oh!« und »Ah!« und jede will ihn unbedingt als Erste halten. Seine gelockten schwarzen Haare schauen oben aus der Decke, als ihre kleinen Hände die Decke zurückziehen,

---

* Anmerkung d. Übers.: Das englische Wort »Gift« bedeutet »Geschenk«.

um sein Gesichtchen zu sehen. Wir sehen im winzigen Gesicht eines Babys Gottes Gesicht, und ich weiß, dass wir ihn lieben werden. Weihnachtslieder ertönen aus dem Haus und meine Hoffnung wächst.

Während ich auf das Baby, das in meinen Armen liegt und seine kleinen Finger um meine Finger klammert, hinabschaue, denke ich an Abraham, den Gott anwies: »Verlass deine Heimat, deine Verwandten und die Familie deines Vaters und geh in das Land, das ich dir zeigen werde!«[5] Ich ziehe nicht in ein neues Land. Aber während ich ohne die Tochter, nach der ich mich sehne, und mit einem Baby, das mir nicht gehört, auf den Armen in mein Haus zurückgehe, fühle ich mich ein wenig wie Abraham. Ich frage mich: *Welche Schritte verlangst du von mir, Gott? Und warum hier und warum jetzt und warum ich?* Hat sich Abraham auch diese Fragen gestellt?

Gott hat Abraham blind losgeschickt, aber er hat ihn mit einer Verheißung losgeschickt: »Von dir wird ein großes Volk abstammen. Ich will dich segnen und du sollst in der ganzen Welt bekannt sein. Ich will dich zum Segen für andere machen.«[6] Während Abraham unterwegs war, zeigte ihm der Herr neue Orte, gab ihm neue Verheißungen: »Ich will dich beschützen«, versprach Gott, »und dich reich belohnen.«[7] Und Abraham setzte seine Hoffnung und sein Vertrauen auf Gott. Er glaubte ihm, und das wurde ihm zur Gerechtigkeit angerechnet.[8]

Ich lege den kleinen Gift, das kleine Gottesgeschenk, meiner Ältesten Prossy in die Arme, die ihn baden will. Dann hole ich meine Bibel und eine Tasse Kaffee. Ich schlage das Buch 1. Mose auf. Ich bin verblüfft, dass Abrahams Lohn nicht darin besteht, dass er der Vater vieler Völker sein wird. Der Lohn ist nicht das viele Land, das Gott Abrahams Nachkommen geben will, oder der Sohn, den Gott ihm in seinem hohen Alter schenkt. *Gott selbst ist unsere große Belohnung.*

Ich ging blind in eine neue Lebensphase, an einen Ort, der nicht zu meinen Plänen und Träumen für das bevorstehende neue Jahr passte. Einen Ort, den ich mir nie ausgesucht hätte, den ich mir nie gewünscht oder erbeten hätte. Aber Gott hat mich mit seiner Verheißung für Abraham angesprochen. Gott versprach mir kein leichtes Leben. Er versprach nicht, dass alles so laufen würde, wie ich es plante. Er versprach keine Welt ohne Probleme, ohne Schmerz. Er versprach *sich selbst.*

Gott mit uns. Unser großer Lohn.

Wir stellten den Baum auf und ich schaute den selbst gebastelten Engel an. Der Engel hatte zu Maria gesagt: »Gesegnet bist du, weil du geglaubt hast, dass der Herr tun wird, was er gesagt hat.«[9] Dieser Segen ist nicht immer das, was wir denken. Er ist nicht immer das Happy End, das wir wollten, und die Erfüllung unseres Herzenswunsches. Gesegnet bist du, weil du geglaubt hast, dass der Herr tun wird, was er gesagt hat. Dieser Segen ist anders, als die Welt sich Segen vorstellt. Es ist kein leichtes Leben und kein Leben mit Erfolgen. Segen heißt, dass wir uns an einem Ort befinden, den uns Gott noch nicht erklärt hat, den er vielleicht nie erklären wird, einen Ort oder ein Leben, das nicht dem entspricht, was wir geplant hatten. Er gibt uns eine Verheißung, wie er sie Abraham gegeben hat. Er verheißt uns Emmanuel, Gott mit uns. Er wird hier bei uns sein, unser Lohn.

Ich habe Angehörige und Freunde begleitet, die auch gekämpft haben, die unter der Last ihrer Tränen fast zusammenbrachen, die geschluchzt haben: »Ich hätte nie gedacht, dass es so enden würde.« Ich stand bei Freunden, die verzweifelt geweint haben: »Wird es immer so sein?« Ich habe miterlebt, wie sie den himmlischen Vater anflehten: »Wie lange noch, HERR?«[10] Ich stand bei ihnen, wir hielten uns an den Händen und flehten Gott an, sich zu zeigen. Manchmal ist der Segen ein schwerer Weg und eine ungewisse Berufung. Ich denke an Abrahams treuen Auszug aus Ur und später an seinen langen Fußmarsch den Berg Morija hinauf. Und ich denke an Jakob. *Manchmal ist der Kampf der Segen, denn auch wenn wir verwundet werden, sehnen wir uns danach, Gottes Angesicht zu sehen.*

Ich hatte keine Ahnung, dass diese Lektionen, die Gott mich in den stillen Momenten einer ansonsten lärmenden Jahreszeit lehrte, nicht nur für uns waren, nicht nur für den kleinen Gift. Er bereitete mein Herz auf etwas vor, das mir noch mehr abverlangen würde, als ich mir vorstellen konnte.

An einem Montag einige Monate später rüttelte jemand an unserem Tor. Jane und ihre Mutter standen davor. Lisa hatte ihre Arbeit verloren und war aus ihrem kleinen Haus geworfen worden. Sie brauchten einen Ort, an dem sie wohnen konnten, während sie eine Arbeit suchte. Jane war so krank, wie ich sie noch nie gesehen hatte. Dass sie Hilfe und Genesung brauchten, war klar. Also öffnete ich das Tor und mein Herz ein wenig weiter. Meine Kinder nahmen sie begeistert in unserem Gästezimmer auf, während sich mein Herz zusammenzog und meine Wunden neu aufgerissen wurden. Ich gab mein Möglichstes, um alles, was ich theoretisch glaubte, in die Tat umzusetzen. Manchmal geht der Wille den ersten Schritt und das Herz folgt.

Ich wollte sie lieben. Ich wollte Gott gehorchen. Ich wollte das tun, was für diese Familie das Beste war, selbst wenn das nicht zu der Lösung führte, die ich mir egoistisch wünschte. Ich hatte gelernt, Gottes Güte zu sehen, und jetzt war die Situation, die mir den Boden unter den Füßen wegzog, nicht mehr fünf Stunden entfernt, sondern eine Tür weiter auf dem Flur.

Ich würde wieder kämpfen. Ich würde lernen, dafür dankbar zu sein, dass ich sie eine Zeit lang lieben konnte, dass ich eine Zeit lang ihre neue zweiköpfige Familie stärken konnte, bevor sie wieder ausziehen würden. Ich sah, wie Janes Mutter sie erzog, und versuchte, sie zu unterweisen, ohne sie zu kritisieren. Ich schlug meine Bibel auf, um sie Gottes Wort zu lehren, auch wenn sie dafür nicht empfänglich war. Ich sah, wie meine Jane sich benahm; so hatte sie sich nie zuvor benommen. Ich murrte, weil es ganz anders und fremd war. Meine eigene Tochter, die ich besser kenne als jeder andere, sprach und gestikulierte und benahm sich in meinem Wohnzimmer wie ihre leibliche Mutter. Ich war ersetzt worden.

Das war nicht die schöne Geschichte mit dem Happy End, für die ich gebetet hatte. Ich hatte geglaubt, dass ich das wollen würde, dass ich meine Tochter zurückhaben wollte. Aber auf diese Weise wollte ich es nicht, und jetzt wollte ich auch das nicht mehr. Ich schloss mich nachts in meinem Zimmer ein und klagte Gott mein Leid und kämpfte.

Mein Herz wurde zu Abrahams Geschichte und seinem Glauben an Gottes Verheißung zurückgeholt:

Einige Zeit später stellte Gott Abraham auf die Probe. »Abraham!«, rief Gott.

»Hier bin ich«, antwortete Abraham.

»Nimm deinen einzigen Sohn Isaak, den du so lieb hast, und geh mit ihm ins Land Morija. Dort werde ich dir einen Berg zeigen, auf dem du Isaak als Brandopfer für mich opfern sollst.«

Am nächsten Morgen stand Abraham früh auf. Er sattelte seinen Esel.[11]

Ich kann mir Abrahams Schmerz und Verwirrung kaum vorstellen, als er seinen Esel mit Feuerholz belädt, als er mit seinem geliebten Sohn den steinigen Berg hinaufsteigt. Das ist der Sohn, für den er gebetet hatte. Das ist der Sohn, den ihm Gott selbst verheißen hat, um ihn zu einem großen Volk zu machen. Er hat diesem Sohn und seinen Nachkommen einen ewigen Bund verheißen, und jetzt will er ihn ihm wegnehmen? Und doch belädt Abraham treu den Esel und steigt auf den Berg.

Wie sehr wünsche ich mir dieses blinde Vertrauen. Gott nahm mich in die Schule. Dieses Vertrauen sollte ich zu Gott haben, während wir unser Haus und unsere Herzen noch weiter öffneten. Für den kleinen Gift, für Jane und Lisa, für einen Schmerz, der uns stärker machen würde, für den Gott, der seine Verheißungen treu erfüllen würde.

Ich sehe im Geiste Isaak, der neben seinem Vater hergeht, das Feuerholz auf dem Rücken. Im 1. Buch Mose steht, dass Abraham das Messer und das Feuer trug, und ich frage mich, ob seine Hände angesichts des Unbekannten zitterten, angesichts der Aufgabe, die Gott von ihm verlangte.

Während die beiden auf den Berg stiegen, fragte Isaak: »Vater?«

»Ja, mein Sohn«, antwortete Abraham.

»Wir haben Holz und Feuer«, sagte der Junge, »aber wo ist das Lamm für das Opfer?«

»Gott wird für ein Lamm sorgen, mein Sohn«, antwortete Abraham.[12]

Abraham stellt hier eine kühne Behauptung auf, ohne irgendein Anzeichen davon zu sehen: »Gott wird für ein Lamm sorgen.« Abraham ist sich so sicher. Glaube ich das? Dass Gott für das Nötige sorgen wird, egal, wie der Berg aussieht, egal, wie steil oder scheinbar hoffnungslos, auch wenn die Steine unter meinen Füßen wegrutschen, während ich mich hinaufschleppe? Dass Gott für alles sorgen wird, egal, welches Opfer er von mir verlangt? Gott wird für Kraft sorgen, Gott wird für Gnade sorgen, Gott wird für den Weg sorgen?

Habe ich das nicht im Römerbrief gelesen? Habe ich das nicht auf diesen leuchtend rosa Klebezettel geschrieben? Der auch seinen eigenen Sohn nicht verschont hat, wie sollte er uns mit ihm nicht alles schenken?

Abraham baut seinen Altar und häuft Holz darauf auf. Er fesselt seinen Sohn. Er nimmt das Messer, um ihn zu töten. Sein Vertrauen, dass Gott für einen Ausweg sorgt, ist unvorstellbar. In dem Moment, in dem er die Hand hebt, hört er eine Stimme aus dem Himmel, die seinen Namen ruft, die ihn aufhält, die ihn anweist, das Messer wegzulegen.

»Da sah Abraham auf und entdeckte einen Schafbock, der sich mit den Hörnern in einem Busch verfangen hatte.«

Ich weine. Da ist im Busch ein Schafbock. Ein Weg.

»Abraham nannte den Ort ›Der HERR sieht‹.«[13]

Und ich weiß, dass das stimmt; Gott hat nicht nur für einen Schafbock gesorgt, er hat auch für das Lamm gesorgt. Er hat nicht nur Abrahams Sohn verschont; er hat seinen eigenen Sohn gesandt. Er hat uns auch verschont.

Und da er tatsächlich seinen eigenen Sohn gab, unser Lamm im Busch, ans Kreuz gehängt als Opfer für dich und mich, heißen alle unsere unerwarteten Orte auch »Der Herr sieht«. Anstelle unseres sicheren Todes hat er seinen eigenen Sohn gegeben. Ich konnte Gott vertrauen, dass er mir hier auch geben würde, was ich brauchte.

Manchmal haben wir das Gefühl, wir würden das Messer tragen, auf diesen Berg steigen, während der Wind uns ins Gesicht weht und wir uns auf dem ganzen langen Weg fragen, warum Gott uns zu so etwas auffordert, wie er so etwas von uns verlangen kann. Aber Jahre später weiß ich, dass das unverrückbar wahr ist: Gott, der seinen eigenen Sohn nicht verschont hat, wird uns geben, was wir brauchen, wenn wir es brauchen. Selbst dann, wenn wir nicht wissen, was wir brauchen oder dass wir etwas brauchen.

Gott sieht Sie und mich in unserem Schmerz und in unserer Gebrochenheit. Er sieht Sie einen schweren Weg gehen, wenn die Sonne untergeht und Ihr Leben ganz anders ist als das Leben, das Sie erwartet oder sich erträumt haben. Er sieht Sie, mein lieber Freund, meine liebe Freundin, wenn der Ausgang der Geschichte nicht so ist, wie Sie es sich ersehnt haben, und Ihre Gebete scheinbar nicht erhört werden und Ihnen alles völlig chaotisch vorkommt. Er will diese Orte »Der Herr sieht« nennen. An den Orten, an denen Sie ein leichteres Leben erwartet haben, als Sie dachten, die Dinge würden vielleicht anders sein, als Sie dachten, *Sie* wären vielleicht besser, Sie wären mehr, an diesen Orten schenkt Gott seinen Sohn, der Ihnen entgegenkommt und Gnade für Ihren Mangel und Licht in Ihrer Dunkelheit schenkt.

Er hat eine tiefe Sehnsucht nach uns: dass wir seine Liebe an diesen unerwarteten, kaputten Orten erleben und dass wir die wahre Hoffnung kennen, die nur in seinem Sohn, Jesus, dem Lamm, zu finden ist. Er hört niemals auf, uns nachzugehen, er nimmt unseren Schmerz in seine Handflächen mit den Nagelnarben und hält unser Herz nahe bei seinem Herzen. Er will unser Lohn sein.

Es ist eine kühne Aufforderung, zum Berg hinaufzusehen, über die trockenen, rissigen Stellen und die kahlen Bereiche und die kaputten Stellen zu blicken, wenn der Ausgang noch unbekannt ist, und den Ort »Der Herr sieht« zu nennen, zu glauben, dass er für uns sorgen wird. Auch wenn wir nicht sehen können, wie er das tun sollte. Aber vielleicht hat er dieses Opfer von Anfang an gesucht. Einfach glauben. Einfach hoffen. Einfach vertrauen. Einfach, dass unsere Herzen sagen und wirklich wissen: »Gott wird für ein Lamm sorgen, mein Sohn.«[14] Denn das hat er getan. Und das tut er.

Allein durch Gottes Gnade und nicht aus mir selbst hat mir Gott Augen geschenkt, die über mein Selbstmitleid hinausblickten, dass ich erkannte, dass ich nicht die Einzige war, die litt. Wie ging es Lisa? Wie fühlte sie sich als Mutter, die ihre Tochter nicht versorgen kann? War es für sie demütigend, an unserem Tor zu klopfen und um Hilfe zu bitten? Fragte sie sich auch, wo in dieser ganzen Situation Gottes Güte sein konnte, wie Gott zu *ihr* und ihrer Tochter gut sein sollte? *Vielleicht sind wir alle Gotteskämpfer.* Gott zeigte mir, dass es in dieser Situation meine Aufgabe war, Mitgefühl zu haben, echtes Mitgefühl, das nicht nur wegen meines eigenen Verlustes litt, sondern auch wegen des Schmerzes und Verlustes eines anderen Menschen. Meine Aufgabe war es, auch inmitten der Ungewissheit auf Gott zu vertrauen.

Und so gingen wir durch eine Zeit, in der einige Sandalen mehr als gewöhnlich an unserer Tür standen und wir uns um zwei Herzen mehr unter unserem Dach kümmerten. Ich lernte wieder, Jesus meine Verwirrung wegen meiner undefinierten Rolle im Leben meiner früheren Tochter zu übergeben. Ich lernte, in Dankbarkeit über das Geschenk zu lächeln, dass ich noch einen weiteren Tag mit ihr hier in unserem Haus erleben durfte. Ich lernte, über meinen eigenen Schmerz hinauszublicken und mich auf den Schmerz von anderen einzulassen, und zu glauben, dass Gott in allem einen Plan hat. Das war nicht leicht. Dafür war die Disziplin nötig, ihm Tag für Tag ein Liebesopfer zu bringen. Zwei Schritte vor, einen Schritt zurück. Den Berg hinauf. Gott ließ mich nicht los.

Zur selben Zeit schrieb ich weiter auf Klebezettel die Dinge, mit denen mich Gott segnete: *Schläfrige Babys, die kuscheln. Rosa Wäsche auf der Leine. Die Ermutigung einer Freundin. Dass wir für heute mit allem versorgt werden. Berge von Flipflops an der Tür. Der Saft von Wassermelonen auf dem eifrigen Kinn von Mädchen. Schmerz, der uns näher zu Gott zieht. Ein Zuhause, in dem Fremde eine Familie werden.* Bald säumten Klebezettel alle Wände in der Küche, während ich mir und jedem anderen, der es hören wollte, verkündete, dass Gott mein Versorger ist, auch wenn mein fleischlicher Mensch die Sorge hat, dass ich nicht genug habe und nicht genug bin. Ich ließ meinen Blick über die chaotisch aussehenden grellen Zettel wandern, die die Wände einnahmen, und ich sah, dass Gottes Versorgung nicht nur unerschöpflich ist, sondern luxuriöser und viel reicher war, als wir es brauchten oder verdienten.

Als ich diese Dinge eines Tages aufschrieb, über meine Haftzettel auf der Arbeitsplatte gebeugt war und eifrig den Segen festhielt, damit ich nichts vergessen würde, klopfte mein Freund Patrick an die Tür. Dieser Mann und seine Frau waren liebe Freunde, seit ich damals in ihr Nachbarhaus gezogen war, in dem ich in meinen ersten Monaten in Uganda wohnte. Von ihnen lernte ich so vieles über ihre Kultur: Dass ich immer die Schuhe ausziehen muss, wenn ich in ein Haus komme, auch wenn der Boden vielleicht aus Lehm besteht. Dass ich alles auf meinem Teller aufessen muss, um meine Gastgeber nicht zu beleidigen, egal, wie satt ich bin oder wie mir das Essen schmeckt. Als das Fett in meiner Pfanne zu brennen anfing, weil ich noch nie zuvor Popcorn in einer Pfanne auf dem Ofen gemacht hatte, und als ich keine Ahnung hatte, wie man einen frischen Fisch entgrätet, um ihn zum Essen zuzubereiten, und als ich mich unzählige Male verirrte, weil ich wegen der Sprachbarriere nicht mit dem Fahrer sprechen konnte, kamen mir Patrick und Celeste immer zu Hilfe. Ihre sechs schönen Töchter hatten zu den ersten Kindern gehört, die mit ihrer Freude und Großzügigkeit mein Herz eroberten. Diese Menschen waren meine ersten echten Freunde in diesem Land gewesen.

Jetzt wohnten wir nicht mehr so nahe nebeneinander, und es war ungewöhnlich, dass Patrick unangekündigt in meiner Küche auftauchte. Ich strahlte, als ich ihn sah, und ich sah ihm an, dass er mir etwas zu sagen hatte, etwas, das ihn anscheinend nervös machte. Ich machte Smalltalk, erkundigte mich nach seiner Frau und seinen Kindern, versuchte, einen geschützten und angenehmen Raum zu schaffen, in dem er das Thema, das ihn hierhergeführt hatte, ansprechen könnte. Während der ganzen Zeit, in der ich sprach, wich sein Blick kein einziges Mal von dem Baby, das auf einem Sofa sicher in Prossys Armen schlief.

»Ich bin gekommen, weil … meine Frau und ich …« Patrick brach ab, da ihm die Schwere der Worte, die er sagen wollte, bewusst war. »Wir haben das Gefühl, dass wir gern den kleinen Gift so haben würden, wie du deine Kinder hast. Wir haben den Eindruck, dass Gott will, dass wir das machen.«

Ich stand erstaunt auf. Tränen schossen mir in die Augen und ich flüsterte: »Oh, Patrick. Adoption! Man nennt das Adoption. Und ich fände es auch sehr schön, wenn deine Familie Gift auf diese Weise hätte.«

Ich dachte an das Gesicht von Gifts Mutter, das im Mondlicht blass vom wackeligen Krankenhausbett abstach.

Staatliche Stellen und *Amazimas* Sozialarbeiter hatten andere Angehörige gesucht und niemanden gefunden. Die großen Mädchen und ich blieben nachts mit diesem süßen Baby auf und fragten uns, wie sein Leben aussehen würde, wie Gottes Plan für ihn sein könnte. Und jetzt eine Familie. Gott sieht. Ein Schafbock im Busch.

Wochen später, nach vielen Besuchen im selben Büro, in dem ich am Morgen nach dem Tod seiner Mutter gesessen hatte, wurde Gift offiziell Teil von Patricks und Celestines Familie, ihr erster Sohn. Ein Sohn, nach dem sie sich gesehnt und für den sie gebetet hatten.

Sechs Jahre sind vergangen, und ich sehe Gift und Patricks Familie jede Woche. Man käme nie auf die Idee, dass er adoptiert wurde; manchmal vergesse selbst ich es. Er folgt seinem Vater auf dem Bauernhof, hilft, so gut er kann, und hat den gleichen Gang wie sein Vater, und ich könnte schwören, dass er Celestines Augen hat. Seine großen Schwestern verwöhnen ihn und tragen ihn herum und ziehen ihm aus Spaß Mädchenkleider an, und er jagt Hunde und Hühner wie jeder andere glückliche kleine Bruder.

So ist Erlösung, nicht wahr? So oft erkennen wir sie nicht. Wir hoffen und wir beten und Gott sagt: »Vertraue mir in Bezug auf die Erlösung, die du nicht sehen kannst. Vertraue mir, dass ich sehe und versorge.« Und hin und wieder sehen wir es. Wir können hier und jetzt ein großes, fröhliches Happy End sehen und werden an das schönste Happy End erinnert, das uns in der Ewigkeit erwartet. Wir gehen auf diesen Straßen und wir wundern uns über Gottes Plan, aber wegen seines verheißenen Lammes werden wir eines Tages von Angesicht zu Angesicht bei unserem himmlischen Vater sein, als seine Söhne und Töchter adoptiert. Eine Familie.

4

Verwundet

»Du hast recht, weißt du?«, sagt er. Ich halte inne und schaue von dem sauberen, weißen Verband auf, den ich um sein Bein wickle. Mack ist ein Mann weniger Worte, und wenn er spricht, lohnt es sich immer, ihm zuzuhören.

»Womit habe ich recht?«, frage ich.

»Wenn du sagst, dass Gott alles zum Guten wirkt. Wenn ich mir nicht das Bein verletzt hätte, wären wir jetzt keine Freunde. Ich würde dich nicht kennen, und vielleicht würde ich auch Jesus nicht kennen. Das mit diesem Bein war schlimm. Aber jetzt ist es gut, weißt du?«

Ich weiß. Aber an den meisten Tagen muss ich trotzdem daran erinnert werden. Gott ist nicht nur gut, er wirkt auch *alle Dinge* zu *unserem Guten.* Gott ist nicht nur gut; er ist gut *zu mir.* Ich kenne diese Wahrheit genauso, wie ich die Wärme der Sonne auf meiner Haut kenne. Gott hat Geduld mit mir, er lehrt mich, er flüstert mir zu, er legt es mir ins Herz, auch wenn es zu schwer zu glauben ist. Und genauso wie die Sonne jeden Morgen aufgeht, erinnert er mich täglich an diese Wahrheit. Heute erinnert er mich durch die Worte dieses Mannes, der früher ein Fremder war und den ich jetzt Freund nenne.

Gott hat mir seine Güte schon immer gezeigt, aber die intensivsten Lektionen lerne ich dieses Jahr, nachdem uns Jane verlassen hat und nach Marias Tod und der komplizierten Situation mit Lisa und Jane in unserem Haus und in den unerwarteten Ereignissen, die zur Freundschaft mit diesem Mann führten, dessen Bein ich gerade verbinde. Es ist wieder November. Ich schaue wieder auf die ganz kleine Wunde an seinem Bein hinab und erinnere mich an das klaffende Loch, das sich an diesem Bein befand, als wir vor fast acht Monaten anfingen. Ich höre das Kinderlachen in meinem Garten, und ich erinnere mich an das klaffende Loch, das vor einem Jahr in meinem Herzen zurückblieb, als Jane unerwartet aus meinen Armen gerissen wurde. Ein Jahr, in dem ich kämpfte, um Hoffnung zu finden und inmitten der Gebrochenheit Zeichen von Gottes Güte und Schönheit zu erkennen.

Unmittelbar bevor Mack in unser Leben kam, hatten Lisa und Jane zwei anstrengende Monate lang bei uns gewohnt – Monate mit viel Lieben und viel Ermutigen und vielen Tagen, an denen ich das Gefühl hatte, mein Herz würde mir aus der Brust gerissen, als mein kleines Mädchen nicht nur lernte, zu Lisa »Mama« zu sagen, sondern zu ihr auch den Bezug aufbaute, den man zu seiner Mutter hat. Ich wandte mich an Gott und protestierte, weil ich das unfair fand, weil ich das Gefühl hatte, dass er von mir zu viel verlangte.

»Ich glaube einfach nicht, dass ich noch mehr verkraften kann, Gott. Ich habe nicht genug. Ich kann nicht genug geben. Nicht genug Barmherzigkeit, nicht genug Liebe, nicht genug Stärke, nicht genug Zeit.«

Sein Flüstern ließ nicht locker: *Mein Sohn, ist mein Sohn genug? Der auch seinen eigenen Sohn nicht verschont hat, sondern hat ihn für uns alle dahingegeben – wie sollte er uns …*

»Es ist zu viel, Herr.«

Kind, ich bin viel, viel mehr.

Ich schlug wieder die Geschichte von der Witwe in Zarpat auf im 1. Buch der Könige 17. Zu dieser Stelle war ich immer wieder geführt worden, nachdem Jane das erste Mal von uns weggeholt worden war. Diese Witwe erinnert mich immer wieder daran, wer ich sein möchte. Wie Gott sie versorgt, beschreibt so anschaulich, wer unser Gott ist. Ich höre die Verzweiflung in ihrer rauen, kratzenden Stimme, sehe die Tränensäcke unter ihren Augen, als sie dem Propheten müde antwortet: »So wahr der HERR, dein Gott, lebt, ich habe kein einziges Stück Brot mehr. Im Topf ist nur noch eine Handvoll Mehl und im Krug nur noch ein kleiner Rest Öl. Ich habe gerade noch ein paar Zweige gesammelt, um diese Mahlzeit zu bereiten für mich und meinen Sohn; wir werden essen und sterben.«[15]

Ich kann mir eine solche Verzweiflung vorstellen. Aber der Prophet weiß mehr. Er sagt zu ihr:

Hab keine Angst! Geh und mach, was du gesagt hast, aber backe mir zuerst einen kleinen Laib Brot und bring ihn heraus. Dann backe für dich und deinen Sohn. Denn so spricht der HERR, der Gott Israels: »Das Mehl im Topf wird nicht aufgebraucht werden und das Öl im Krug nicht zur Neige gehen, bis zu dem Tag, an dem der HERR dem Land Regen schickt!«[16]

Zuerst: Vertraue. Gib alles, was du hast. Also ging sie. Und sie tat genau das, was er sagte, obwohl es absolut keinen Sinn ergab, obwohl sie absolut nichts mehr hatte, was sie geben konnte.

Kenne ich diese Art von Vertrauen? Ich wollte es kennen.

Die Witwe war mit dem Wenigen, das sie geben konnte, treu, mit dem Wenigen, von dem sie sicher war, dass es nicht genügen würde. Gott war treu und versorgte sie mit mehr, mit genau der richtigen Menge, genau dann, als sie es brauchte. Er war genug. Das Mehl wurde nicht aufgebraucht, und der Ölkrug wurde nicht leer, bis der Herr Regen auf das Land schickte, genau wie er gesagt hatte. *Sei treu mit dem wenigen, das du bekommen hast,* sagte er. *Ich werde mit dem Rest treu sein. Du hast nicht genug. Ich werde genug sein.*

Und das war er auch.

Auch wenn ich mich geschlagen und ausgelaugt fühlte und

mein Charakter in dieser Zeit bis aufs Äußerste auf die Probe gestellt wurde, lernte ich das schöne Vertrauen und die volle Abhängigkeit, die kam, als ich meinen Willen vollständig Gottes Willen unterordnete.

Diese Unterordnung war schmerzlich und ging nicht spurlos an uns vorüber. Jeder von uns würde aus dieser Zeit Narben davontragen und wir würden eine Schwester, eine Tochter und eine Freundin zum zweiten Mal verlieren. Monate später hatte *Amazima* eine Arbeit für Lisa gefunden und wir hatten Jane im Kindergarten untergebracht. Jetzt war es an der Zeit, dass die beiden eigene Wege gingen, ihre eigene Familie waren. Immer noch gute Freundinnen, aber getrennt von uns. Ich wusste das und gleichzeitig wollte ich es nicht. Ich konnte den Gedanken nicht ertragen, diesen Abschied noch einmal durchmachen zu müssen, auch wenn wir sie regelmäßig sehen würden.

Das war immer noch nicht so, wie ich mir den Ausgang dieser Geschichte wünschte. Ich hatte immer noch Angst, dass Lisa ihre Stelle wieder verlieren könnte, dass Jane nicht die Liebe bekäme, die sie brauchte, oder die Liebe, nach der sie hungerte. Ich machte mir Sorgen, dass Lisa Gott nicht kennenlernen würde und dass Jane als Folge davon vergessen könnte, was sie in den wenigen, kurzen Jahren in unserem Haus über seine Liebe gelernt hatte. Aber mein Wissen ist begrenzt, und Gottes Wissen ist unbegrenzt. Er erinnerte mich immer wieder daran, dass ich nicht der Autor dieser Geschichte bin und dass ich, wenn ich versuchte, das Ende zu schreiben, und es in saubere kleine Päckchen einwickelte, minderte, wer er ist und was er tun kann. Er forderte mich auf, ihm zu vertrauen, zu glauben, dass er seine eigene Herrlichkeit herbeiführen würde, auch wenn ich sie nicht sehen konnte.

Ein Glaube, der ihm nur vertraut, wenn das Ende gut ist, ist ein wankelmütiger Glaube. Ein Glaube, der ihm unabhängig davon, wie alles ausgeht, vertraut, ist echt. Das war Abrahams Glaube, als er auf den Berg Morija stieg, in der vollen Erwartung, dass Gott für das Lamm sorgen würde. Das war der Glaube der Witwe, die ihr restliches Mehl aufbrauchte und darauf wartete, dass Gott sie weiterhin versorgen würde. So möchte ich leben: Ich möchte meinen Plan, wie ich die Geschichte schreiben würde, vollkommen loslassen und stattdessen offene Augen haben, um zu sehen, wie Gott sie schreiben will. Durch Hingabe und Vertrauen wollte ich Gottes verheißene Schönheit aus Asche finden.

Und so packten wir Janes und Lisas wenige Habseligkeiten in unseren Kleinbus und fuhren sie zu ihrem kleinen Haus, das eine Viertelstunde von unserem entfernt ist. Das volle Gewicht dieser Tatsache traf mich erneut, als uns die kleine Jane zum Abschied winkte und die alten Stellen in meinem verwundeten Herzen neu aufbrachen.

Irgendwann im April, ungefähr zu der Zeit, in der Lisa und Jane auszogen, kam meine Freundin Christine im Wagen unserer Einrichtung vorgefahren. »Ich habe jemanden, den du dir bitte ansehen solltest«, sagte sie und öffnete die Autotür. Ich wusste, dass er in einer schrecklichen Verfassung war, als er heraustaumelte. Als ich einen ersten Blick auf sein Bein warf, glaubte ich, mich übergeben zu müssen: Die Haut war kohlschwarz verbrannt, der Knochen lag frei. Das Bein war schon so abgestorben, dass es nicht einmal mehr blutete.

Ich kannte diesen Mann. Wenigstens dachte ich, ich würde ihn kennen. Der dorfbekannte Trinker aus Masese war mir ständig ein Ärgernis, wenn *Amazima* dort einen Einsatz hatte. Er torkelte fluchend in meine Bibelstunde, wenn sich unsere Gruppe im Freien traf, und hämmerte an meine Autofenster, wenn ich durchs Dorf fuhr. Ich war entsetzt, aber nicht überrascht, als ich erfuhr, dass eine Laterne umgekippt war, als er mitten am Tag betrunken geschlafen hatte, und ein Feuer in seinem Haus ausgebrochen war.

Das Feuer hatte auch sein Bein erfasst. Dadurch war er wach geworden und hatte gerade noch rechtzeitig hinauskriechen können, um zu sehen, wie seine Nachbarn seine wenigen nicht verbrannten Sachen aus dem Haus stahlen.

Wieder fragte ich: *Wirklich, Gott? Hier hast du Schönheit?* Und so begann die Zeit, von der ich dachte, dass sie ihn heilen würde, die aber stattdessen mich heilte.

Christine und ich brachten ihn auf dem schnellsten Weg ins Krankenhaus, wo die Ärzte ungläubig den Kopf schüttelten. Niemand hatte die Zeit oder die Mittel, um sich mit dieser Sache zu befassen. Antibiotika und saubere Verbände waren teuer und schwer zu bekommen. Das Pflegepersonal war überarbeitet und unterbesetzt. Stationen mit zwanzig bis vierzig Patienten mussten von einer einzigen Pflegekraft versorgt werden.

»Wir haben nicht viele Möglichkeiten«, erklärte der Arzt. »Wir können das Bein amputieren, oder jemand verbindet es täglich. Ich weiß nicht, ob unser Pflegepersonal dafür die Zeit hat, aber ich kann Ihnen zeigen, wie man es macht.«

Ich nickte, wenn auch zögernd.

»Wenn Sie das nicht machen, verliert er dieses Bein. Aber selbst wenn Sie es machen, kann es sein, dass er es trotzdem verliert.«

Etwas in mir, das ich noch nicht beim Namen nennen konnte, wollte kämpfen. Es war nicht fair, dass dieser Mann sein Bein verlieren würde. Wenn ich jetzt zurückblicke, glaube ich, dass ich, so kurz nachdem unsere Familie den schmerzlichen Verlust ertragen musste, weil Jane nicht mehr zu unserer Familie gehörte, einfach den Gedanken an einen weiteren so großen Verlust nicht akzeptieren wollte. Ich ahnte damals nicht, dass Jesus meine eigene Heilung herbeiführte, indem er mich in die Heilung eines anderen Menschen einband. Ich konnte es damals noch nicht in Worte fassen, aber es war, als würde mein Herz schreien: *Ich habe meine Tochter verloren. Ich habe einen Teil meines Herzens verloren. Du wirst dein Bein nicht verlieren! Ich werde das nicht zulassen!* Und so passte ich gut auf, als mir der Arzt genau zeigte, was ich tun musste, um Macks Bein die besten Überlebenschancen zu ermöglichen.

Die Gedanken *nicht genug* schlichen sich wieder ein. Wie sollte ich noch eine weitere Aufgabe in meine bereits vollen Tage hineinpressen? Ich erinnerte mich an das Vertrauen der Witwe von Zarpat, wie Gott ihre magere Gabe aus einem Häufchen Mehl benutzt und dafür gesorgt hatte, dass es *genug* war. Er würde mein Gehorsamsopfer und mein ängstliches Vertrauen nehmen und dafür sorgen, dass das genügte. *Sei bei dem wenigen, was du hast, treu,* flüsterte Gott wieder.

Als wir zu Hause ankamen, tat ich mein Möglichstes, um Mack zu erklären, was los war. Er war immer noch betrunken und stöhnte und murmelte eine Geschichte, die ich nicht verstehen konnte. Ich betete über seiner Wunde und über seinem Herzen. Als er auf der Veranda einschlief, forderte ich ihn nicht auf wegzugehen, sondern deckte ihn zu. Mir war nicht bewusst, dass diese Tat der erste Schritt des Weges war, auf dem ich lernte, das neueste, unkonventionellste Mitglied unserer Familie zu lieben.

Einen Monat lang kam Mack jeden Tag und ging wieder. Ich verband sein Bein und schickte ihn wieder nach Hause; und am nächsten Tag holte ihn Christine von seiner halb niedergebrannten Hütte wieder ab. Ich war fast dankbar, dass er betrunken war, denn er hatte immer noch fast unerträgliche Schmerzen.

Fast eine Stunde kratzte ich jeden Tag die tote Haut aus seiner Wunde, und Gott kratzte an den toten Stellen in meinem Herzen. Vergrabene Stellen, die, auch wenn ich das nie laut sagen würde, immer noch zweifelten, ob Gott nach wie vor gut war, da Janes Bett leer war. Während ich schweigend an dieser Wunde kratzte, rang ich innerlich mit vielen harten Fragen. Dann sagte ich laut, zu Mack und zu mir selbst: »Gott benutzt alles zum Guten. Zu seiner Herrlichkeit. Gott benutzt auch das.« Ich lächelte, als sich um seine Wunde herum neues, rosa Leben bildete. Obwohl ich es noch nicht erkannte, ließ Gott auch an den härtesten Stellen meines Herzens neues Leben wachsen, während ich lernte, ihm immer mehr zu vertrauen.

Ich schrieb die Dinge, mit denen ich gesegnet war, auf Klebezettel und half Kindern bei den Schularbeiten und las alles, was ich über Wundversorgung in die Hände bekam. Ich lernte so viele wunderbare Krankenschwestern aus der Gegend kennen, die kamen und mir halfen und mir Dinge zeigten, die ich nicht wusste. Gott schickte immer genau die richtigen Menschen genau zur richtigen Zeit und erstaunte mich wieder damit, wie er mich versorgte. Ich wusch und kratzte und salbte und verband und weinte und ich sagte zu dieser Wunde und zu jedem, der es hören wollte: »Wir werden dieses Bein nicht verlieren.«

Andere aus der Gemeinde stiegen über unseren neuen Freund, der auf der Veranda lag und schlief, und schüttelten den Kopf. »Du kannst nicht alle retten. Bei dem hier schaffst du es nicht, Katie.« Aber ich war eigensinnig. Und Gott war unermüdlich.

Schließlich zog Mack in das kleine Haus mit drei Zimmern in unserem Garten. Christine hatte oft Probleme, ihn zu finden, da er betrunken durch die Gegend torkelte. Wir wollten nicht riskieren, dass sich sein Bein infizierte. Dass er hier wohnte, machte es ein wenig leichter, ihn zu finden, wenn sein Bein verbunden werden musste. Und es erlaubte mir sicherzustellen, dass er nicht trank, da er sich die meiste Zeit auf unserem abgesperrten Gelände aufhielt. Als er anfing, nüchterner zu werden, führten wir längere Gespräche. Er erzählte mir von seinem Leben und seiner Familie, bevor er Alkoholiker und obdachlos geworden war. Er erzählte mir, dass er seinen Vater und dann seine Mutter verloren hatte, und dann jeden seiner Brüder, einen nach dem anderen, dass ihn, als er niemanden mehr gehabt hatte, die Einsamkeit erdrückt hatte und er keinen Grund mehr gesehen hatte, mit dem Trinken aufzuhören. Er erzählte mir, wie er seine Sucht nach und nach immer weniger hatte kontrollieren können. Und so hat er ein Jahr vor seinem Abschluss das Studium abgebrochen und begonnen, so viel Alkohol zu trinken, dass er immer wieder seine Arbeit verlor. Er erklärte, dass das Trinken seinen Hunger überdeckte und er nicht mehr im Müll wühlen musste, um etwas zu essen zu finden.

Ich versicherte ihm, dass er nicht allein war. Ich erzählte ihm von einem Erlöser, der als Baby in einer Futterkrippe geboren wurde und an einen Baum genagelt wurde, von Gott, der uns versorgt, von Gottes verheißenem Lamm. Ich erzählte ihm von einem Erlöser, der für ihn und für mich und für jeden von uns getötet wurde. Ich merkte nicht einmal, dass meine Tränen auf die Betonveranda tropften, während ich sprach. Ich war erstaunt, dass ich, obwohl ich so unvollkommen und so unzureichend bin, eine solche Geschichte erzählen darf. Ehrlich gesagt, brauchte ich die Zusicherung dieser Verheißungen genauso sehr wie er.

Er hinterfragte alles, was ich über Gottes Güte und Herrschaft sagte. Ohne es zu merken, gab ich, als ich seine Fragen beantwortete, auch mir eine Antwort. Am dunkelsten Ort meines Lebens, während ich um die Trennung von Jane und um ihre unsichere Zukunft trauerte, ließ mich Gott jeden Tag bezeugen, wer er ist. Mit dem Verstand wusste ich, wer Gott ist, aber bei Mack genügte es nicht, es nur zu wissen. Ich musste es ihm immer wieder laut sagen und erklären. Während ich Gott bezeugte, glaubte ich immer mehr. In diesen Stunden, in denen ich Macks Wunde verband, stellte sich Gott mir *noch einmal* vor. Der Gott, der alles zum Guten wirkt. Der ruhige und immer treue Gott. Der Herr, der sieht und versorgt. Der Gott, der sieht, wer wir sind, und die ganzen gebrochenen Stellen benutzt, um uns zu dem zu machen, wer wir werden. Ich sprach laut die Dinge aus, die ich über meinen Erlöser wusste, und ich sah, wie Gott sie neu wahr werden ließ.

Nach 252 Tagen Verbandwechseln, Reden, Lachen und Weinen bedeckte neue Haut die früher einmal tote Stelle. Macks Bein war fast vollständig geheilt. Mit dem Bein, von dem so viele geglaubt hatten, es wäre verloren, konnte er jetzt gehen und sogar laufen. Und der Mann, den so viele für hoffnungslos gehalten hatten, war seit über einem halben Jahr trocken.

Eine Woche später kam dieser körperlich geheilte Mann in meine Küche und grinste von einem Ohr zum anderen. »Ich glaube«, erklärte er. »Heute glaube ich, dass Jesus der Sohn Gottes ist.« Einfach so.

Ich versuchte erst gar nicht, meine Begeisterung zu bändigen, sondern tanzte an diesem Tag durch die Küche. Mir traten immer wieder Tränen in die Augen, als ich die Zeit, in der ich vorher sein Bein verbunden hatte, jetzt nutzte, um mit Mack in der Bibel nach den Antworten auf alle seine Fragen zu suchen. Nach einer Weile sorgte ich dafür, dass Mack einen Freund in unserer Gemeinde kennenlernte, der ihn weiterhin lehrte und unterwies, während seine Liebe zu Gottes Wort immer mehr zunahm. Gottes Herrlichkeit und Güte waren im Leben dieses Mannes so deutlich zu sehen.

Wir haben Wunden. Wir alle. Mack und ich, wie humpeln beide. Sein Humpeln ist sichtbarer als meines, aber wie Jakob gehen wir humpelnd und mit einem neuen und größeren Verständnis von Gott, unserem Vater, weiter. In der Verwundung hat er uns verändert und uns einen neuen Namen gegeben. Er hat Erlösung und Schönheit neu definiert, nicht als Happy End, sondern als seine Gegenwart bei mir, egal, wie der Ausgang aussieht. In Macks Geschichte darf ich es sehen. Andere Male sehe ich es nicht. Aber auch dann weiß ich mit Gewissheit, dass ich ihm vertrauen kann. Ich gebe ihm das wenige, das ich habe, und er ergänzt das, was mir fehlt. Ich ordne mich ihm unter und schaue zu, wie er seine Versorgung schenkt, auch wenn diese Versorgung anders aussieht, als ich erwartet habe.

Einige Jahre später werden wir um unseren Esszimmertisch sitzen, Fleischbällchen essen und seinen Geburtstag feiern. Er wird uns von seinem neuen Haus und seiner neuen Arbeit und von allem, was der Herr in seinem Leben tut, erzählen. Ich werde daran denken, wie Gott dieses Loch an Macks Bein und in seinem Leben geheilt hat, und ich werde an Jane denken. Ihre Lebenssituation bleibt instabil, hinter ihrer Zukunft steht ein Fragezeichen. Ich bin nicht sicher, ob ich Schönheit oder Erlösung sehen kann. Ich bin nicht sicher, ob ich das bei ihnen je sehen werde. Ich höre immer noch ihr Lachen. Ich höre dieses Kichern, das ich nicht in Worte fassen kann, das aber in meinen Ohren widerhallt. Ich sehe ihre tiefen Grübchen, wenn ich sie an mich drücke. Und ich weiß immer noch nicht, wie es mir damit geht, dass diese Geschichte so geendet hat. Wie ich einem anderen Menschen erklären soll, welche Narben ihre Situation in meinem Herzen hinterlassen hat. Vielleicht würde ich demütig sagen, dass ich Gott so sehr vertraue, dass ich die Geschichte genauso schreiben würde. Denn er hat mich so vieles gelehrt und er hat mich auf vielfältige Weise wachsen lassen, und ich kenne ihn jetzt aufgrund jener langen Tränennächte und jener Klebezettel viel besser. Sie haben mir viele Gründe, Gott zu danken, vor Augen geführt. Vielleicht würde ich die Hände verkrampfen und auf Janes Leben, wie es jetzt ist, blicken und immer noch sagen: »Nein, Gott, das kann nicht gut sein, und nein, ich würde diese Geschichte nicht so schreiben. In meiner Version würde sie *besser* ausgehen.«

Aber eines weiß ich: Durch das Kämpfen macht uns Gott zu den Menschen, die wir in ihm sein sollen. Das ist nicht leicht, und es ist nicht frei von Schmerzen, aber es kann herrlich sein. Im Kämpfen sind wir direkt bei unserem starken Vater und wissen greifbar, dass er uns nicht loslässt. Er wird uns nicht loslassen. Wir gehen verwundet weiter wie Jakob, aber wir haben in unserem Schmerz Gottes Angesicht gesehen. Wir haben eine neue Art von Vertrautheit mit dem Gott erlebt, der unsere Herzen in seinem Herzen hält. Wir tragen vielleicht Narben davon, aber wir sind stärker und wir haben einen neuen Namen: Wir sind *sein*.

An Tagen, an denen ich eine Erinnerung brauche, frage ich Mack manchmal: »Kann ich mir dein Bein ansehen?« Er weiß, warum ich es sehen will. Er rollt dann seine weite Hose bis zum Knie hoch, schmunzelt und sagt: »Siehst du, was Gott getan hat?« Die verbrannte Stelle ist immer noch um einige Nuancen heller als die andere Haut. Wir betrachten beide dieses Bein und sehen viel mehr als nur die neue Haut.

Wir sehen Jesus.

Er ist uns dort, auf dem kalten, harten Betonboden meiner Veranda bei unseren eiternden Wunden und unseren unvollkommenen Herzen begegnet. Er hat zwei kaputte Menschen genommen, hat uns die Narben an seinen Händen gezeigt und geflüstert, dass es nicht schlimm ist, wenn wir auch unsere Narben haben, weil die Narben uns immer in seine Herrlichkeit ziehen wollen.

5

Es besteht Hoffnung

Die Sonnenblumen sind jetzt groß. Sie sind über drei Meter hoch, haben die Gesichter der Sonne zugewandt und strahlen. Ich schaue sie durchs Küchenfenster an und eine Erinnerung an Kinder mit Kohlblättern auf den Köpfen und Erde unter den Fingernägeln geht mir durch den Kopf.

Ich denke an die Worte aus den Sprüchen, die mir an diesem Morgen ins Auge gesprungen sind, als ich, solange es im Haus noch ruhig war, eine Tasse Kaffee trank, bevor alles zum Leben erwachte: »Dem Hungrigen aber schmeckt sogar bittere Speise süß.«[17] Konnte das sein?

Das wollte mich Gott lehren, auch wenn ich dafür noch keine Worte hatte. Wenn ich immer nach ihm hungere, befriedigt mich auch das Schwere. Selbst die Trauer weicht der Freude. Selbst das Bittere schmeckt süß. Selbst in der Dunkelheit kann ich Gott sehen. Denn wenn wir Gott suchen, *werden wir immer Gott sehen*. Ich habe von seiner Güte geschmeckt und jetzt hungere ich nach mehr.

Daran muss ich täglich erinnert werden. In seiner Barmherzigkeit hat mir Gott Kinder geschenkt, um mich täglich daran zu erinnern. Menschen aus kaputten Verhältnissen zu begleiten, führt uns vor Augen, wie kaputt wir selbst sind. Wir haben so viele Fragen und Ängste und hinterfragen immer wieder Gottes Güte und Liebe. Aber das alles verstecken wir, denn wer will das schon laut aussprechen? Aber vor Kindern, die in den wenigen Jahren ihres Lebens schon unglaublich viel Schmerz erfahren haben und mit Fragen gerungen haben, die selbst Erwachsenen zu schwer sind, lässt sich das nicht verstecken. Gott hat unsere Familie aus vielen verschiedenen Orten zusammengeholt, und unsere Verletzungen treten oft sehr deutlich an den Tag. Sie tauchen in unterschiedlichen Momenten und unter unterschiedlichen Umständen auf. Ich frage mich immer wieder, ob Gott die richtige Person für diese kostbaren Herzen ausgewählt hat, da er an meinem eigenen Herz noch so viel arbeiten muss.

An diesem speziellen Morgen gibt es so vieles, für das ich dankbar sein kann. Mack, der die Blätter zusammenfegt, geht draußen vorbei und winkt mir durch das Fenster zu. Sein Bein ist jetzt geheilt. Er hat eine Arbeit in der Stadt als Zahnarzthelfer gefunden. Er spart Geld, damit er in eine kleine Wohnung ziehen kann, die wir in der Nähe gefunden haben. Er nutzt jede Gelegenheit, um unserer Familie zu helfen. Er bringt den Abfall hinaus und macht regelmäßig den Hof sauber. Ich lächle und winke zurück. *Alles Bittere ist süß,* denke ich, während ich Gott für das Süße dieser Freundschaft danke. Hinter mir bricht Chaos aus. Ich drehe mich um und sehe eine Tochter, die weinend zu mir gelaufen kommt.

Nach Jahren der Ungewissheit, in denen sie nicht wusste, was sie zu erwarten hatte oder wem sie trauen konnte, in denen sie von einem Tag auf den anderen nicht wusste, ob sie etwas zu essen bekäme und ob ihr auch nichts passieren würde, erschüttern schon die kleinsten Planänderungen die Welt dieser Zehnjährigen.

»Du hast gesagt, dass wir heute schwimmen gehen!«, weint sie. »Aber Agnes hat gerade gesagt, dass wir erst morgen gehen.«

Ich weiß nicht mehr, was ich gesagt habe. Bei meinen Versuchen, ihr die Sache zu erklären und zu begründen, weint sie nur noch lauter. Schließlich wirft sie sich auf den Boden, tritt um sich und windet sich protestierend. In mir wächst die Frustration darüber, wie etwas so Geringfügiges eine so vehemente Reaktion auslösen kann, und ich rufe streng: »Wenn du dich so benimmst, gehst du in dein Zimmer!« Sofort bereue ich meinen Ton. Ich sehe einen flüchtigen Moment lang in ihren Augen, dass meine Worte sie getroffen haben. Dann wird ihr Anfall noch schlimmer. Wie kann ein Morgen so schnell so unangenehm werden?

Ich stehe in der Küche und mir wird vor Augen geführt, wie unzulänglich ich bin. Ihre übertriebene Reaktion ist auf ihre traumatischen Jahre zurückzuführen. Die Ursache für meine Reaktion ist Gereiztheit und Sünde. Ich mache mir Vorwürfe, weil ich die Beherrschung verloren habe, weil ich ihr nicht die ruhige Antwort gegeben habe, die sie braucht.

Als ich versucht bin, in Schuldgefühlen zu versinken, weil ich für meine Kinder so vieles *nicht* bin, weist mich Gott sanft darauf hin, dass es sowieso nie meine Aufgabe war, alle ihre Bedürfnisse zu stillen. *Ich* kann nicht alle ihre Verluste und Verletzungen wiedergutmachen. Er erinnert mich daran, dass ich nicht das sein kann, was nur er für sie sein kann: ihr Erlöser. Ich bitte ihn im Stillen, ihren Mangel auszufüllen. Im Grunde schreien wir alle nach genau der gleichen Sache: nach einer wahren und beständigen Liebe, die nicht wankt, nach einem Erlöser, der kommt und unsere Wunden verbindet. Im Grunde schreit ihr Herz nach genau dem Gleichen, was ich selbst brauche. Nur zeigen sich ihre Bedürfnisse an der Oberfläche und meine sind unter einem Deckmantel aus Leistung, Perfektionismus und Stolz begraben. Ihre Bedürfnisse äußern sich chaotisch, ehrlich und verzweifelt. Meine hingegen zeigen sich poliert und täuschend und beiläufig, als würde ich nicht auch nach einer großen Erlösung hungern. Ich muss so vieles lernen.

Vor fast fünf Jahren war dieses Kind in einem Kleid mit leuchtend roter Schärpe in mein Leben gehüpft. Vorsichtig nannte sie mich Mami, nachdem sie in den fünf Jahren ihres bisherigen Lebens so gut wie keine Mutter gekannt hatte. Am Anfang, als sie sich an das Leben in unserer Familie anpasste, wurde das Trauma, das sie erlebt hatte, durch das Singen, Tanzen und Kichern eines kleinen Mädchens überspielt. Ich sehe dieses kleine Mädchen, das so sehr nach Zuneigung dürstet und das starke Bedürfnis hat, gesehen und, so wie es ist, geliebt zu werden. Ich frage mich, ob es je wirklich begreifen wird, wie groß meine Liebe zu ihm ist, die so tief ist, dass es oft wehtut.

Einige Jahre nachdem sie in unsere Familie gekommen war, schaute ich zu, wie sie in leuchtend roten Schuhen zu den Schaukeln lief. Das Trauma, das vorher überdeckt worden war, trat jetzt auf viele Arten an die Oberfläche. Wir hatten um Freude gekämpft und langsam fanden wir sie; sie hatte sich mit Händen und Füßen gegen Liebe gewehrt. Dank Gottes Barmherzigkeit lernte ich, sie festzuhalten. Sie hatte so getan, als würde sie auf der Schaukel fliegen, und ich wusste, dass sie im Leben schweben würde. Paulus' Worte im Philipperbrief wurden mein tägliches Gebet für sie, für jedes meiner Mädchen: »Ich bin ganz sicher, dass Gott, der sein gutes Werk in euch angefangen hat, damit weitermachen und es vollenden wird bis zu dem Tag, an dem Christus Jesus wiederkommt.«[18]

Es tat mir weh, wie schwer das Leben für dieses Kind war. Jahrelang kämpfte sie darum, Zuneigung zu bekommen und zu vertrauen, dass sie ihr nicht weggenommen werden würde. Sie wehrte sich sogar oft gegen Zuneigung, um sich vor dem unvermeidlichen Schmerz zu schützen, den es mit sich bringen würde, wenn sie ihr wieder entzogen würde. An manchen Tagen trat sie um sich und schrie und benahm sich fürchterlich. Aber wenn mein Verstand sagte, dass ich mich ärgern oder sie weniger lieben könnte, war meine Sehnsucht nach ihr nur noch stärker. Und wenn ich sah, wie kaputt sie war und wie kaputt ich selbst war, liebte ich sie umso mehr.

Kürzlich klapperten rote Perlen am Ende ihrer Zöpfe um ihr Gesicht, als sie in die Küche sprang und ihren Kopf an meiner Schulter ausruhen wollte. Inzwischen ist sie so groß, dass sie sich dazu nicht mehr nach oben strecken muss. Sie erzählte mir flüsternd von den Wunden, die zwar überdeckt, aber nie geheilt waren. Ihre Geschichte brach mir das Herz. Kein Kind sollte das durchmachen, was sie erlitten hatte: den Schmerz, den sie immer noch zu verarbeiten versuchte. Obwohl ich für die Worte, die sie mir anvertraute, dankbar war, beschlich mich gleichzeitig eine ungeahnte Panik und setzte sich fest, als mir in voller Tragweite bewusst wurde, wie viel wir noch überwinden mussten. Ich nahm ihr Gesicht in die Hände und versicherte ihr und auch mir mit Tränen in den Augen, dass Jesus an sie und ihre roten Perlen und ihre rote Schärpe gedacht hatte, als er sein rotes Blut vergossen hat, um uns alle zu erlösen. Weil ich das weiß, weiß ich auch: Er lässt uns hier nicht allein.

Monate später saß ich an einem Dienstag im noch dunklen Haus, trank einen zu starken Kaffee und saugte Gottes Barmherzigkeit in mich auf. Ich betete für meine Tochter, ein roter Farbtupfer im Wandteppich unserer Familie: kokett, stark, einfühlsam und mit einem grenzenlosen Mitgefühl. Ich kämpfte mit den Gedanken »was wäre, wenn« und »wenn nur«, doch dann übergab ich diese Fragen wie schon so oft in Gottes Hand. Ich las eigentlich nicht wirklich das Buch Sacharja, sondern blätterte eher ziellos in meiner Bibel, doch dann stach es mir entgegen. Hier auf den abgegriffenen Seiten las ich, dass Sacharja von Gottes Volk sagt, dass noch Hoffnung besteht.[19] Ich wusste, dass ich das nicht hatte. Wieder einmal hatte mich eine erdrückende Sorge wegen des Traumas, das meine Kinder in der Vergangenheit durchgemacht haben, gefangen genommen und meinen Blick von dem abgelenkt, auf den ich meine Hoffnung setzen sollte.

Da ich besser verstehen wollte, wie ich jetzt so lebe, dass noch Hoffnung besteht, schlug ich das erste Kapitel des Buches Sacharja auf und begann zu lesen. Während ich die Seiten umblätterte, konnte ich nicht anders, als *alles* zu unterstreichen, während meine

Seele zu diesen Wahrheiten laut »Ja!« rief. »Ich komme, um in deiner Mitte zu wohnen«, verkündet der Gott des Alten Testaments dem Propheten, lange bevor er seinen Sohn schickt. »An jenem Tag schließen sich viele Völker dem HERRN an und auch sie sollen zu meinem Volk gehören.«[20] Das nächste Kapitel beschreibt eine Vision, in der der Hohepriester Jeschua vor dem Herrn steht; dazu Satan als Ankläger und der Engel des Herrn. Der Herr weist Satan wegen seiner Anschuldigungen gegen den Hohenpriester zurecht und sagt, Jeschua sei »wie ein Holzscheit, das aus dem Feuer gerissen wurde«[21]. Sind wir das nicht alle? Was für eine unvergleichliche, unverdiente Freundlichkeit Gottes, dass er uns aus dem Feuer des Gerichts gerissen hat! Wie viel mehr wird er uns aus unseren Kämpfen in diesem vorübergehenden Leben erlösen, wenn er uns für alle Ewigkeit aus dem Feuer gerissen hat? Ich sehe meine Familienangehörigen, jeden an seinem eigenen Platz, mit unserer unterschiedlichen Vergangenheit und unseren unterschiedlichen Verletzungen, aus dem Feuer des gewissen Todes gerissen und in Gottes Schutz und Gnade gebracht.

Dann werden dort vor dem Herrn und dem Engel des Herrn Jeschuas schmutzige Kleider abgenommen und ihm wird feine Kleidung angezogen und ein reiner Turban aufgesetzt, und der Herr verheißt: »Schon bald werde ich meinen Knecht, den Spross, auftreten lassen.«[22]

Während ich das lese, erinnere ich mich daran, dass Jesaja von einem Spross sprach, der Frucht tragen wird, ein Spross, der aus einem toten Stumpf hervorgehen wird.[23] Ist das Hoffnung? Dass wir einen Stumpf, der lange tot und leblos war, ansehen und mit einem Spross rechnen, obwohl das vermutlich unmöglich ist? Dass wir unsere hoffnungslosen Situationen ansehen können, die scheinbar tot sind – ein Kind, das beziehungsunfähig ist, ein verlorener Sohn, der vom Weg abgekommen ist, eine Ehe, die nicht mehr zu retten ist, ein arbeitsloser, obdachloser Drogenabhängiger, der mehr nach einem Schuss lechzt als nach einem Erlöser –, und erwarten, dass neues Leben hervorgeht? Das, was die Welt als Torheit bezeichnen würde, einen Stumpf anzuschauen und einen Spross zu erwarten, hat der Herr in Jesus für uns getan. Während ich darüber nachdenke, werden mein Denken und mein Herz von den Verheißungen erfüllt, die er mir im Laufe der Jahre für meine Kinder gegeben hat. Eine bestimmte Verheißung kommt immer wieder: »Dass man sie ›Eichen der Gerechtigkeit‹ und ›Pflanzung zur Verherrlichung des HERRN‹ nennen kann.«[24]

Wir blicken auf Jesus, der uns »einen Kopfschmuck anstelle von Asche, Freudenöl anstelle von Trauerkleidern und Lobgesang anstelle eines betrübten Geistes«[25] gibt; Jesus, der unsere schmutzige Kleidung wegnimmt und sie durch festliche Kleidung ersetzt, weil er alle unsere Sünde wegnimmt. Jesus, der seine Braut holt, die sich in strahlend weißes Leinen kleiden darf.[26] Noch besteht Hoffnung: Das bedeutet, wir können unbeschreiblich frei sein, weil wir unsere Umstände ansehen und erwarten, dass Jesus hineinkommt und erlöst, erneuert und wiederherstellt.

... weil Jesus Christus, der Sohn Gottes, nicht zwischen Ja und Nein schwankt. ... er ist das göttliche Ja – die feste Zusage Gottes. Denn in ihm erfüllen sich alle göttlichen Zusagen. ... Er hat uns einen Auftrag erteilt und bestätigt, dass wir zu ihm gehören, indem er uns den Heiligen Geist ins Herz gab. Dieser ist eine Sicherheit für alles, was er uns noch schenken wird. ... Da dieser neue Bund uns diese Hoffnung gibt, können wir alles wagen.[27]

Hoffnung hält mich ganz und gar fest: Hoffnung auf die Heilung meiner Tochter hier (die schon begonnen hat), Hoffnung auf die Heilung meiner eigenen kaputten Stellen und Hoffnung auf unser ewiges Leben bei Gott. Hoffnung, dass, wie Paulus sagt, »Gott, der sein gutes Werk in euch angefangen hat, damit weitermachen und es vollenden wird bis zu dem Tag, an dem Christus Jesus wiederkommt«[28]. Und ich lebe mit der Hoffnung, dass *Jesus kommt.*

Die Sonne späht über den Horizont und wirft Muster auf die Couch. Ich sehe mit neuen Augen, in der festen Hoffnung, die sich ganz auf die Gnade stützt, die mir durch Christus gegeben ist. Ich muss meine Tage als eine Frau leben, die sich der Hoffnung sicher ist, denn wahre Freiheit finden wir erst, wenn wir von dem kommenden König vollkommen gefesselt sind.

Dieses Kind, für das ich gebetet habe, das immer vor allen anderen wach ist, zieht ein Buch aus dem Regal und kuschelt sich in der Stille neben mich. Der schlaksige Körper dieser Zehnjährigen rollt sich wie ein Säugling in meinen wartenden Armen zusammen. Ich sehe Hoffnung in ihr, und ich sehe mich. Ich kann auch um mich treten und schreien und mich mit Händen und Füßen gegen die Liebe des himmlischen Vaters wehren. Ich verlagere meinen Blick und werde von der Panik gefesselt statt der Verheißung. Trotzdem sagt Jesus: »Mein.« Er sieht mich an, so unvollkommen wie ich bin, und nennt mich Tochter und zieht mich liebevoll in seine Arme.

Ich betrachte ihr Gesicht und weiß, dass Gott sie viel mehr liebt, als ich mir vorstellen kann, während ich die Gebete flüstere, die ich jeden Morgen über ihrem Herzen flüstere: »Jesus, du verbindest die, die ein gebrochenes Herz haben … lässt die Gefangenen frei, befreist die Gefesselten … tröstest alle Trauernden … schenkst einen Kopfschmuck anstelle von Asche … Sie werden Eichen der Gerechtigkeit und Pflanzung zur Verherrlichung des Herrn genannt werden.«[29] Ich zeichne mit den Fingern die Rundung ihres Gesichts nach und lobe den Herrn für die Widerstandskraft und Veränderung, die ich in diesem Kind sehe. Ich lobe ihn für ihre Erlösung und freue mich, dass sie jeden Tag mehr über ihn lernen will.

Und dann schreibe ich mit dem Finger auf ihre und auf meine Hand: Noch besteht Hoffnung!

Ich will in der Hoffnung leben, in dieser großen Erwartung, dass wir Jesus hier sehen werden. Wir erinnern uns an alles, was wir gesehen haben, und setzen unsere Hoffnung voll auf das, was wir noch nicht gesehen haben. Wir richten unsere ganze Hoffnung und unser ganzes Vertrauen und unseren ganzen Blick auf die Gnade, die uns durch Christus gegeben ist. Wir bitten, dass wir gefesselt von seinen Verheißungen leben dürfen.

Die Kindererziehung ist zweifellos mein größter Lehrer für Gottes Liebe zu mir. Gott hat mich durch seine Gnade so geschaffen, dass es mir nicht unangenehm ist, auf die Gebrochenheit anderer Menschen einzugehen. Aber ich stelle für mich fest, dass es viel schwerer ist, selbst gebrochen zu sein, Gebrochenheit in meinem Haus zu erleben, wenn ich meine, dass ich alles unter Kontrolle haben und reparieren können sollte. Vielleicht gilt das für uns alle. Wenn wir unsere Familienangehörigen lieben, sehen sie die Schwächen, die wir lieber verbergen würden, die Gebrochenheit, die wir vor dem Rest der Welt verstecken können, aber nicht vor unseren Familien.

Ich werde mir immer mehr bewusst, wie sehr ich darauf konditioniert bin, mich meiner Schwäche zu schämen. Es ist gut, uns um das Kaputte im Leben von anderen zu kümmern. Aber können wir zugeben, dass in unserem eigenen Haus und sogar in unserem eigenen Herzen viel kaputt ist? Man hat uns gesagt, dass das peinlich und beschämend wäre. Aber wir wissen, wenn wir in der Bibel nachlesen, dass sich Gott unserer Schwäche nicht schämt. Er schämt sich ihrer nicht, weil er sie benutzen kann, um sich zu verherrlichen.

Ich denke an Maria von Bethanien, die mit Tränen und Parfum Jesu staubige Füße wäscht. Wir wurden dazu erzogen, vor diesem Ort wegzulaufen. Vor der Verwundbarkeit. Aber für Jesus ist sie kostbar und schön. Meine Unfähigkeit, die Löcher in den Herzen meiner Kinder zu füllen, macht mir meine Bedürftigkeit bewusst. Und meine Bedürftigkeit nach Jesus ist in seinen Augen schön; das will er. Dieser Mangel, den die Welt »bitter« nennen würde, ist für meinen Erlöser süß, da sie mich in die Abhängigkeit von ihm und in die Beziehung zu ihm führt.

Mein Mangel wird in den Tränen meiner Kinder wegen enttäuschter Erwartungen sichtbar, in meiner Stimme, die vor Frustration laut wird, obwohl mein Kind nur etwas Harmloses verlangt. Er wird sichtbar, wenn ich nicht begreifen kann, wie jemand völlig zusammenbricht, nur weil er aufgefordert wird, etwas wegzufegen. Er wird sichtbar, wenn ich nachts voll Sorge und Angst wach liege und versuche, die Geschichten meiner Kinder und den Weg, den sie gehen, zu kontrollieren. Ein Kind schreit mich an, dass ich dies oder jenes nicht getan und es im Stich gelassen hätte. Und ich schaue es verwirrt an und weiß nicht einmal genau, wovon es spricht. Diese Tochter mit ihrem schönen, sensiblen Herzen, dem in der Vergangenheit so viele Wunden zugefügt wurden, verletzt schon ein falscher Blick oder ein unbedachtes Wort zutiefst und erinnert sie daran, wie sehr sie vernachlässigt wurde. Ich weiß das, und trotzdem füge ich ihr manchmal aus Unachtsamkeit Schmerz zu. Meine Schwäche ist so deutlich zu sehen. Ich demütige mich und entschuldige mich, und ich danke Gott dafür, dass er in uns allen arbeitet.

Später an diesem Tag höre ich die Eifersucht, die Unsicherheit, den Konkurrenzkampf unter ihnen und die Klagen, sie würden unfair behandelt werden: Wer wird mehr geliebt oder wer bekommt weniger? Ein anderes Kind weint, weil es durch die Worte eines anderen verletzt wurde. Ich weine noch mehr, ich fühle den Schmerz, ich fühle, dass ich versage und ihr kleines Herz nicht beschützen kann.

Diese ganzen Herzen und diese ganzen Persönlichkeiten, genauso wie in jeder Familie. Wir wissen: Menschen zu lieben ist schwer. Wir kommen an unsere Grenzen. Und sosehr wir auch dazu erzogen sind, das zu vermeiden, ist es ein sehr süßer Ort, wenn wir selbst am Ende sind. Das wird uns in solchen Situationen genauso deutlich bewusst wie Maria in jenem Moment vor Jesu Füßen: Ich genüge nicht. Meine Erziehung kann nicht genügen. Nur Jesus ist genug und nur er kann diesen Mangel ausfüllen. Bei uns allen.

In den ersten Jahren, in denen Gott unsere Herzen zusammengestrickt hat, sahen wir für einen Außenstehenden oder für jeden, der wenig Erfahrung mit Adoption hat, sicher wie eine kaputte, chaotische Familie aus: das Chaos und das Kaputte, das manche Menschen ihr ganzes Leben lang unter allen Umständen vermeiden wollen.

Manchmal fuhr ich in unserem einzigen Fahrzeug, einem Kleinbus für 16 Personen, vor, stieg aus und das Leben war unbeschreiblich schön. Töchter begrüßten mich lachend am Tor. Ich ging in unser Haus und es roch nach frisch gebackenem Weizenbrot, das ich in den Ofen geschoben hatte, bevor ich weggefahren war. Später hing die saubere Wäsche an der Leine und 13 Kinder lagen mit mir auf der Couch, bevor es Zeit war, schlafen zu gehen. In einer großen Familie sind solche Tage der Inbegriff wunderbarer Schönheit.

Aber ganz oft ist das Leben chaotisch. Töchter standen am Tor, aber sie stritten miteinander. Die Leute, die mit unserer Familie lebten, waren vielleicht unordentlich und störend, und sie erlebten uns von unserer nicht so guten Seite. Ich wollte kein Brot backen, weil ich heute *einfach nur schlafen* und erst wieder aufwachen wollte, wenn das ganze Chaos vorbei wäre.

Wir genossen Zeiten des Friedens, in denen wir miteinander kuschelten und auf der Couch laut vorlasen und das Essen rechtzeitig fertig war und alles glattlief. Wir ertrugen Zeiten, in denen das Weinen eines einzigen Menschen die ganze Familie aus der Fassung brachte und ich mich fragte, was ich in dieser Rolle als Mutter eigentlich mache und ob wir je wieder auf die richtige Spur zurückfinden würden.

Diese schwachen und chaotischen Tage zogen mich näher zu

Gott hin. Für eine Familie wie unsere gibt es keine Erziehungsbücher, keine spezielle Strategie, die alle Wunden heilen und alle Herzen trösten würde. Es gibt nur Jesus, und ich stütze mich immer mehr auf ihn, um zu lernen, wie man auf einen solchen scheinbar unmöglichen Auftrag reagiert. Erst als ich meine Schwäche anerkannte und in meiner tiefen Not zu ihm schrie, bekam ich tatsächlich Antworten. Als ich mich auf ihn stützte, fing er mich auf und rüstete mich aus. Diese Kraft kam nicht von mir selbst. Nur eine Kraft und eine Barmherzigkeit, die von ihm kam, konnte mir erlauben, meine Tochter gut zu lieben.

Ich konnte die Geheimnisse, die er in ihnen wachsen ließ, die Fortschritte, die er langsam, aber sicher in ihren Herzen wirkte, sehen. Ich sah sie, während sie die Menschen, die in unser Haus kamen, so großzügig und ohne Heuchelei liebten. Ich sah es an den kleinen Zetteln, die sie mir schrieben, an den Blumen, die sie pflückten und stolz ins Haus brachten, daran, wie sie ihre Schwestern zum Geburtstag überraschen wollten, wie sie lernten, sich zu entschuldigen (und ich das auch lernte).

Ich kannte die Geheimnisse, die Gott in mein eigenes Herz hineinflüsterte, als er in mir eine *Sehnsucht* nach dem schwachen und verzweifelten Ort weckte, der mich zwang, für mich und für meine Kinder zu beten, nicht als geistliche Disziplin, sondern als *Rettungsseil.* Kein noch so vieles Organisieren oder Planen oder Aufstellen von Erziehungszielen konnte mich so weit bringen. Ein perfekt organisiertes Haus und gesunde, selbst gekochte Mahlzeiten und makellose Unterrichtspläne waren nicht die Lösung. Müde, bedürftig und verzweifelt, konnte ich mich nur an Gott klammern. Und je mehr ich meine Schwachheit, meine Fehler, meine Unzulänglichkeiten kannte, umso mehr kannte ich seine Sanftheit, seinen zärtlichen Blick, seine starke und liebevolle Schulter, an die ich mich immer lehnen konnte.

Diese Menschen, die ich so sehr lieben konnte, dass ich die Liebe wie einen körperlichen Schmerz in meiner Brust fühlen konnte, benutzte Gott damals und er benutzt sie immer noch, um mich zu verändern. Um meinen Blick sowohl auf mich selbst als auch auf ihn zu verändern. Diese Kinder sind meine herausforderndste und beste Aufgabe.

Der Spross gilt auch für mich. Ich warte gespannt auf Heilung, nicht nur bei meinen Töchtern, sondern auch in meinem eigenen Herzen, während mich meine Schwäche immer näher zu ihm zieht. *In der Hoffnung Lebende,* flüstert Jesus in mein Herz, *sind Menschen, die einen Stumpf sehen und darauf warten, dass er austreibt, die die Wüste sehen und eine mächtige Eiche erwarten, die ihre Umstände sehen und den Spross, Jesus, erwarten.*

6

Wir haben einander

Unser Kleinbus hält in dem staubigen, überbevölkerten Elendsviertel auf der holprigen, staubigen Lehmstraße neben ihrer Lehmhütte, und da steht sie. Ihr Lächeln ist so strahlend wie der Sonnenschein. Es ist heiß und wir sind spät dran, aber ihre Freude zeigt mir wieder, wo ich meine Freude finde. Meine zwei Jüngsten sehen sie, klatschen in die Hände und jubeln grinsend: »Miss Angelina! Miss Angelina!«

Ihre Umarmung ist herzlich und ermutigend wie die einer Mutter, und ich genieße ihre Nähe. »Guten Morgen, liebe Freundin«, sage ich. Das Wort *Freundin* geht wie Honig über meine Zunge und erfüllt mein Herz, während meine Kinder an ihrem Rock zupfen und in ihre Arme krabbeln. Das Wort *Freundin* beschreibt, wer sie für uns alle ist. Sie führt die Mädchen in ihr Haus, das nicht größer ist als meine Küche und in dem Tee und Kekse auf sie warten. Diese einfachen Dinge sind für sie ein Opfer. Ich werde demütig. Ich muss den Hügel hinablaufen und mit der Bibelstunde anfangen. Die Mädchen lassen mich widerspruchslos gehen. Sie wissen, dass sie hier sicher sind. »Sie bleiben hier bei mir«, sagt sie schmunzelnd. »Viel Freude bei deiner Bibelstunde.« Ich danke ihr und bringe Gott flüsternd meinen Dank, als ich den Hügel hinuntergehe. Mich berührt das, was ich hier erlebe, erneut: Hier an einem Ort, an dem man es am wenigsten erwarten würde, und unter den unmöglichsten Umständen ist diese Frau meine Freundin geworden.

Masese ist ein Elendsviertel, in dem ungefähr 5000 Menschen leben, an einem Hang am Stadtrand von Jinja. Auf der anderen

Seite desselben Hügels befindet sich die Müllkippe der Stadt. Dort verdienen sich viele Bewohner von Masese ihren Lebensunterhalt, indem sie den Müll nach Metallteilen absuchen, die sie verkaufen, oder nach Lebensmitteln, die sie essen können. Diejenigen, die nicht auf der Müllkippe arbeiten, versuchen oft, durch Schnapsbrennen oder Prostitution den Lebensunterhalt für sich und ihre Familien zu verdienen. Armut, Hunger, Krankheit und Alkoholsucht sind hier weit verbreitet. Aber hier ist auch Schönheit zu finden, wenn die Kinder trotz des roten Staubs, der um sie herum in der Luft liegt, lachen und tanzen, wenn Frauen ihre Nachbarinnen einladen und gegenseitig auf ihre Kinder aufpassen und das wenige, das sie haben, miteinander teilen. Ich tue seit Jahren in diesem Viertel meinen Dienst und habe angefangen, es als mein zweites Zuhause zu betrachten, in dem Menschen wie Angelina meine Familie mit offenen Armen aufnehmen.

Wochen später lässt mich Santina, eine andere Freundin aus derselben kleinen Gemeinde, meine Hand auf ihre Schulter legen und ihr Kind halten, während sie den Kopf hängen lässt und weint. Ich habe vor einigen Jahren in derselben winzigen Lehmhütte die Geburt dieses Kindes miterlebt. Hier gibt es keinen Strom, deshalb haben wir im schwachen Licht einer Kerze gestanden und gewartet, bis ihre Mutter sie mit einem lauten Schrei entband. Ehe ich mich versah, hatte mir jemand das Baby, das immer noch schleimbedeckt und glitschig gewesen war, auf den Schoß gelegt, während die anderen Frauen Santina halfen, die Nachgeburt zu entbinden, und sie wuschen. Ich erinnere mich, dass das Baby nicht wirklich geschrien hat. Es war eher ein Quietschen. Das Mädchen sah mich mit seinen neugierigen Augen in dem dunklen Haus an. Ich wickelte sie in das nächstbeste Tuch, das ich finden konnte, und sie nannten sie Katie. Heute hat Katies Vater seinen letzten Atemzug getan und die Augen für immer geschlossen, während ich ihn auf demselben Schoß hielt, auf dem damals das zappelnde neue Leben gelegen hatte. In meinem Kopf schwirrt alles durcheinander. Ich denke darüber nach, wie nahe Leben und Tod sind, dass wir selten vorhersagen können, was ein neuer Tag bringen wird. Da ich nicht viel tun kann, außer einfach hier zu sein und sie zu trösten, putze ich Santinas winziges Haus.

Später stehe ich mit ihrer Familie im Regen und wir weinen. Sie hat sieben Kinder; vier von ihnen waren dabei, als ihr Vater starb. Nachbarn kommen und trauern mit der Familie. Ich fühle ihre tröstenden Hände auf meinen Schultern. Ein Außenstehender würde vielleicht denken, dass ich Angst haben sollte, hier im Slum, mitten in der dunklen Nacht, im Regen – vielleicht hätte ich früher auch Angst gehabt –, aber ich fühle nur den Trost. Dieser Ort ist für mich eine Art Heiligtum geworden. Ich habe hier Freunde gefunden. Ich habe Gemeinschaft gefunden. Mack ist auch bei uns. Er hat meinen Kleinbus hierhergefahren, damit ich auf dem Rücksitz sitzen und Santinas kleine Kinder festhalten und trösten kann. Aber ich glaube, dass er einfach nicht wollte, dass ich allein fahre. Er hat früher hier gelebt, vor dem Unfall, bevor er in unser Gartenhaus gezogen ist. Er lässt mich nicht aus den Augen, mein treuer Beschützer. Er beschützt mich wie ein Bruder, und weil er sich wegen meiner Trauer Sorgen macht, bleibt er in der Nähe. Zig Gesichter werden vom Kerzenlicht beschienen, während wir in Santinas kleinem Haus zusammensitzen. Ich staune darüber, wie mich dieselben Menschen, die mich früher wegen meiner Hautfarbe angespuckt haben, jetzt mitten in der Nacht an den Händen fassen. »Danke, dass du mit uns um unseren Schmerz weinst«, sagt Lillian, und mir fehlen die Worte.

Ich erinnere mich, dass der Theologe Henri Nouwen geschrieben hat:

[Mitleiden] heißt nicht, sich aus einer privilegierten Position zu weniger Privilegierten hinunterzubeugen; es heißt nicht, sich von hoch oben zu anderen, denen es nicht so gut geht und die weiter unten sind, hinunterzubeugen; es ist keine Geste des Mitgefühls oder Mitleids gegenüber Menschen, die es nicht schaffen, nach oben zu kommen. Ganz im Gegenteil, Mitleiden bedeutet, direkt zu diesen Menschen und Orten zu gehen, an denen das Leiden am akutesten ist, und dort ein Haus zu bauen.[30]

Und so sitzen wir da.

Das will ich für unser Leben, für mein Leben und das meiner Kinder. Diese Menschen nicht bemitleiden, sondern mit ihnen leiden. Neben ihnen hergehen. In der Gemeinschaft mit ihnen unser Haus bauen. Ihre Lasten tragen.

Ich gehe wieder den lehmigen Hügel hinauf, mein Weg wird von einem Chapati-Stand in der Nähe schwach beleuchtet. Das Dorf ist überfüllt, Menschen, die in baufälligen Hütten wohnen, sind auf einem kleinen Raum zusammengepfercht. Während ich gehe, stoße ich immer wieder auf Menschen, die ich kenne, und wir umarmen uns in der Nacht. Selbst an diesen schweren Tagen empfinde ich Dankbarkeit, denn ich weiß: Diese Menschen, sie sind meine Freunde. Gott hat es wahr werden lassen, dass meine Freude ihre Freude ist und ihr Schmerz mein Schmerz ist. An diesem Ort, an dem man es am wenigsten erwartet, hat er Beziehungen geschaffen und schön gemacht.

Wochen später sitzt eine Gruppe Frauen aus demselben Slum im Kreis in meinem Garten, wo wir uns zum Bibelstudium treffen. Ich serviere Tee und lackiere ihre Zehennägel und unser Lachen ist echt. Wir lesen Gottes Wort, beten miteinander und loben Gott. Sie glauben noch nicht alle, aber sie fangen an, Gottes Antworten zu sehen, sie sehen, dass unsere Gebete echt sind. Wir lachen über schöne Erlebnisse und weinen um unseren Kummer. Wir trauern um Todesfälle und freuen uns über neues Leben. Wir erzählen uns wilde Geschichten und wir sitzen schweigend zusammen. Trotz unzähliger Unterschiede sind wir alle gleich, ein Volk, das durch eine Beziehung miteinander verbunden ist.

Obwohl Namele Teil dieser Frauengruppe ist, die jeden Dienstag zusammenkommt, können wir uns kaum verständigen. Ich spreche Englisch und Luganda. Namele spricht Ngakaramojong und Suaheli. In der Bibelstunde haben wir eine Übersetzerin, aber heute ist Namele allein gekommen, weil sie Hilfe sucht. Ihr Baby ist krank. Da niemand da ist, der ihre Sprache spricht, habe ich keine Ahnung, wie sie mir erklären will, was los ist. Ich versuche es mit allen möglichen verrückten Gesten und Zeichen. Sie starrt mich nur an.

Ich fange an, Geräusche von mir zu geben, als würde ich mich übergeben.

Sie nickt kräftig.

»Wie oft?«, frage ich und halte die Finger hoch.

Sie versteht meine Frage nicht.

Ich mache das Geräusch einmal; sie schüttelt den Kopf. Ich mache es zweimal. Ich mache es dreimal. Beim vierten Mal nickt sie ernst. Wir schauen uns an.

Dann krümmen wir uns vor Lachen. Uns ist beiden bewusst, wie albern das ist.

Das Baby hat Fieber. Ich gebe Namele also ein Medikament. Sie lächelt, aber als ich aufstehe, zieht sie mich auf die Couch zurück. »*Eklip*«, sagt sie. Dieses Wort kenne ich. Beten. Sie will, dass ich für ihr Baby bete. Mein Herz wird schwer, denn ich weiß, dass sie schon viel gesehen hat. Sie weiß, dass eine Mutter Angst um das Leben ihres Kindes haben muss, wenn es Fieber hat. Dort, wo sie wohnt, sind ihre Kinder durch Unterernährung und Krankheit, Mangel an sauberem Wasser und unhygienische Bedingungen jeden Tag in Gefahr. Genauso wie es jede andere Mutter tun würde, betet sie, dass ihr Baby gesund wird und dass es bewahrt wird. Auch wenn die Kommunikation zwischen uns schwer ist, habe ich ihren Eifer für Gottes Wort gesehen, ihren Glauben in Anfechtungen, ihre Freude, weil sie Jesus kennt. Ich setze mich neben sie auf die Couch und danke Jesus für Namele und für ihren kleinen Sohn und für Gottes Liebe. Sie legt ihren Kleinen, der eingeschlafen ist, auf die Couch und bleibt zum Essen. Während sie an meinem Tisch sitzt und meine Hand hält und wir die Köpfe wieder zum Gebet beugen, erfüllt mich Freude. Auch wenn wir mit Kommunikationsbarrieren und kulturellen Unterschieden kämpfen, ist diese Frau meine Freundin.

Dietrich Bonhoeffer hat geschrieben, dass unsere Gemeinschaft untereinander allein in dem besteht, was Jesus für uns alle getan hat.

Gemeinschaft mit dem Andern habe ich und werde ich haben allein durch Jesus Christus. Je echter und tiefer unsere Gemeinschaft wird, desto mehr wird alles andere zwischen uns zurücktreten, desto klarer und reiner wird zwischen uns einzig und allein Jesus Christus durch sein Werk lebendig werden. Wir haben einander nur durch Christus, aber durch Christus *haben* wir einander auch wirklich, haben wir uns ganz für alle Ewigkeit.[31]

Was für eine schöne Verheißung!

Status, Kultur und Sprache bedeuten im Licht der Ewigkeit nichts. Rasse, Alter und Lebenserfahrungen fallen weg. Nameles Hand ist in meiner und wir beugen uns vor unserem Schöpfer und wir brechen das Brot und wir lachen. Oh, wir lachen. Ich halte ihr Baby und sie hält meines und wir kümmern uns auf eine Weise umeinander, die echt und tief ist. Sie sitzt auf meiner Couch oder ich sitze auf ihrem Lehmboden und wir wechseln einige Worte, die wir beide bruchstückhaft verstehen. Wir lieben, und das ist genug. Und das gilt für alle Ewigkeit.

Vor Jahren habe ich angefangen, für alle zu beten, die Gott in unser Haus bringt. Ich betete dasselbe Gebet, das ich Gott in Bezug auf meine Töchter flüsternd bringe: »Vater, gib mir deine Augen für sie. Gib mir deine Augen für diesen Mann, diese Frau, dieses Kind. Zeige mir, wie du jeden Einzelnen siehst.« Gott erhört ein solches Gebet immer, wenn auch vielleicht nicht sofort. Sehnt er sich nicht danach, dass wir einander empfangen, dass wir einander lieben, dass wir uns umeinander kümmern, genauso wie er sich um uns kümmert? Will er nicht, dass wir einander mit neuen Augen und mit neuen Herzen sehen?

Wenn Mitleiden wirklich bedeutet, mit dem anderen zu leiden, dann ist es nicht Mitleid, nicht barmherzige Hilfe, wenn wir unsere Besucher mit neuen Augen sehen und so mit ihnen fühlen, wie Jesus mit uns fühlt. Wir sind wirklich gebrochen, wir fühlen den tiefen Schmerz, wenn wir andere leiden sehen. Wir sind vielleicht weniger dazu berufen, das Leiden zu lindern (wie ich früher gedacht habe), sondern vielmehr dazu, in das Leiden von anderen einzutauchen und mit ihnen durch das Leiden hindurchzugehen. Wir trauern mit denen, die trauern, wir weinen mit denen, die weinen, wir bitten mit ihnen um Besserung.

Meine westliche Vorstellung von christlichem Dienst und sogar von Missionsarbeit hätte früher eine Trennung zwischen Privatleben und Dienst gezogen, zwischen Zuhause und Arbeit. Aber je länger unsere Familie mit anderen zusammen ist, denen es materiell nicht so gut geht, die aber Jesus genauso dringend brauchen wie wir, umso mehr scheint diese Trennung nicht nur unbiblisch, sondern unmöglich zu sein. Das Leben sollte eigentlich ein ständiger Dienst und nicht getrennt vom Dienst sein. Je mehr ich meinen himmlischen Vater bat, mir seine Augen für die Menschen zu geben, die er in unser Leben und in unser Haus gebracht hat, umso mehr bestätigte er, dass in seinen Augen ein Mensch nicht das nächste Projekt für meinen Dienst oder der nächste Kandidat, den ich evangelisieren soll, ist, sondern jemand, der genauso ist wie ich und Gottes unverdienten Segen, seine Liebe und seine Gnade genauso sehr braucht wie ich. Er änderte meinen Blick und gab mir wieder Augen, die sehen, dass wir seine Schönheit am tiefsten erfahren, wenn wir andere in der Dunkelheit begleiten.

»Wir haben euch so sehr geliebt, dass wir euch nicht nur Gottes gute Botschaft brachten, sondern auch unser eigenes Leben mit euch geteilt haben«, schrieben Paulus, Silas und Timotheus der Gemeinde in Thessalonich.[32] Dieser Satz ging mir immer wieder durch den Kopf, während alle möglichen verschiedenen Menschen in unserem Haus und Garten wohnten. Ich wollte das an jedem Tag unseres Lebens leben! Ich wollte, dass die Menschen das Evangelium nicht nur aufgrund unserer Worte verstehen, sondern auch aufgrund der Art, wie wir leben.

Dieser Lebensstil, alles zu teilen und andere einzuladen – an unserem Tisch zu sitzen, auf unserer Couch zu liegen, in unserem Badezimmer zu duschen und in unserem Bett zu schlafen –, widerspricht allem, was die westliche Kultur über die Wichtigkeit von persönlichem Raum und Privatsphäre sagt. Aufgrund der vielen Menschen in meinem Haus gehörten Stille und persönlicher Raum der Vergangenheit an. Ich fand das früher unpassend, störend, sogar unbequem. Aber Gott erweiterte meinen Horizont immer mehr und lehrte mich, dass er von mir will, dass ich diesen öffentlichen Lebensstil, in dem ich für Störungen offen bin, lebe und liebe. Und so trafen wir als Familie bewusst die Entscheidung, alle an unseren Tisch einzuladen. Ich begann, die Kunst, gestört zu werden, zu praktizieren. Während ich kiloweise Gemüse schnitt, betete ich, dass die Menschen nicht nur körperlich an meinem Tisch satt würden, sondern in unserem Haus auch geistlich gesättigt würden. Während mein Herz betete, dass das so sein möge, gab uns Gott reichlich Gelegenheit, so zu leben.

Katherine war eine junge, verwitwete Mutter mit fünf Kindern unter zehn Jahren. Die meisten ihrer Kinder waren in *Amazimas* Förderprogramm und bekamen finanzielle Unterstützung für ihre

Schulbildung und medizinische Versorgung. Katherine kämpfte schon eine Weile mit Tuberkulose, eine Komplikation ihrer HIV-Erkrankung, aber in letzter Zeit war es so schlimm geworden, dass sie schnell an Gewicht verlor und sehr wenig Energie hatte. Ich bekam von einer unserer Mitarbeiterinnen einen Anruf, die sich Sorgen machte, dass Katherine nicht stark genug sein könnte, um sich und ihre Kinder zu versorgen. Der wöchentliche Fußmarsch aus ihrem Dorf zum Krankenhaus in der Stadt, wo sie ihre Behandlung bekam, war für sie kaum zu schaffen. Da das Zimmer im Gartenhaus neben Macks Zimmer leer stand, war es naheliegend, sie einzuladen, bei uns zu wohnen. Katherine brauchte nicht viel, nur gesundes Essen und ein wenig Pflege. Ich ging davon aus, dass sie in einem, vielleicht zwei Monaten wieder stark und gesund genug wäre, um wieder in ihr Haus zurückzuziehen und sich wieder selbst um ihre Kinder zu kümmern.

Unsere Familie nahm ihre Familie auf und wir freundeten uns schnell an. Katherine war genauso eigensinnig wie ich, und sie wollte das Beste für ihre Kinder, auch wenn sie im Moment nicht stark genug war, um für sie zu sorgen. Sie hatte zu allem eine Meinung und tat sie ungeniert kund, während wir anderen versuchten, dafür zu sorgen, dass sie die bestmögliche Pflege bekam. Sie nahm ihre Medikamente, ruhte sich aus und bekam gesundes Essen. Ihre zwei Ältesten, Edith und Penny, wurden mit meinen Kindergartenkindern zu Hause unterrichtet und ihre kleinen Jungen spielten im Garten. Aus Freunden wurde eine Familie, als wir uns an das Leben mit sechs weiteren Personen gewöhnten.

Wenn man sich auf die Liebe einlässt, wird es immer ein wenig chaotisch. Da die anderen Menschen in unser Leben kommen, bleibt uns keine andere Wahl, als auch in ihr Leben zu kommen. Doch das ist noch nicht alles: Mit der Zeit werden ihre Schmerzen unser Schmerz und ihre Freuden werden unsere Freude und dieses Teilen des Evangeliums wird zu einem Teilen des Lebens. Das scheint auf den ersten Blick so belastend, so erdrückend zu sein.

Aber das empfinde ich nicht mehr so. Wenn wir die Lasten eines anderen tragen, kommt eine große Leichtigkeit in unsere eigenen Anfechtungen. Wir stehen darin gemeinsam, und Christus ist bei uns.

Die Welt würde uns gern etwas anderes einreden; die Welt würde uns sagen, dass uns der Schmerz ruiniert. Wir sind dazu erzogen und konditioniert worden, dass wir vor dem Schmerz um jeden Preis fliehen müssen. Einige würden sogar argumentieren, dass das ein Naturinstinkt ist. Nur das übernatürliche Wirken des Heiligen Geistes kann diese Angst vor Schmerz mit einer Liebe überwinden, die größer ist. Die Welt möchte uns einreden, dass man uns nicht mehr gebrauchen könnte, dass wir nicht stark sein könnten, dass wir nicht glücklich sein könnten, wenn wir kaputt sind. Aber das stimmt nicht. Im größten Wunder aller Zeiten erweckt Gott, der Vater, seinen Sohn Jesus aus dem dunklen Grab und triumphiert über den Tod. Nach dem brutalen Schlagen und Geißeln und Verspotten, das eine direkte Folge der Hässlichkeit meiner Sünde ist, flüstert Jesus: »Vater, vergib ihnen.« Und er vergibt. Aus dem schwarzen Grab steigt neues Leben und erstrahlt. Das Lamm, das Lamm. Gott benutzt alle Dinge, auch das Leid, zu seiner Herrlichkeit.

Das habe ich ihn in unserem Haus tun sehen, noch bevor ich sagen konnte, dass ich mir das unbedingt wünsche. Ich sehne mich danach, dass er das in unserem Haus weiterhin tut. Wenn er das tut, lehrt er mich, das Leid als heilige Einladung zu sehen, ihn besser kennenzulernen, damit ich mehr von ihm erzählen kann. Immer wieder erneuert Jesus in mir den Wunsch, so zu leben, den Wunsch, so zu dienen, den Wunsch, so meine Kinder zu erziehen.

Dieser Wunsch, alle Menschen so zu sehen, wie er sie sieht, das Leben und den Tod und die Freude und das Leid mit unseren Mitmenschen zu teilen, definiert den Lebensstil unserer Familie. Einfache Dinge wie eine Geburtstagsfeier für jemanden, der sonst keine hätte, oder eine Mahlzeit für einen Patienten im Krankenhaus, sich die Zeit zu nehmen und einer müden Mutter in die Augen zu sehen und zuzuhören, wenn sie von ihren Kämpfen spricht, oder am Tisch für einen hungrigen Gast Platz zu machen – diese Dinge lassen andere wissen, dass wir bei ihnen und für sie da sind und dass Gott auch bei ihnen ist und für sie da ist.

Jesus hat meine ursprünglichen Pläne und Träume, wie ich in Uganda Gemeinden und Menschenleben verändern wollte, ad acta gelegt. Er benutzt diesen Ort und diese Menschen, um *mich* zu verändern und zu formen. Ich kann so wenig mit ihnen teilen, und sie teilen mit mir ihre Weisheit und Freude und ihr Lachen. Sie lassen mich bei sich sitzen und ich darf mir ihre Geschichten und ihre Lebensweisheit anhören. Sie lassen mich in ihren schmerzlichen Umständen Gottes Güte und Erlösung erfahren. Sie verkörpern echte Gastfreundschaft bis hin zur Selbstaufopferung, und sie lehren mich wahre Dankbarkeit, selbst angesichts von Armut. Während ich bei ihnen sitze, während ich von ihnen lerne, erfahre ich Gottes Güte auf neue Weise.

7

Ein trockenes und erschöpftes Land

Die Monate vergingen, aber Katherines Zustand verbesserte sich nicht. Wir befolgten weiterhin die ärztlichen Anweisungen, und man versicherte uns, dass wir alles in unserer Macht Stehende täten, um die Symptome ihrer Krankheit zu bekämpfen. Trotzdem waren sich alle einig, dass ihre Krankheit so sehr fortgeschritten war, dass ihr Körper nicht mehr würde lange kämpfen können. Wir sprachen über Hospizpflege, aber ich wollte nicht glauben, dass wir keine andere Möglichkeit mehr hatten. Sie hatte fünf kleine Kinder, die alle glücklich und gesund durch mein Wohnzimmer sprangen. Sie musste doch einfach wieder gesund werden. Sie würden wieder nach Hause ziehen und wären wieder die glückliche, gesunde Familie, die sie früher gewesen waren. Sie war so jung. Ihre Kinder waren so jung. Sie brauchten ihre Mutter so dringend.

Ich erinnere mich, dass ich wie jeden Morgen an ihrem Bett saß, um darauf zu achten, dass sie die Tabletten schluckte, die ihren Zustand verbessern sollten, die aber auch eine starke Übelkeit bei ihr auslösten. Wir sprachen über die Möglichkeit einer Operation und auch über den Gedanken, uns einfach auf palliative Pflege zu beschränken und aus der Zeit, die uns blieb, das Beste zu machen. Ich kannte die Prognose. Ich hatte den letzten Arztbericht gelesen und wusste, was der Arzt sagen würde, noch bevor er den Mund aufmachte: dass die Medikamente, die ihr Leben retten sollten, ihren Magen zerstörten, und dass 40 Kilo Gewicht für eine Frau, die fast einen Meter achtzig groß war, einfach zu wenig waren. Es war jedoch möglich, dass sich durch eine konsequente Behandlung und gesunde Ernährung etwas ändern und ihr Körper anfangen könnte, positiv zu reagieren. Das geschah selten, aber es war nicht unmöglich.

»Du hast folgende Möglichkeiten …« Ich schluckte ein Schluchzen hinunter. Wie sollte ich einer dreißigjährigen Mutter von fünf Kindern erklären, dass wir wahrscheinlich schon das meiste von dem, was wir tun konnten, getan hatten? »Ich werde dich unterstützen, egal, wie du dich entscheidest.« Ich wandte mich ab, da sie nicht sehen sollte, wie ich die Tränen zurückblinzelte.

Ihre Antwort war so einfach.

»Ich würde mich gern für das Leben entscheiden.« Ihre Worte waren ruhig und fest. »Meine Kinder sind noch so jung. Ich würde gern leben.«

Natürlich. Die Tränen brannten in meinen Augen, aber ich bemühte mich verzweifelt, sie zurückzuhalten. Noch nicht. Es war noch nicht vorbei.

»Ja, liebe Freundin«, flüsterte ich. »Ja, ich will auch, dass du lebst.«

Mit dem Verstand wusste ich, dass die Chancen, dass sich ihr Zustand deutlich verbessern würde, nicht groß waren. Aber in meinem Herzen kannte ich den Gott, der das Unmögliche kann. Ich kannte den, der das Leben gibt. Ich konnte nicht anders, als zu hoffen, und ich bat und *bettelte* immer wieder: *Oh, Herr, kann sie am Leben bleiben?* Ich erinnerte mich an die Erwartungshaltung, die mich Gott seit Jahren lehrte, dass ich die kaputten Stellen ansehen und erwarten sollte, dass er Schönheit bringen würde, dass ich düstere Situationen sehen und erwarten durfte, dass Gott uns darin begegnen würde. *Der Herr sieht.* Ich dachte an den Schafbock im Busch. Und so sah ich die Krankheit an, die den Tod ankündigte, und erwartete mit ganzem Herzen ein Wunder, Heilung, Gesundheit, Leben.

Manchmal ist Gottes Eingreifen ganz anders, als wir es erwarten.

Ich las in derselben Nacht von den Männern im Lukasevangelium, die ihren gelähmten Freund auf einer Matte brachten und ihn unbedingt vor Jesu Füße legen wollten. Ich überlegte, wie mühsam es gewesen sein musste, ihn auf dieses Dach zu hieven, wie schwer es gewesen sein musste, das Dach abzudecken, damit sie ihn durch die Decke in die Mitte der Menge hinablassen konnten, um ihn direkt vor Jesus zu legen.[33]

Als ich Katherine anschaute, konnte ich die Verzweiflung, die sie gefühlt haben mussten, nachvollziehen, die Verzweiflung, ihn dringend zu Jesus zu bringen. Ich sah auch die große Hoffnung, die sie gehabt haben mussten, dass Jesus ihren Freund heilen *würde.* Sie mussten sich so sicher gewesen sein, wenn sie so viel Mühe auf sich nahmen, um ihn zu Jesus zu bringen. In meinem Herzen regte sich eine ähnliche Hoffnung, eine Zuversicht, eine Gewissheit, dass Gott uns erhören würde, dass er sie heilen würde. Ich las, dass Jesus aufgrund des Glaubens der Männer ihrem Freund die Sünden vergab und, um seine Vollmacht unter Beweis zu stellen, auch die Beine dieses Mannes heilte und ihn aufforderte, aufzustehen und zu gehen. Das wurde mein verzweifeltes, hoffnungsvolles Gebet für Katherine. Dass sie aufstehen und zu Gottes Ehre gesund werden würde.

Ich beschloss, dass ich mich auch für das Leben entscheiden wollte. Ich wählte es für sie und für ihre Kinder. Ich wählte es für mich. Ich war entschlossen, dass ich mich, auch wenn die Versuchung zu verzweifeln erdrückend war, für die Hoffnung entscheiden würde und gespannt darauf warten würde, dass Gott nicht nur Katherines Seele rettete, sondern auch ihr Leben. Ich entschied mich, an den Sieg in Jesus Christus zu glauben. Ich kannte den Gott, der sie heilen konnte, ich wollte unbedingt, dass er sie heilte, und ich glaubte, dass er das tun würde.

Jeden Abend, wenn ich meine eigenen Kinder ins Bett gebracht hatte, legte ich Katherines Kinder um sie herum. Ich reichte ihr ein Glas Milch mit ihrer Medizin, und wir schauten zu, wie sich der

Brustkorb ihrer Kinder im Schlaf hob und senkte, während ihr eigener Brustkorb mühsam um jeden Atemzug rang. Ich saß an ihrem Bett, hielt ihre Hände und brachte sie vor Jesus. Auf diese Weise ließ ich sie durch das Dach hinab. Ich bat um ihretwillen, um ihrer Kinder willen, dass sie ihn besser kennenlernen würde und dass Jesus sie allein zu seiner Ehre heilen würde, dass er sie auffordern würde, aufzustehen und zu gehen. Wir warteten.

Ein weiteres Weihnachten kam und diese Familie wohnte schon seit fünf Monaten bei uns. Da Katherine immer schwächer wurde, hatten wir sie aus dem kleinen Gartenhaus ins Wohnzimmer verlegt, wo ich ihr schneller helfen konnte. Katherine schlief auf der Couch, während ihre Kinder auf Matratzen auf dem Boden lagen, direkt unter den glitzernden Lichtern unseres Baumes.

Bevor die Sonne am Weihnachtstag aufging, quetschte ich mich zwischen die Kinder und Decken, um im schwachen Licht des Weihnachtsbaums eine kurze Zeit der Stille zu finden, bevor der Tag zum Leben erwachte. Ich erinnere mich, dass ich mich nicht richtig konzentrieren konnte. Ihre Kinder hatten alle Husten, und sie atmeten schwer und schliefen sehr unruhig.

Katherines Brustkorb hob sich und ein leises Stöhnen kam über ihre Lippen. Ich machte mir Sorgen. Der Regen hämmerte laut aufs Blechdach. Wir brauchten diesen Regen nach einer Trockenzeit, die länger als gewöhnlich gedauert hatte. Ich dachte kurz daran, dass der Regen den Tag trüben könnte, wenn alle Gäste, die wir erwarteten, durch den klebrigen, roten Lehm stapfen müssten, aber ich versuchte, trotzdem dankbar dafür zu sein. Ich träumte von Katherines Zukunft. Ich träumte von der Zukunft ihrer Kinder. Ich fragte mich flüchtig, ob es Verwandte gäbe, die diese Kinder bei sich aufnehmen würden, wenn sie selbst es nicht mehr könnte.

Ich betrachtete die schlafenden Kinder und hörte, wie sich meine geliebten Kinder in ihren Zimmern rührten, und ich fragte mich, ob ich heute alles schaffen könnte. Konnte ich wieder die Kraft und Barmherzigkeit finden, um mich wieder um die Kinder und die Kranken und die Gebrochenen und die, die zum Essen kommen würden, um mich um alle diese Menschen mit allen ihren Nöten zu kümmern? Das Haus war von den angezündeten Kerzen und von den Lichtern am Baum erhellt. Ich rief mir Gottes Verheißungen in Erinnerung, die in einem Baby in Erfüllung gingen, und ich atmete sie tief ein: Gnade.

In diesem Moment war ich so dankbar, dass Jesus mir an diesem engen Ort begegnete. An den zum Bersten vollen Orten. In den Momenten, in denen ich zwischen Baum und Kindern eingequetscht bin. In den Momenten auf dem Fußboden im Badezimmer, weil ich unbedingt ein wenig Ruhe brauche und nirgendwo sonst Platz ist.

Ich las das 2. Kapitel des Lukasevangeliums. Ich dachte an Bethlehem und daran, dass in der Herberge kein Platz war, und dachte daran, wie sich Jesu Eltern zwischen die Tiere quetschten, um ihn in eine Futterkrippe zu legen – der fleischgewordene Gott, hier in unserem Leid und in unserem Chaos. Die Hirten staunten verwundert, aber Maria behielt dieses Wunder in der Stille in ihrem Herzen. Sie hat sich bestimmt seine Zukunft ausgemalt. Es war bestimmt schmutzig und laut, aber am Himmel funkelte das Licht dieses Sterns, im Himmel herrschte Freude, weil Gottes Verheißungen erfüllt wurden: Gnade.

Ich schaute mich um und ich wusste wieder, dass Jesus deshalb gekommen war. Der König des Universums, der alle Dinge geschaffen hat, sogar das Leben selbst, in Pracht gekleidet, nahm seine königlichen Gewänder ab, legte seine Krone weg und quetschte Gottes ganze Fülle in den Leib einer Frau und dann in Windeln in eine Krippe. Die eingequetschten Orte und die überfüllten Orte, die Momente, die zu laut und zu chaotisch und zu unsicher sind, an diese Orte ist Jesus gekommen. Er ist wegen der Not und der Zweifel und der Wunden, die unsere Sünde anrichtet, hier. Und dieses ganze Leben hing in der Dunkelheit jenes Morgens in der Schwebe, deshalb warteten wir, deshalb feierten wir. Wir zündeten die Kerzen an und beleuchteten den Baum und das Haus, und wir rufen mit Sehnsucht in der Stimme und in unseren Herzen: »Oh, komm, oh komm, Emmanuel. Komm, Herr Jesus.«

Jesu Hoffnung wuchs in mir erneut, für Katherine, für ihr Leben. Wir warteten.

Der Weihnachtstag war voller Freude. Wenn ich jetzt zurückblicke, überrascht es mich fast, wie viel Freude wir selbst inmitten dieser schwierigen Umstände erlebten. Es ist, als hätte uns Gott barmherzig erlaubt, das Schwere abzulegen und einfach zu feiern. Wir gingen an diesem Weihnachtsmorgen alle zum Gottesdienst, und ich erinnere mich, dass ich ermutigt war, weil Katherine stark genug war, um vom Auto zu ihrem Platz zu gehen.

Wir schoben den Truthahn in den Ofen, dann räumten wir vorübergehend alle zusätzlichen Matratzen weg und stellten einen zweiten Esstisch ins Wohnzimmer, damit die Gäste Platz zum Sitzen hätten. Wegen des extra Tisches und der ganzen Freunde und Familienangehörigen, die sich in unserem kleinen Haus drängten, war kaum Platz, um sich zu bewegen, aber das störte uns nicht. Kartoffelbrei und grüne Bohnen und Kürbiskuchen standen auf den Tischen und die Kinder liefen herum, während die Erwachsenen versuchten, sich über den Lärm hinweg zu unterhalten. Katherine und ihre Kinder waren inzwischen ein selbstverständlicher Teil unserer Familie geworden und feierten mit.

Lange nachdem die Sonne untergegangen war, versammelten wir uns alle um einen Tisch und zündeten die Kerzen auf einem Geburtstagskuchen an. Die Kinder sangen für Jesus »Happy Birthday« und kreischten begeistert, als sie die Kerzen ausbliesen. Ich staunte über meine Mädchen, die die Arme um Katherines Kinder gelegt hatten und sie an unseren Familientraditionen teilhaben ließen. Ihre herzliche Gastfreundschaft und die ungeheuchelte Freude, mit der sie sie einbezogen, waren für mich ein echter Segen. Als die Gäste gingen und die Kinder erschöpft in ihre Betten sanken und ihre Augen nach diesem ausgefüllten Tag immer noch leuchteten, dankte ich Gott noch einmal, dass er so gut zu uns war.

Der Anblick unserer Sonnenblumen gehört mit zum Schönsten, was ich in unserem Garten sehe, wenn ich in der Küche stehe. Eine Frau, die als Gast bei uns war, hat vor einigen Jahren Samenkörner, die sie aus ihrer Heimat in Norduganda mitgebracht hatte, ausgesät. Die Sonnenblumen werden über drei Meter groß und halten ihre strahlenden Gesichter in die Sonne. Sie blühen hier immer zur Weihnachtszeit.

Zu meinem Kummer scheint die Zeit, in der wir ihre Blüten genießen können, immer so kurz zu sein, verglichen mit der Zeit, die wir darauf warten, dass sie blühen. Um sie neu zu pflanzen, ziehen wir tagelang die Samenkörner aus den toten Köpfen und trocknen sie in der Sonne, bevor wir sie sorgfältig in der nächsten Regenzeit wieder in die weiche, reiche Erde stecken. Dann warten wir wieder wochenlang, bevor wir endlich einige winzige grüne Blätter sehen. Wir schauen zu, wie sich dicke Stiele entwickeln und zum Himmel emporwachsen. Dann, mein Lieblingsteil, die Wochen des Staunens, wenn sich kleine Knospen zu herrlichen, schönen, großen Blumen entwickeln. Wenn ich meine Mädchen vor dem Frühstück nicht finden kann, sind sie im Garten und messen und staunen, wie groß unsere Blumen gewachsen sind. Aber viel zu früh lassen die majestätischen Blumen die Köpfe hängen und beginnen zu sterben. Ich werde traurig, wenn ich zusehe, wie die Blumen ihre Pracht verlieren, aber die Mädchen sind überhaupt nicht traurig. Der Tod und das Sterben der Sonnenblumen läuten eine neue Zeit ein: die Ernte.

Die Kinder laufen in den Garten und die nasse Erde klebt an ihren Füßen. Ich winde mich ein wenig, wenn sie die Stiele abhacken und die Blumen, die jetzt größer sind als ihre Gesichter, abschneiden. Jede Blume bringt Hunderte kleine Samen, und die Mädchen grinsen übers ganze Gesicht, weil sie so viele endlose Möglichkeiten sehen. Ich sehe meinen kahlen Garten und fühle den Verlust, aber meine Kinder sehen eine große Gelegenheit und sind voll begeisterter Vorfreude. Bevor sie Häufchen beiseitelegen, damit sie trocknen und wieder ausgesät werden können, nehmen sie sich mit vollen Händen Körner, um sie zu rösten und zu essen.

Wir betrachten oft unser Leben und sehen nur die kahlen Stellen. Der Garten scheint leer zu sein, die Pläne tot und verwelkt, Träume gestorben. Es passiert leicht, dass man die Lüge glaubt, dass das Gute vorbei wäre und Gott hier bei mir und bei Ihnen nicht mehr wirken würde. Meine Kinder wissen es besser. Wenn ich mir die Zeit nehme, um innezuhalten und mich zu erinnern, weiß ich es auch besser. Dieser kahle Garten ist voller Gelegenheiten und Möglichkeiten, diese vielen Samenkörner sind bereit, um unseren Bauch zu füllen oder um zu wachsen und sich wieder zu vermehren.

Können wir uns am Warten freuen? Können wir glauben, dass Gott, der Jesus aus dem dunklen Grab herausgeholt hat und grüne Blätter aus der harten Erde sprießen lässt, aus unserer Zeit der Dürre Schönheit entstehen lassen kann? Können wir uns bewusst machen, dass in diesem ganzen Prozess Schönheit ist, im Wachsen und Pflegen und sogar im Warten und nicht nur in der Zeit, wenn wir die schöne Blume sehen?

Ich beobachte meine Mädchen, die im Garten schwer arbeiten. Dieses Jahr haben sie Freunde, die ihnen helfen. Sie zeigen Katherines Kindern freundlich, welche Stiele abgehackt werden und wo die Blumenköpfe zum Trocknen hingelegt werden. Sie haben Sonnenblumenkerne zwischen den Zähnen und grinsen breit. Ich beiße mir auf die Zunge, als ihre schmutzigen kleinen Füße über den frisch geputzten Boden tapsen, als sie ihre kostbare Ernte in Eimern ins Haus schleppen.

Aus ihrem Lächeln spricht eine Herrlichkeit, die die Schönheit der Blumen weit übersteigt. Später an diesem Tag strahlt unser Wohnzimmer einen Glanz aus, den nur Gott selbst geschaffen haben kann. Ich spähe um die Ecke des Türrahmens und sehe, wie die zehnjährige Joyce auf der Couch sitzt und dem fünfjährigen David ein Buch vorliest. Sumini, Edith und Penny spielen mit Puppen und verkleiden sich. Sumini genießt es, eine Weile zwei »Schwestern« zu haben, die fast acht sind, genau in ihrem Alter. Sarah und Mary spielen mit dem kleinen John und kümmern sich darum, dass er alles hat, was er braucht. Später leiten Scovia, Ellie* und Tibita, die ein wenig älter sind, die ganze Gruppe bei einem aufregenden Spiel an und sie rufen mich und ich darf zuschauen, wie ihre Freunde ein Theaterstück aufführen.

Ich sehe zu, wie meine Kinder auf die anderen zugehen und ein tiefes Mitgefühl für ihre Gefühle zeigen, weil ihre Mutter krank ist und sie nicht zu Hause wohnen können. Sie haben es zu ihrer persönlichen Mission gemacht, diese Kleinen zu lieben, solange sie bei uns sind. Sie öffnen ihr Zuhause und ihr Herz und sagen: »Wir sind bei euch. Wir sind für euch.« Ohne zu klagen, rücken sie auf den Bänken um unseren Esstisch enger zusammen, um für die fünf anderen Kinder Platz zu machen.

Die Sonnenblumenernte ist eine einfache, aber tiefgreifende Erinnerung. Die Mädchen trauern nicht um den leeren Garten, weil er eine große Ernte bringt. Die Samen liefern wochenlang etwas Köstliches zu essen und dazu noch viele Körner, die wieder ausgesät werden können. Nächstes Jahr werden wir noch mehr haben! Wir werden die Samen wieder in die Erde stecken, wenn der Regen einsetzt, und dieses Jahr wird die Ernte noch größer aus-

---

* Zuula hat beschlossen, dass sie bei ihrem zweiten Namen, Elizabeth, genannt werden will. Wir sagen Ellie zu ihr.

fallen, weil wir mit mehr Samenkörnern angefangen haben. Die Pflanzen werden wieder aus der Erde sprießen und zum Himmel emporwachsen. Wieder werden sie schön blühen und wieder werden sie sich tief nach unten beugen und sehen, dass meine Kinder mit staunenden, großen Augen die Ernte nicht erwarten können. Und jedes Mal säen wir neu und der Regen fällt und die Sonne brennt auf die Erde und Gott bringt Schönheit aus dem Staub hervor.

Vielleicht besteht die schönste Freude nicht in den blühenden Blumen, sondern in dem Prozess. Ich denke über die letzten Jahre und die ganzen dunklen und schweren Orte nach. Gott hat uns vor dem prasselnden Regen und der glühenden Sonne beschützt, genauso wie kleine, grüne Schösslinge, die sich an ihn klammern. Ich denke auch an den Schmerz und die Verluste im Leben jedes meiner Mädchen, die in ihnen eine solche Fähigkeit zu Freundlichkeit und Großzügigkeit gegenüber anderen wachsen ließ. Ich denke daran, wie Gott sogar Teile ihrer Geschichten benutzt, die ich nicht kenne, um den Gästen an unserem Tisch zu dienen.

Im späteren Verlauf des Abends sitze ich am Esszimmertisch und schaue sie an, wie sie eng nebeneinander und übereinander auf den Sofas liegen und einen Film anschauen. Mack schaut mit uns den Film an. Er grinst mich an. Wahrscheinlich fragt er sich, warum ich dort sitze und die Menschen statt den Film anschaue. Auch hier gilt: Eine Wunde, die ganz verheilt und mit glatter, neuer Haut bedeckt ist, ist eine wunderbare Sache, aber bei Weitem nicht so wunderbar wie die Freundschaft, die während der Versorgung dieser Wunde aufgebaut wurde, und das Warten auf Heilung.

Träume sterben und Jahreszeiten gehen zu Ende und furchtbare, schreckliche Dinge passieren, die nicht viel Sinn ergeben, aber Gott ist mit uns noch nicht fertig. Er benutzt das Beugen und das Brechen und das Sterben, um die Ernte vorzubereiten, um mehr für uns vorzubereiten. Wir strecken die Hände nach dem Sohn

Gottes aus und er kommt herab und zieht uns näher zu sich. Wir erheben den Kopf voller Ehrfurcht zu ihm und wissen, dass etwas Schmerzhaftes auf uns zukommt. Aber wir wissen, dass wir erwartungsvoll dem Beugen und Brechen entgegenblicken können, selbst dem Sterben von allem, was wir geplant haben, weil wir wissen, dass in ihm immer mehr sein wird. Er sieht die Samenkörner, die mit dem Ende kommen, und benutzt sie treu, um sie in Schönheit zu verwandeln.

Ich klammere mich an die Wahrheit, dass im Warten Schönheit war, nicht nur in dem Ausgang, den ich für Katherine, für ihre Kinder, für unsere Familie erhoffte. Während ich die Sonnenblumen durch das Fenster betrachtete, die ihre Gesichter zur Sonne erhoben haben, dachte ich an Abraham, der so viele Jahre auf seinen verheißenen Sohn wartete. Immer wieder erinnerte mich Gott daran, Augen wie meine Kinder zu haben: eifrig und erwartungsvoll.

Wir warteten, aber Katherines Zustand besserte sich nicht. An Silvester versammelten sich Freunde und Nachbarn um ein Lagerfeuer in unserem Garten und genossen das Feuerwerk. Wir grillten Würstchen und Marshmallows. Ich bemühte mich, für meine Kinder in diesem unkonventionellen Leben, das ich für uns gewählt hatte, ein Gefühl von Normalität zu bewahren. Ich hielt Katherines Hand und hielt ihren jüngsten Sohn auf meinem Schoß und hörte durch das offene Fenster, wie die Kinder draußen über das Feuerwerk staunten. Mit seinen gerade einmal vier Jahren wollte John nicht von der Seite seiner Mutter weichen, um sich draußen mit den anderen zu amüsieren.

Am nächsten Morgen hatte sich ihr Zustand sichtlich verschlechtert und sie hatte große Schmerzen. Wir brachten sie ins Krankenhaus und erklärten dem Arzt, mit dem wir eng zusammenarbeiteten, dass ihre Schmerzen immer schlimmer wurden. Ich weiß nicht, ob ich an jenem Tag etwas anders gemacht hätte, wenn ich gewusst hätte, dass sie nie wieder in unser Wohnzimmer zurückkommen würde. Ich weiß nicht, ob ich mein Herz oder ihre Kinder oder meine Kinder ein wenig besser vorbereitet hätte. Aber ich glaubte an eine *Heilung*, ich wartete voller Hoffnung darauf.

Der Arzt untersuchte sie und gab uns einen Befund, den wir nicht hören wollten: Katherines Verdauungsorgane hatten ihre Funktion vollkommen eingestellt, was zu einer Verstopfung führte. Sie war der Grund für ihre starken Schmerzen. Außer einer Operation könnte man nichts machen, und Katherine war immer noch zu dünn und zu schwach, um eine Narkose zu überstehen. Ich fuhr ins Geschäft und kaufte einiges zum Abendessen. Dann fuhr ich nach Hause und rollte, als wäre es ein ganz gewöhnlicher Abend, Pizzateig aus und bat die Mädchen, mir zu helfen, Käse zu reiben. Als wir alle gegessen hatten, fuhr ich meine und ihre Kinder zum Krankenhaus, wo wir saßen und darauf warteten, dass die Ärzte uns sagen würden, was wir tun könnten.

Katherine verbrachte sechs lange, qualvolle Nächte im Krankenhaus. Ich fuhr oft zwischen dem Krankenhaus und unserem Haus hin und her. Das Krankenhaus ist ganz in unserer Nähe. Mehrere Freunde wechselten sich bei unseren Kindern und der Arbeit im Haushalt ab. Ich saß bis spät in die Nacht bei Katherine im Krankenhaus, manchmal sogar bis in die frühen Morgenstunden. Enge Freunde kamen und saßen bei mir und halfen mir, alles, was die Ärzte sagten, zu besprechen, und fragten, ob es noch irgendwelche anderen Möglichkeiten gebe. Ich blicke zurück und staune darüber, wie viele Menschen kamen und uns liebten, damit ich Katherine einfach weiter lieben konnte. Rückblickend sehe ich es: Sie waren Gottes Versorgung, mein Schafbock im Dickicht. Damals konnte ich nichts anderes sehen, als dass Katherine Liebe brauchte. Egal, ob sie geheilt wurde oder nicht, wir wollten dafür sorgen, dass sie in dieser Zeit gut geliebt wurde.

Sie konnte nichts essen. Eine Flüssigkeit, die über eine Infusionsnadel in ihren Arm tropfte, war das Einzige, das sie noch am Leben hielt. Nach und nach verlor sie die Fähigkeit zu sprechen und stöhnte nur noch. Die Phasen, in denen sie bei Bewusstsein war, wurden immer seltener. Ich las ihr, aber auch mir selbst, immer wieder laut vor: »Gott, du bist mein Gott; dich suche ich von ganzem Herzen. Meine Seele dürstet nach dir, mein ganzer Leib sehnt sich nach dir in diesem dürren, trockenen Land, in dem es kein Wasser gibt.«[34] Sie hatte Durst, ihre Lippen waren ausgetrocknet und aufgerissen, und mich dürstete danach, in dieser Situation Gott zu sehen. Wir schrien zu ihm. Aber mein verzweifeltes Flehen und mein aufrichtiges Suchen führten nicht zu dem Ausgang, den ich mir wünschte. Dieses Mal nicht.

Am Abend unseres sechsten Tages im Krankenhaus starb Katherine mit einem lauten, qualvollen Schrei.

8

Aber ich werde mich freuen

Was tust du, wenn du an das Leben glaubst und von ganzem Herzen darum bittest, aber deine Freundin trotzdem stirbt und in einen Sarg gelegt wird? Dann gehst du mitten in der Nacht aus dem Krankenhaus heim, wo ihre Kinder in deinem Wohnzimmer schlafen, und du fragst dich, was du ihnen sagen sollst, was du deinen eigenen Kindern sagen sollst, die mit dir gebetet und geglaubt haben. Was tust du, wenn Gott nicht so handelt, wie du ihn gebeten hast? Wozu das ganze Hoffen, wenn es so endet?

Endlose Fragen gingen mir durch den Kopf. Ich war nach wie vor eine Gotteskämpferin und wollte Gott anschreien, weil er nicht eingegriffen hatte. Ehrlich gesagt, konnte ich einfach nicht glauben, dass sie tot war. Das Leben mit ihr und ihrer Familie war für uns zum normalen Alltag geworden. Es fühlte sich einfach unnormal an, zu einem »normalen« Leben zurückzukehren, das sich überhaupt nicht normal anfühlte. Wochen vergingen, und ich konnte nicht glauben, dass es schon so viele Tage zurücklag, seit ich ihren lieben Kopf gestreichelt und ihr Gute Nacht gewünscht hatte, als sie so schmal und schwach auf meiner Couch gelegen hatte. Ich konnte nicht glauben, dass es nicht erst gestern gewesen war, dass ich hinter ihr in ihrem Krankenbett gesessen und ihren Körper in der einzigen Position gehalten hatte, die in jenen letzten Stunden für sie erträglich gewesen war. So naiv es auch klingen mag, konnte ich nicht glauben, dass es nach unseren ganzen Gebeten, nach unserem ganzen Hoffen und Träumen so geendet hatte.

Die Stille in unserem Haus nach Katherines Tod drohte uns zu ersticken. Ihre Kinder zogen zu einer Verwandten, und obwohl unser Haus immer noch relativ voll war, erschien es mir leer. Die Stille verkündete schrill, dass Gott versagt hätte, dass er unsere Gebete nicht erhört hätte, dass er unsere Hoffnung verweigert hätte. Wir hatten hoffnungsvoll gewartet. Wir hatten geglaubt, dass Gott eingreifen würde.

Trotz der Leere durch ihre Abwesenheit erschien mir Gott in den Tagen um Katherines Tod näher als je zuvor. Er flüsterte: *Komm. Kommt zu mir, alle, die ihr müde seid.* Und so kam ich. Ich saß jeden Abend allein auf dem Fußboden meines Badezimmers, an dem Ort, der in den letzten Monaten, als alle anderen Räume im Haus von schlafenden Menschen belegt gewesen waren, meine kleine Gebetsnische geworden war. Ich kam und ich saß und ich wartete auf ihn. In den späten Abendstunden saß ich mit dem Herrn allein auf dem kalten, harten Boden, schlug mit den Fäusten auf den Boden und gegen die starke Brust meines himmlischen Vaters und sagte: »Wie konntest du sie sterben lassen?«, und schluchzte, bis ich keine Worte mehr fand.

Ich stellte Gott schwere Fragen. Ich verstand nicht, warum er zugelassen hatte, dass ich so stark geglaubt hatte, dass Katherine am Leben bliebe, wenn es überhaupt nicht seine Absicht gewesen war, sie am Leben zu lassen. Wie konnte ein liebender Vater meine Hoffnung sehen, wissen, was ich glaubte, und gleichzeitig wissen, dass das Ende nicht so ausgehen würde, wie ich es erhoffte und glaubte? Das erschien mir unfair, sogar grausam, und das ließ ich ihn deutlich wissen.

Der alttestamentliche Prophet Habakuk sprach seine Klagen vor Gott auch laut aus. Habakuk war ein Prophet in der Zeit, bevor Babylon Jerusalem erobert hatte. Er litt unter der Grausamkeit und Ungerechtigkeit, die er überall sah. Er schrie: »Wie lange noch, Herr?« und: »Warum?«[35] Er hinterfragte Gott sehr und verstand nicht, warum ein guter Gott ein solches Unrecht zuließ, warum er nicht schnell eingriff und die Dinge in Ordnung brachte. »Hörst du mich nicht, Herr?«, fragte er. »Hörst du mir überhaupt nicht zu?« Ich denke, das ist eine Frage, die wir alle stellen, eine Frage, die wir stellen müssen, wenn wir wirklich an den unveränderlichen Charakter eines guten, erlösenden Gottes in dieser Welt voll Leid glauben und ihm vertrauen sollen. Wenn wir uns umblicken und das, was wir sehen, nicht dem entspricht, was wir als Gottes Wunsch für ein volles und glückliches Leben für sein Volk ansehen, drängt sich die Frage auf: »Herr, warum lässt du ein solches Leid zu?«

Auch wenn ich es mir nicht eingestehen wollte und auch wenn es vielleicht Monate dauerte, bis ich es in Worte fassen konnte, hatte ich das Gefühl, Gott hätte unsere Hilferufe nicht gehört oder, noch schlimmer, er hätte sie vielleicht ignoriert. Ich schlug auf ihn ein und warf ihm diese hässlichen Anschuldigungen an den Kopf, aber ich konnte trotzdem nicht leugnen, dass er nahe war. Sein Friede war in unserem Haus deutlich zu spüren. Seine Liebe hüllte mich wie eine herzliche Umarmung ein. Er nahm meinen Schmerz nicht weg; aber er hielt mich fest, während ich litt.

Sechs Wochen später hatte Katherines kleiner Sohn seinen sechsten Geburtstag. Wir hatten wochenlang über die Feier gesprochen, mit der wir ihn überraschen wollten, und über den Geburtstagskuchen, den wir backen wollten. Aber das war gewesen, als Davids Mutter noch gelebt hatte. Jetzt fuhren wir über die Brücke dorthin, wo die Kinder bei ihrer Tante, die sie widerstrebend bei sich aufgenommen hatte, wohnten, während wir weiterhin nach anderen, dauerhafteren Lösungen suchten. Wir brachten Süßigkeiten mit. Wir sangen »Happy Birthday«, und die Kinder spielten mehrere Stunden fröhlich miteinander und freuten sich, weil sie wieder mit ihren Freunden zusammen waren. Ich spielte auch mit ihnen und verdrängte eine Weile die Fragen und die Wut wegen ihrer aktuellen Situation. Als wir später von ihnen wegfuhren und ihnen zum Abschied lächelnd aus dem Auto winkten, weinte ich.

Ich wollte nicht, dass die Geschichte so endete.

Ich hatte die Geschichte in meinem Kopf geschrieben. In dieser Geschichte bessert sich der Zustand meiner Freundin. Sie kommt wieder zu Kräften und wird gesund und kann mit ihren Kindern wieder in ihr eigenes Leben zurückkehren. Am Ende würden wir alle Freudentränen vergießen, wenn wir ihnen ihr letztes Essen bei uns im Haus servieren würden, bevor sie gesund und glücklich in ihr neues Leben aufgebrochen wären. Für mich wäre *dies* das Ende, das Gott am meisten verherrlichen würde. *Dies* wäre das Ende, durch das andere Menschen Gottes Wirken deutlich sehen würden. Bei dem Ende, das ich schrieb, musste ich nicht in die Augen von vier Kindern unter zehn Jahren blicken, deren kleinste Schwester ich auf dem Schoß hielt, um sie zu beruhigen, und ihnen sagen, dass ihre Mutter in der Nacht gestorben war. Bei meinem Ende kämpfte ich nicht sechs aufeinanderfolgende Tage lang jede Stunde dafür, dass sich der Zustand einer Mutter bessern würde, um mich am Ende an meine Freundin, Shana, zu klammern und mit ihr gemeinsam eine Tote in einen Sarg zu legen.

Ich frage mich, ob Habakuk im Geiste auch ein anderes Ende und andere Szenarien geschrieben hatte, ob er über die Befestigungsmauern von Jerusalem gegangen war und gehofft und gebetet hatte, dass Israels Geschichte eine andere Wende nehmen würde. Ob er gehofft hatte, dass die Gewalt und Ungerechtigkeit in der Stadt auf wunderbare Weise aufhören würde, dass Gott eingreifen und nicht länger zulassen würde, dass das Recht mit Füßen getreten wurde.

Gott antwortete Habakuk. Aber fiel seine Antwort wirklich so aus, wie es sich Habakuk wünschte? »Schaut zu und wartet«, sagt Gott. »Seht auf die Völker! Schaut aufmerksam hin! Ihr werdet erstaunt und erschrocken sein! Noch zu euren Lebzeiten werde ich etwas geschehen lassen, das ihr nicht glauben würdet, wenn es euch jemand erzählte.«[36] Das klingt hoffnungsvoll, nicht wahr? Aber Gott offenbart, dass sein Plan für Israels Erlösung zuerst entsetzlichen Schmerz und Leid vorsieht. Er lässt die Babylonier groß werden, dass sie Juda erobern, Gottes auserwähltes Volk. Wenn ich raten müsste, würde ich vermuten, dass sich Habakuk das wahrscheinlich nicht erhofft hatte, dass das nicht der Ausgang war, den er erwartet hatte.

Habakuk stellt die nächsten natürlichen Fragen, die Fragen, mit denen ich rang, Fragen, mit denen wir alle ringen: »Warum willst du es so machen, Gott? Gibt es denn keinen besseren Weg?« Habakuk kennt Gottes Charakter. Weil er Gottes Güte kennt, beunruhigt ihn das Leiden, das Gott zulassen will. Würde eine andere Geschichte Gott nicht mehr verherrlichen?

Mein Lieblingsteil dieser Geschichte ist Habakuks Antwort. Statt sich voll Wut und Mitleid zu verkriechen, wartet Habakuk entschlossen darauf, dass ihm Gott seine Pläne zeigt: »Ich will meinen Posten auf dem Wachturm einnehmen und Ausschau halten. Dort will ich abwarten, was der HERR zu mir sagt und wie er auf meine Klage antwortet.«[37] Treu steigt Habakuk auf den Wachturm und wartet auf Gott. Habakuk erwartet, dass Gott ihm dort wirklich begegnet, und er ist bereit zu warten.

Ich habe Gott wiederholt gefragt, warum er zugelassen hat, dass ich so stark glaubte, dass Katherine am Leben bleiben würde, obwohl sie sterben musste. Langsam begann er, mir zu zeigen, dass er mich in seiner Barmherzigkeit glauben ließ, sie würde am Leben bleiben, damit sie in ihren letzten Tagen von Hoffnung und Optimismus umgeben war.

Damit sie fühlen konnte, dass um sie gekämpft wurde und dass sie es wert war, dass um sie gekämpft wurde.

Um die Zeit ihres Todes herum hatten mich viele mit den Worten »Gott ist allmächtig« trösten wollen. Auch wenn ich wusste, dass das stimmt, erschien es mir wie ein unaufrichtiger, abgedroschener Spruch. Dass Gott allmächtig ist, bedeutete für mich in diesem Fall einfach, dass Gott den Ausgang gekannt und gesehen und trotzdem zugelassen hatte, dass ich an meinem Gebet und meiner Hoffnung festgehalten hatte. Ich stellte Gottes Souveränität zwar nicht infrage, aber ich fand in seiner absoluten Macht und in seinem göttlichen Willen keinen Trost. Eine Freundin flüsterte mir etwas anderes ins Ohr. Ihre Worte habe ich in den Monaten, in denen ich um Katherines Tod trauerte, und auch später, als ich im selben Jahr mit einem weiteren möglichen Verlust und möglicher Trauer konfrontiert wurde, nicht vergessen.

»Gott ist barmherzig«, sagte sie. Das klang richtig.

Gott war barmherzig, als er meinem Herzen erlaubte, ehrlich und ungetrübt für Katherine, für ihre und für meine Kinder zu hoffen. Gott war barmherzig, als er sie zu sich nach Hause holte, wo sie jetzt frei ist von dem Leid und Schmerz dieser Welt. Und er war barmherzig, als er uns in jener Zeit alle festhielt. Gott ist immer barmherzig, weil er uns seinen Sohn schenkt, unseren Weg zum ewigen Leben, unsere Verheißung auf Leben, erfülltes Leben nach dem Tod. Weil ich das wusste, konnte ich sicher sein, dass er wieder barmherzig wäre.

Auf diese Weise erlebte ich Gottes Antworten. Er öffnete mir langsam und sanft die Augen. Er ließ mich wachsen und formte mich in meiner Hoffnung, weil ich dadurch, dass ich sehnsüchtig eine Antwort von ihm erwartete, zu ihm hingezogen wurde. In meiner Hoffnung und meinem Warten, unabhängig vom Ausgang, war ich ihm begegnet. Ich würde ihm an diesem Ort weiterhin begegnen. Als ich ihn Nacht für Nacht in der Stille nach Katherines Tod suchte, begann ich zu begreifen, dass meine große Hoffnung, meine große Erwartung in mir sowohl einen Hunger nach Gott als auch ein Verständnis dafür, wie sehr er uns liebt, geweckt hatte, die mir vorher nicht bewusst gewesen waren. Mein Glaube, dass Gott sie heilen würde, hatte in meinem Herzen mehr Raum für ihn geschaffen. Jetzt, in dieser Leere, konnte nur er diese Leere ausfüllen.

Als es niemanden gab, wohin ich mich hätte wenden können, war er der einzige Ort, an den ich heimkommen konnte.

Wie Habakuk wünschte ich mir einfach eine Erlösung von dem Leiden. Wir hatten zugesehen, wie Katherine gestorben war, und jetzt mussten wir zusehen, wie sich ihre Kinder im Haus einer Verwandten quälten, die sich eigentlich nicht wirklich um sie kümmern wollte. Ihre Tante war jung und hatte keine Erfahrung mit Kindern. Sie war arbeitslos und mit der zusätzlichen Belastung, fünf weitere Münder satt bekommen zu müssen, auch wenn wir sie dabei unterstützten, überfordert. Verständlicherweise trauerte sie auch um den unerwarteten Tod ihrer älteren Schwester. Es brach mir das Herz zu sehen, dass die Kinder offensichtlich vernachlässigt wurden und oft hungrig ins Bett gehen mussten, weil wieder ein Verwandter das Essen, das wir gebracht hatten, verkauft hatte. Nach Monaten trugen sie immer noch dieselbe Kleidung, in der wir sie hierhergebracht hatten. Sie war jetzt abgetragen und schmutzig. Ohne ihre Mutter, die für sie eintrat, fühlten sie sich an diesem Ort unsicher und unerwünscht. Wir litten mit ihnen.

Habakuk fragt Gott, wann er das Leiden der Israeliten beenden will. Gott antwortet, dass er zuvor die Babylonier stark werden lässt, damit sie Israel erobern. Mir geht es wie Habakuk, der bei dieser Antwort des Herrn protestiert. Noch mehr Leiden? Jetzt? Aber warum?

Unsere eigene Familie fühlte ebenfalls einen tiefen Schmerz wegen des Verlustes. Manchmal fand ich eine meiner Töchter weinend in ihrem Zimmer, auch wenn sie ihren Schmerz nicht in Worte fassen konnte. Wir waren nicht nur wegen Katherines Tod am Boden zerstört, meine Kinder vermissten auch ihre Freunde sehr. Wir fuhren oft über die Brücke, um sie abzuholen, damit sie einen

Nachmittag mit meinen Kindern spielen und gelegentlich bei uns übernachten konnten. Wir holten sie sonntagmorgens zum Gottesdienst ab und nahmen auch ihre Tante mit, wenn sie mitkommen wollte.

Viele meiner Kinder, die selbst ihre leiblichen Eltern verloren hatten, machten mit ihren Freunden ihre eigene Trauer noch einmal durch. Dieser Verlust wühlte ihren eigenen früheren Schmerz wieder auf, den einige immer noch nicht ganz verarbeitet hatten. Bei meiner Traurigkeit ging es mehr um die aktuelle Situation von Katherines Kindern. Obwohl sie immer noch zur Schule gingen, wurden sie von ihren Verwandten nicht sehr fürsorglich behandelt. Eine freundliche Nachbarin kam zu mir, weil sie sich Sorgen machte und nicht sicher war, ob die Kinder an den Tagen, an denen sie ihnen nichts zu essen gab, überhaupt eine Mahlzeit bekamen. Wir versorgten die ganze Familie mit noch mehr Essen und unterstützten sie so gut wie möglich, aber die Verwandten machten uns weiterhin klar, dass wir eine andere Lösung für die Kinder finden müssten. Obwohl ich mir Gottes Gegenwart immer stärker bewusst war, blieben meine Fragen. Dazu traten neue Fragen auf, denn ich sah, wie meine Kinder und Katherines Kinder litten, und konnte nichts dagegen tun.

Nachts saß ich oft allein bei meinem himmlischen Vater und weinte wegen des Leidens, das ich nicht verstehen oder erklären oder lindern konnte. Ich fragte wie Habakuk: *Warum so, Gott? Warum lässt du das zu? Gibt es denn keinen besseren Weg, um der Welt deine Herrlichkeit zu zeigen?* Als Antwort auf meine Fragen versicherte mir Gott weiterhin an den dunklen, stillen Abenden, dass meine Hoffnung nicht vergeblich ist und dass ich durch das Wachen und Warten immer offener für ihn werde.

Bei der Vorbereitung auf eine Bibelarbeit zu einem anderen Thema stieß ich auf eine Erklärung, dass Habakuks Name von einem hebräischen Wort abgeleitet ist, das »umarmen« bedeutet, und dass der Name *Habakuk* wörtlich bedeutet: »Derjenige, der sich klammert.« Ja. Diese Tage, die voll mit Dingen waren, die ich nicht erklären oder in Ordnung bringen konnte, waren nicht nur eine Aufforderung an mich, zu warten und zu wachen, sondern eine eindeutige Anweisung, mich an den Einzigen zu *klammern*, der in allen unseren Umständen, sowohl in der Freude als auch in der Traurigkeit, konstant bleibt.

Habakuk ist durch die Verwüstung, die er sieht, am Boden zerstört; er schaut fast hilflos zu. Aber am Ende des kurzen Buches spricht er folgendes Gebet:

Doch auch wenn die Feigenbäume noch keine Blüten tragen
und die Weinstöcke noch keine Trauben,
obwohl die Olivenernte spärlich ausfällt
und auf unseren Kornfeldern kein Getreide wächst,
ja selbst wenn die Schafhürden und Viehställe leer stehen,
will ich mich trotzdem über meinen HERRN freuen und will jubeln.
Denn Gott ist mein Heil!
Der HERR, der Allmächtige, ist meine Kraft!
Mit ihm kann ich so sicher wie eine Gazelle über die Felsen springen
und wohlbehalten die Berge überqueren.[38]

Wenn wir keine Freude in unseren Umständen finden können, können wir Freude in Gott finden, der unverändert und unveränderlich ist. Wir können uns freuen, nicht in dem, was um uns herum oder in uns geschieht, sondern weil er unsere Kraft ist und weil er das immer sein wird.

Wir sehen den Schmerz und fragen, warum Gott das zulässt. Manchmal trägt der Feigenbaum keine Blüte und es sind keine Schafe auf der Weide. Manchmal sehen die Olivenbäume kahl und die Ställe leer und die Welt düster aus. Manchmal steigen wir auf den Berg Morija und sind uns nicht sicher, was Gott tut oder warum er etwas von uns verlangt. Aber auch wenn wir uns fragen, warum das alles geschieht, auch wenn wir warten, sind wir diejenigen, die sich an den Herrn *klammern.* Wir können mit Habakuk sagen, dass wir uns freuen wollen. Nicht weil wir es genießen würden, dass alles kahl und kaputt ist, sondern weil Gott unsere Kraft ist. Auch inmitten scheinbar unmöglicher Umstände können wir seine Gegenwart erleben und auf seine Güte vertrauen. Unser Schmerz kann uns in eine Intimität mit Gott führen, die wir sonst nicht kennenlernen würden.

In der Trauer und Ungewissheit hatte ich einen Gott, der sowohl gut als auch persönlich ist. Einen Gott, der *mich liebt.*

Langsam, aber sicher lehrte er mich, dass der Tod nicht das Ende ist. Das Ende war besiegelt, als er aus dem Grab auferstand. Ich hatte um Leben gebetet, und er hat Leben gegeben. Besseres, herrliches, ewiges Leben. In jenen letzten Stunden hielt ich den Kopf meiner Freundin und sah zu, wie das Leben aus ihrem Körper wich und ihre Seele Jesu Angesicht erblickte. Ich konnte seinen Atem fast fühlen. Ich kenne seine Wege nicht, aber ich kenne ihn. *Ich kenne ihn.* Und ich lege meine Freunde nicht nur mit der Bitte um körperliche Heilung vor Jesus, sondern auch, weil ich will, dass sie ihn kennenlernen, damit sie gerettet werden können.

Eine Welt, die uns beobachtet, sagt vielleicht: »Warum in einer Welt des Todes auf Leben hoffen?« Wir kennen die Antwort: Diese Welt ist nicht alles, was es gibt, und der Tod ist nicht das Ende. Wir kämpfen nicht nur für dieses Leben. Wir kämpfen für die Ewigkeit. Eine Hoffnung auf die Ewigkeit kann niemals enttäuschen.

In dunklen Zeiten verlässt Jesus uns nicht. Im Gegenteil, er kommt uns nahe. Er flüstert, dass es nicht vergeblich ist, Menschen zu lieben, denn wenn wir Menschen lieben, lernen wir mehr von ihm kennen, egal, wie die Sache ausgeht. Gott ist Liebe, und wenn wir in seinem Namen lieben, wird er verherrlicht. Darin finde ich Hoffnung: in dem Wissen, dass er verherrlicht wird.

9

Narben

»Auf, ihr Durstigen, kommt zum Wasser! Geht los, auch wenn ihr kein Geld habt. Geht, kauft Getreide und esst.«[39] Die Kinder saßen beim Frühstück um den Tisch, aßen Bananen und strichen Erdnussbutter auf ihre Brote, während ich zu unserer Morgenandacht das 55. Kapitel des Buches Jesaja vorlas. Ich hatte es willkürlich aufgeschlagen. Ohne dass die Kinder es wussten, war dieses Kapitel für mich wie eine Zusage direkt von Gott für meine Seele.

»Wer kein Geld hat, versorge sich kostenlos mit Korn. Geht hin und besorgt euch Wein und Milch, ihr braucht nicht zu bezahlen. Warum solltet ihr euer Geld für etwas ausgeben, das kein Brot ist, euren Lohn für etwas, von dem ihr nicht satt werdet? Hört zu und esst Gutes und eure Seele wird satt werden. Kommt zu mir und sperrt die Ohren auf! Hört mir zu und *eure Seele wird leben.*«[40]

Ein halbes Jahr nachdem Katherine zu Jesus heimgegangen war und nachdem wir sechs Monate hatten zusehen müssen, wie ihre Kinder litten und von einem Verwandten zum nächsten weitergeschoben wurden, weil niemand wirklich bereit war, diese Kinder bei sich aufzunehmen, war heute der Tag, an dem wir sie zu ihrer Pflegefamilie bringen würden, bei der sie dauerhaft wohnen würden. Ich wünschte mir so sehr, diesen Tag begeistert erleben zu können, weil er endlich gekommen war. Ich hatte mir sogar die Freude ausgemalt, die ich fühlen würde. Als ich jetzt hier saß, fühlte ich das alles auch, aber trotzdem war der Verlust noch so schmerzhaft nahe.

Und dann versicherte mir Gott durch diese Bibelstelle, dass er alle Fragen und Ängste sah und mir antwortete.

Ihr werdet in Freude ausziehen
und in Frieden geleitet werden.
Die Berge und Hügel
werden jubelnd vor euch singen
und alle Bäume auf dem Feld
werden in die Hände klatschen!
Wo einst Dornen waren, werden Zypressen wachsen,
wo Nesseln wucherten, werden Myrten sprießen.
Das geschieht zur Ehre des HERRN
und zu einem ewigen Zeichen,
das nie mehr vernichtet wird.[41]

Diese Stelle bildete einen so starken Gegensatz zu dem Gebet, das ich wenige Stunden vor Katherines Tods gerufen hatte: »Meine Seele dürstet nach dir, mein ganzer Leib sehnt sich nach dir in diesem dürren, trockenen Land, in dem es kein Wasser gibt.«[42] Gottes Antwort an mich, die Antwort, die er mir im letzten halben Jahr, in dem ich mit Trauer und Fragen gerungen hatte, zugeflüstert hatte und die er mich gelehrt hatte, lautete: *Komm zu mir, du Durstige. Komm zu mir, und du wirst nicht mehr dürsten.* Er erinnerte mich immer wieder sanft daran, dass seine Wege nicht meine Wege sind und dass alles, was jetzt kahl und verlassen wirkte wie ein Dornbusch, eines Tages in einem neuen Leben zu Gottes Ehre wachsen und sprießen wird.

Es ist seltsam, ja, eigentlich unnatürlich, die Nesseln anzuschauen und auf Blumen zu hoffen, die Dornenbüsche des Lebens zu sehen und darauf zu warten, dass eine üppige Zypresse wächst, den Berg »Der Herr sieht« zu nennen, wenn man von einem dichten, dürren Dickicht umgeben ist. Es erscheint fast verrückt, das dürre Land zu sehen und an Bäche und Fruchtbarkeit und Reichtum zu glauben.

Aber das war Gottes Ruf an mich, an uns, immer und immer wieder. *Suche mich hier. Rechne hier mit mir. Verdränge die Gedanken, die sagen: »Und wenn er sich nicht zeigt?« Erwarte einfach, dass ich mich zeigen werde.*

Es würde bestimmt ein fröhliches Ereignis werden, wenn wir heute die Kinder zu ihrer Pflegefamilie brachten, aber es würde auch schwer werden. Konnte ich mit staunenden Augen auf Jesus blicken und weiterhin die Erfüllung seiner Zusage – Erlösung, Schönheit aus Asche, Wasserbäche in der Wüste, ein Spross aus dem Stumpf – erwarten? Konnte ich glauben, dass Gott trotz allem tatsächlich ein gutes Ende hier hatte, dass diese lieben Kinder endlich ein stabiles und liebevolles Zuhause bekommen würden?

Der Weg zu diesem Tag war lang und schmerzhaft schwer gewesen. Ich hatte Katherines Kinder monatelang beobachtet und festgestellt, dass sie sich unter der Fürsorge ihrer Verwandten nicht gut entwickelten. Wir hatten sie unterstützt, so gut wir konnten, aber die Familie gab selbst zu, dass sie es nicht schafften. Sie hatten so viele eigene Herausforderungen, dass ihnen die Kapazität fehlte, fünf kleinen Kindern die Energie, Aufmerksamkeit und Fürsorge zu geben, die sie brauchten. Ich hatte Gott stundenlang gebeten, mir zu zeigen, wie ich ihnen am besten helfen kann, und mir die Weisheit zu geben, mit Barmherzigkeit und Sensibilität vorzugehen.

An einem Dienstagmorgen erzählte ich einer Freundin, dass ich einfach nicht wisse, was ich tun sollte, damit Katherines Kinder gut versorgt werden. Wir hatten scheinbar alle Möglichkeiten ausgeschöpft. Am selben Nachmittag besuchte ich unsere Freundin Rose, mit der ich etwas völlig anderes besprechen wollte. Mir war nicht entgangen, was für eine phänomenale Mutter sie war und dass ihr jüngstes Kind in nur einem Jahr ins Internat gehen würde. Irgendwo in meinem Hinterkopf fragte ich mich, ob sie eine gute Kandidatin für eine Pflegemutter wäre, aber ich wusste, dass ich nie von jemandem verlangen könnte, diese Verantwortung zu übernehmen. Rose und ich beteten zusammen und ich wollte etwas zu einem ganz anderen Thema sagen, aber noch in meinem ersten Satz unterbrach sie mich.

»Bevor wir darüber sprechen«, begann sie, »muss ich dich unbedingt nach diesen Kindern fragen, die bei euch gewohnt haben und die dann ihre Mutter verloren haben.« Ich schaute sie überrascht an. »Gott legt sie mir immer wieder ans Herz. Ich bin sicher, dass du sie gut untergebracht hast und dass es ihnen gut geht. Aber ich habe einfach den Eindruck, dass ich Gottes Geist nicht gehorchen würde, wenn ich dich nicht frage, ob sie etwas brauchen. Gibt es etwas, das ich tun kann? Brauchen sie vielleicht sogar einen Ort, an dem sie wohnen können?«

Ich wusste nicht, ob ich lachen oder weinen sollte. Der Vers, den ich an diesem Morgen meinen Kindern zitiert hatte und den sie auswendig lernen sollten, hallte in meinen Ohren wider. In ihren Kinderstimmen hatten sie begeistert gerufen: »Wir sehen voller Freude der Herrlichkeit Gottes entgegen. … Und in dieser Hoffnung *werden wir nicht enttäuscht werden*. Denn wir wissen, wie sehr Gott uns liebt, weil er uns den Heiligen Geist geschenkt hat, der unsere Herzen mit seiner Liebe erfüllt.«[43] Gottes Geist war mir vorausgegangen und hatte Roses Herz auf etwas vorbereitet, das viel größer war als alles, was ich mir je hätte erträumen können.

Ihre Augen glänzten, als ich die Situation erklärte, in der sich die Kinder befanden. Rose war früher schon für eine begrenzte Zeit Pflegemutter gewesen und betete seit einiger Zeit um Gottes Rat, ob sie eine solche Aufgabe langfristig übernehmen sollte, und zwar konkret für diese Kinder, die sie immer beobachtete, wenn wir sie zum Gottesdienst mitbrachten. Wir waren beide überzeugt, dass Gott sie als die Erhörung meiner Gebete benutzte, und trafen Pläne, später an diesem Tag mit der Familie zu sprechen. Als wir ihnen Roses Angebot darlegten, empfanden das die Onkel und Tanten als genauso großen Segen wie ich. Diese Kinder würden ein dauerhaftes und stabiles Zuhause bei einer starken und liebevollen Mutter bekommen, die ganz in der Nähe ihrer Verwandten wohnte. Wir begannen, die nötigen Anträge und Formulare auszufüllen, um alles in die Wege zu leiten.

Ich lud Rose ein, am nächsten Sonntag zu uns zum Essen zu kommen, damit wir Katherines Kinder offiziell ihrer neuen Pflegefamilie vorstellen könnten. Erst später fiel mir auf, dass am Sonntag Muttertag war. Das erschien uns wie eine zusätzliche Bestätigung von Gott, ein Augenzwinkern und ein Nicken, mit dem er uns sagte: *Hier bin ich am Werk.*

Am Sonntag schnitten meine Mädchen und ich aufgeregt das Gemüse und kochten Hähnchen und Reis, um für unsere Gäste alles bereitzuhaben. Als Katherines Kinder kamen, hatten sie keine Ahnung, welche Bedeutung dieser Tag für uns alle hatte. Sie liefen aufgeregt in den Garten, um mit ihren Freunden zu spielen. Später trafen Rose und ihre zwei Töchter ein und blickten sich erwartungsvoll um. Ich konnte in diesem Moment meine Gefühle kaum beherrschen. Den ganzen Tag lang hatten mich meine Kinder großzügig als ihre Mutter gefeiert. Jetzt trauerte ich um den Tod der Mutter dieser Kinder und schaute gleichzeitig voll Freude und Hoffnung in das freundliche, sanfte Gesicht der Frau, die diese Rolle übernehmen würde.

Wir stellten ihr die Kinder vor, und sie drängten sich um sie auf der Couch. Die zwei kleinen Jungen grinsten und liefen wieder zum Spielen, aber die Mädchen, die ein wenig älter waren und besser begriffen, was das bedeutete, wichen den ganzen Abend nicht von Roses Seite. Wir kochten gemeinsam, aßen zusammen und spülten miteinander das Geschirr. Später, als Rose und ich auf der Couch saßen und uns über die Zukunft unterhielten, sangen alle unsere Kinder – meine, Roses und Katherines Kinder – laut und tanzten auf der Veranda.

Ich schaute durch das Fenster zu ihnen hinaus und war von der Freude überwältigt, die Gott geschenkt hatte und weiterhin schenkte, von der Widerstandskraft dieser kleinen Herzen, die miteinander lachten und spielten. Es war mein leidenschaftliches Gebet, dass sie sich immer an die Freude erinnern würden, die Gott uns an diesem Ort geschenkt hatte. Die Worte, die ich an diesem Morgen in meinem Andachtsbuch gelesen hatte, hallten in meinem Kopf wider, während ich ihnen zuschaute, wie sie sich vor Lachen krümmten:

Der Unterschied zwischen oberflächlichem Glück und einer tiefen, beständigen Freude ist Traurigkeit. Glück lebt dort, wo keine Traurigkeit ist. Wenn Traurigkeit kommt, stirbt das Glück. Es kann den Schmerz nicht ertragen. Freude hingegen entsteht aus Traurigkeit und kann deshalb aller Trauer widerstehen. Freude ist dank Gottes Gnade die Umwandlung von Leiden in Ertragen, und von Ertragen in Charakter und von Charakter in Hoffnung – und die Hoffnung, die unsere Freude geworden ist, enttäuscht uns nicht (auch wenn das Glück die Menschen unweigerlich enttäuschen wird).[44]

Es gab Anfechtungen und Schmerz, es gab so viele unvollkommene Tage. Es gab tiefe Traurigkeit. Aber aus unserer Traurigkeit ließ Gott Freude entstehen. Die Hoffnung auf ihn war die Freude geworden, die uns getragen hat. Eine Freude, die uns nie enttäuschen konnte.

Mehrere Wochen später, nur wenige Stunden nachdem ich Gottes Zusagen im 55. Kapitel des Buches Jesaja gelesen hatte, brachten wir die Kinder in ihr neues Zuhause. Ihre Pflegemama kam mit uns, während wir zwischen ihrem alten und ihrem neuen Zuhause hin- und herfuhren. Sie grinste übers ganze Gesicht, während wir die Sachen der Kinder in unseren bereits voll geladenen Kleinbus packten.

»Ich bin so aufgeregt, Rose!«, sagte ich.

»Ach, ich bin noch viel aufgeregter!«, rief sie aus, während die Kinder auf den Rücksitzen herumhüpften und lachten. Wir waren alle glücklich.

Aber als ich vor dem neuen Zuhause der Kinder aus dem Bus stieg und das Haus betrachtete, in dem sie wohnen würden, und diese neue Familie ansah, spürte ich in meinem Herzen ein großes Loch: Wir vermissten jemanden. Katherine fehlte. Das, was hier geschah, war gut und sogar schön. Aber es war nicht das, was ich mir vor einem Jahr vorgestellt hatte, nicht das, was ich mir erhofft hatte.

Ich malte mir ihre Zukunft aus und stellte mir vor, wie sie an diesem Ort wuchsen und lachten und lernten und spielten. Und ich wollte ihre Mutter hier haben. Ich wollte, dass ihre Mutter hier bei mir auf diesem Hof stehen und sehen könnte, wie glücklich ihre Kinder waren und wie gut Gott alles gemacht hatte. Ich wollte unbedingt den erlösenden Beginn einer neuen Familie an diesem neuen Ort erleben, aber ich wollte, dass ihre Mutter ihre Kinder auch an diesem Ort wachsen und lachen und lernen und spielen sehen könnte. Obwohl ich es versuchte, konnte ich nicht verhindern, dass mir Tränen übers Gesicht liefen.

Rose trat hinter mich und legte ihre starken Arme um meine Schulter, als könne sie meine Gedanken lesen. Ich konnte kaum flüstern: »Danke. Oh, danke, dass du bereit bist, sie bei dir aufzunehmen und sie zu lieben.«

»Gott ist treu«, antwortete sie einfach und weinte mit mir. Sie weinte mit mir um diese Kinder und ihren Verlust, und Gott gab mir eine deutliche Bestätigung ins Herz: Das war im Moment das Beste für sie. Er machte alles neu, auch Schönheit aus Asche.

Ich betete die Worte aus Jesaja 55 laut, während wir auf dem Betonboden ihres Hauses niederknieten. Wir waren alle zusammen: meine fünf kleinen Freunde, die vor einem halben Jahr ihre Mutter verloren hatten, auch wenn es mir vorkam, als wäre das erst gestern gewesen; ihre neue Pflegemutter, die sie in ihrer Familie haben wollte und diese Aufgabe gern übernahm; meine Kinder, die das alles mit mir erlebt hatten, und ich. Ihre achtzehnjährige Schwester, die mir geholfen hatte, mich in jenen letzten Tagen um ihre Mutter zu kümmern, kam auch. Sie hatte gerade erst ein Baby zur Welt gebracht, das das Kinn ihrer verstorbenen Mutter hatte, und sie hatte es Emmanuel genannt, »Gott ist bei uns«, denn Gott ist bei uns. Gottes Zusage aus dem Buch Jesaja war für diesen Tag perfekt: Wenn wir durstig zu ihm kommen, stillt er unseren Durst, und wenn wir ihn suchen, werden wir ihn finden.

Ich fragte mich immer noch, warum Gott das alles zugelassen hatte, aber ich hatte gelernt, auf sein Flüstern zu hören. *An meiner Liebe zu ihnen hat sich nichts geändert,* sprach er. *An meiner Liebe zu ihnen und zu dir hat sich nichts geändert. Ich liebe dich, ich gehe vor dir her, und ich halte mein Wort. Ich halte immer mein Wort.*

Er sagte: *Komm durstig. Iss, was gut ist. Ich allein werde deinen Hunger und Durst stillen. Komm gebrochen. Komm leer. Komm verwundet. Statt eines Dornbusches werde ich eine Zypresse wachsen lassen. Du wirst in Freude ausgehen und im Frieden geleitet werden, und ich werde es allein zu meiner Ehre schön machen, zu meinem Ruhm, damit die Welt mich sehen kann.*

Oh, Herr, möge das geschehen.

Und so wischten meine Mädchen Staub und wir bezogen ihre Betten mit frischen Laken, die sauber und gewaschen waren. Wir halfen ihnen, sich in ihrem neuen Zuhause einzurichten, und ich hörte nicht auf zu beten. Ich hielt ihre kleinen Gesichter nacheinander in den Händen. »Ich liebe dich, weißt du das?« Sie nickten. »Und Gott liebt dich auch. Er weiß, dass ihr eure Mama vermisst, und das ist für ihn okay. Er kennt euren Schmerz, und er hat ihn nicht vergessen oder ignoriert. Er liebt euch so sehr, dass er euch etwas Neues geben will, aber das heißt nicht, dass ihr das Alte vergessen müsst. Er will aus eurem Schmerz etwas Schönes entstehen lassen.« Sie sind klein. Sie nicken und kichern und laufen los, um mit ihren Freunden zu spielen.

Alle außer David. Er sitzt lange auf meinem Schoß. Er ist wütend. Ich erinnere mich, wie er vor zwei Wochen reagiert hat, als ich ihm mit fröhlicher Stimme sagte, dass er eine Pflegemama bekäme. Er hat mich mit seinen sechs Jahre alten Augen angesehen und gesagt: »Ich will keine neue Mama. Ich will meine alte Mama.« Ich habe ihn gehalten und ihm ins Ohr geflüstert: »Ich auch, mein Junge. Ich auch. Ich wollte auch, dass es anders kommt. Aber es wird gut werden. Es wird gut werden.« Heute halte ich ihn wieder und sage es ihm immer wieder ins Ohr, während ich den Herrn im Stillen frage: *Es wird doch gut werden, oder?*

Mein starker himmlischer Vater hält mich fest, während ich um mich schlage. Er sieht das Chaos aus Freude, Schmerz, Frieden, Zweifel und Traurigkeit in meinem Herzen, er sieht, dass in mir alle diese Gefühle wirr durcheinanderpurzeln, und er hält mich in seinen starken Vaterarmen. Ich muss glauben, dass er diese Kinder auch festhält. Ich weiß, dass er sie hält.

Eines Tages wird er kommen. Wir werden in sein Gesicht schauen und er wird alle Tränen und unsere Trauer und Traurigkeit abwischen und der Tod wird nicht mehr sein, und wir werden ihn ewig anbeten. *Ehre.*

Alle sind mit dem Auspacken fertig. Wir steigen wieder in unseren Kleinbus, und meine Kinder genießen immer noch die Aufregung, weil sie ihren Freunden helfen konnten. »Erhebe dich und leuchte und gib Gott die Ehre, die Ehre. Erhebe dich und leuchte und …«, singt die Kleinste. Ja, für alles, was Gott tut, und für alles, was er noch tun wird, für die Freude an diesem Ort geben wir ihm die ganze Ehre.

Später saß ich eine Weile an dem Lagerfeuer, über dem wir unsere Hotdogs gegrillt hatten, und hörte das Lachen der Kinder, die im Dunkeln Glühwürmchen jagten. Ich hatte Gott gebeten, mir die Augen für die Schönheit um uns herum zu öffnen, als Katherines Kinder zu ihrer neuen Familie in ihr neues Haus einzogen. Sie hatten gelächelt und sie hatten Katherines Lächeln. Ich wollte Gott für seine Güte loben, weil er den Kindern Erlösung und eine neue Familie und ein neues Zuhause schenkte, aber ich spürte immer noch schmerzhaft diesen tiefen Verlust.

Ich saß bei Mack auf einem Baumstumpf in der Nähe des Lagerfeuers. Dieser Mann war von einem Fremden zum Freund und zum Familienmitglied geworden und hatte diese schwere, schmerzvolle Zeit schweigend mit uns durchlebt. Wir starrten beide lange in das tanzende Feuer. Dann drehte er sich zu mir herum. Seit er für mich derjenige gewesen war, dem wir geholfen hatten, waren Jahre vergangen. Jetzt war er einfach einer von uns. Aber als er sich zu mir umdrehte, bemerkte ich, dass er die Narbe an seinem Bein anschaute. Er deutete darauf. Diese Narbe, diese Wunde, die ich ausgekratzt und gereinigt und verbunden hatte, diese Wunde, die mich genauso sehr geheilt hatte wie ihn. Ich betrachtete sie und keuchte. Ich hatte völlig vergessen, wie groß sie war. Er war schon so lange so gesund und glücklich und geheilt, dass ich vergessen hatte, wie groß und tief die Wunde wirklich war, wie sie sich von seinem Knie zu seinem Knöchel erstreckte, sich um seine Wade zog und dass sie so tief gewesen war, dass wir den Knochen hatten berühren können. Das schien alles so weit weg zu sein.

Mack schaute mich an und lächelte. »Ich werde diese Narbe immer haben«, sagte er. »Ich nehme sie überallhin mit, wohin ich gehe. Und ich werde an dich denken. Ich werde immer, immer an dich denken und mich erinnern, dass Gott so treu zu mir war und dass du so treu warst.« Mack wird bald ausziehen. Er ist bereit zu gehen. Er hat eine feste Arbeit und eine Liebe zu Jesus, die ihn überallhin führen kann. Er hat keine Ahnung, wie sehr er vermisst werden wird oder wie viel mir seine Worte bedeuten.

Ich erzählte ihm, dass wir an diesem Tag Katherines Kinder zu ihrer neuen Pflegefamilie gebracht hatten, und ich lächelte unter Tränen. Er hörte zu, nickte mit einem tiefen Verständnis für Gott, der in unserem Schmerz so gut ist. Jeder von uns hat Narben. Die Narben in meinem Herzen waren hier im Feuerschein gut zu sehen.

Wir alle haben Narben. Durch sie erinnern wir uns an die schweren Zeiten, die wir ertragen haben. So viel Schweres und so viel Schmerz. Aber Gott hat uns geheilt! Er war gut zu *uns*. Er war gut zu *uns*. Er hat neue Zellen und eine neue Haut und neues Leben an den kaputten, verwundeten Stellen wachsen lassen, und eines Tages blicken wir auf die Narbe und keuchen. Wir denken daran, wie tief und groß unser Schmerz war, und wir können kaum glauben, was Gott daraus gemacht hat.

Ich habe diese Erlösung erlebt, und das gibt mir Hoffnung, dass ich sie wieder erleben werde. Ich bitte den Herrn für Macks Herz. Mögen wir unsere Narben nicht als Last, sondern als ständige Erinnerung an Gottes Treue und Güte empfinden. Mögen wir die geheilten Stellen ansehen und sagen: »Wohin ich auch gehe, ich werde mich immer an seine Treue erinnern.«

Ich vermisse meine Freundin. Ich bin wegen ihrer Kinder traurig, und ich bin traurig, dass sie heute nicht hier war und das süße Lächeln und die Aufregung ihrer Kinder nicht sehen konnte und David nicht auf dem Schoß halten und ihm sagen konnte, dass alles gut werden wird. Ich möchte ein letztes Mal bei ihr sitzen und ihr sagen, dass wir uns um sie gekümmert haben. Ich will ihr sagen, dass wir für sie die beste Familie gefunden haben, die wir finden konnten, und dass wir uns nach Kräften bemüht haben, sie gut zu lieben. Ich will, dass sie das weiß.

Aber ich weiß, dass sie damit beschäftigt ist, Jesus anzuschauen, ihn vor dem Thron des Schöpfers anzubeten. Und ich höre ihn, wie er mir zuflüstert: *Ich sehe dich. Ich sehe, wie du dich bemühst, und ich sehe, dass du sie liebst, und ich sehe, dass du sie so gut wie möglich versorgst. Ich werde für jeden von euch diesen Ort heilen, und ich werde daraus einen Ort meines neuen Lebens und meiner Herrlichkeit machen. Du und sie, ihr werdet diese Narben hoch erhobenen Hauptes tragen und verkünden, wie gut ich zu euch bin.*

An Gottes Liebe zu mir und an seiner Liebe zu ihnen hat sich nichts geändert. Er sieht unseren Schmerz. Er kennt die Tiefe und Breite, und er entscheidet sich, uns durch den Schmerz und aus dem Schmerz heraus zu lieben. Er entscheidet sich, hier Schönheit wachsen zu lassen, nicht nur damit wir unseren Schmerz überwinden, sondern auch, weil er unseren Schmerz benutzen will, um uns nach seinem Ebenbild zu gestalten.

Die Narben verkünden flüsternd seine Ehre. Die Narben bedeuten, dass wir wachsen; die großen Narben führen uns ganz besonders vor Augen, wie treu er ist.

Die Kinder tanzen im Feuerschein, und ihr Lachen hallt in der Dunkelheit laut wider. Ich denke unwillkürlich an alles, was Gott hier getan hat. An die Schönheit, die er aus Asche gemacht hat. Ich sehe seine Ehre. Ich kenne seine Freundlichkeit, die uns immer nach Hause ruft.

10

Zum Leben kommen

Ehe ich mich versah, kam und ging die Regenzeit und unser Garten verwandelte sich wieder in ein Sonnenblumenmeer. Sieben Monate waren vergangen. Monate, in denen ich das Gefühl gehabt hatte, sehr wenig anderes zu schaffen, als einfach bei Jesus zu sitzen und dank seiner Gnade meinen Haushalt zu bewältigen.

Als ich langsam anfing, wieder aus der Versenkung aufzutauchen und nach Luft zu schnappen, stellte ich fest, dass mich die lange Zeit, in der ich mit meiner Trauer gekämpft hatte, verändert hatte. Meine Liebe zu Gott war gewachsen und mir war noch viel deutlicher bewusst geworden, dass ich ihn unbestreitbar brauche. Dieser Kampf hatte mich auch gezwungen, in meinem Dienst einen Gang herunterzuschalten. Obwohl ich weiterhin meine 13 Kinder erzog und Menschen in Not in unser Haus einlud, hatte ich meine tägliche Arbeit bei *Amazima* und alle meine Dienste außerhalb unseres Hauses drastisch reduziert. An manchen Tagen fühlte sich das so richtig an. An anderen Tagen erschien es mir unproduktiv, als würde ich nicht genug tun. Als wäre ich nicht genug, wenn ich keine greifbaren Ergebnisse und Leistungen vorweisen kann. Ich las in dem Buch *Sensing Jesus* von Zack Eswine ein wunderschönes Zitat:

Gott wird dir einen Ort geben, den du bewohnen darfst; das heißt, dass du aufmerksam dafür wirst, was dort, wo du bist, ist. Das heißt, dass du Gott verherrlichst, wenn du verständnisvoll und gastfreundlich an dem Ort und zu dem Ort hin lebst, den Gott dir gibt. Gott wird dir einige Dinge geben, die du an dem Ort, den du bewohnst, und mit den Menschen an diesem Ort tun sollst. Wenn du das tust, was dir Gott zu tun gibt, stärkst du damit das Wohl der Gemeinschaft und verherrlichst Gott.[45]

Das ist eine so einfache Wahrheit. Trotzdem spricht sie mein Herz stark an. An dem Ort zu wohnen, der mir gegeben wurde. Die Dinge zu tun, die mir gegeben wurden. Die Menschen zu lieben, die mir gegeben wurden. Das ist nicht mysteriös oder weltbewegend, aber es ist die Wahrheit für ein Leben, das sich von Gott führen lässt.

Langsam begann ich zu begreifen, dass es Gott nicht um meine Produktivität geht; ihm geht es um mein Herz. Gott liebt nicht meinen Dienst; Gott liebt mich. Gott *wird verherrlicht,* wenn wir ihm unser Herz geben, wenn wir ihm uns selbst geben und treu das tun, was er uns vor die Füße gelegt hat, egal, wie klein oder unscheinbar es ist.

Vielleicht brauchte ich eine Weile, um das zu begreifen, da mir Gott sehr früh in meinem Erwachsenenleben einige außergewöhnliche Dinge zu tun gegeben hatte. Ich hatte eine große Familie und ich managte einen großen, wachsenden Dienst und leitete ein großes Team, das über tausend Familien unterstützte. Über diese Arbeit konnte man leicht schreiben. Wenn ich mir die Ergebnisse anschaute, konnte ich leicht glauben, dass Gott mich benutzte, während er außergewöhnliche Dinge in mir, durch mich und um mich herum wirkte.

Im Gegensatz dazu hatte mich Gott in den letzten Monaten die außergewöhnliche Stärke gelehrt, die nötig ist, um einfach gewöhnlich zu sein. Kompetent und gastfreundlich an dem Ort und zu dem Ort hin zu leben, den er mir gegeben hat, mit den Menschen, die er mir gegeben hat, ist eine außergewöhnliche Berufung. Er hat mir immer wieder gezeigt, wie schön es ist, im ganz Alltäglichen meine Aufmerksamkeit einer einzigen Person zu schenken: mich hinzusetzen und einer Mutter zuzuhören, die wegen ihres Kindes besorgt ist; einen Blick dafür zu haben, dass meine Tochter niedergeschlagen ist, und sie zu fragen, wie es heute in der Schule war; mich hinzusetzen und zum tausendsten Mal Mensch-ärgere-dich-nicht zu spielen; mit Freude ein Geschenk, das ich nicht brauche, von einer Nachbarin, die mir etwas Gutes tun will, anzunehmen; Menschen so sehr zu lieben, dass ich mich nicht so sehr über Worte oder Programme oder Projekte freue, sondern darüber, dass ich mit ihnen lebe.

In einem Leben, in dem ich versuchte, große, großartige Dinge für Gott zu tun und seine Herrlichkeit auf große, großartige Weise zu sehen, zeigte er mir, dass er auch im Kleinen verherrlicht wird. Er wird mit jedem Topf Nudeln, den wir unserer Familie treu auf den Tisch stellen, verherrlicht. Er wird jedes Mal, wenn wir einem Fremden in die Augen sehen und ihn als Mensch wahrnehmen, verherrlicht. Er wird verherrlicht, wenn wir unseren Blick auf ihn und nicht auf unseren Mangel richten. Er wird verherrlicht, wenn wir unserem Kind bei seinem Mathematikproblem helfen, auch wenn wir ihm den Lösungsweg schon x-mal erklärt haben. Unser Gott ist nicht zu groß für das Kleine und er wird in unseren gewöhnlichen Momenten verherrlicht, wenn wir ihn in diese Momente einladen. Wenn ich ihn in meine kleinen, gewöhnlichen Momente einlade, werden sogar triviale Momente außergewöhnlich. Kleine Liebesakte werden zu einem Flüstern seiner Herrlichkeit inmitten unserer Alltäglichkeit.

Ich glaube ohne jeden Zweifel, dass Gott seinen Segen über die ersten Jahre meines Dienstes ausgegossen hat, als ein schnelles Wachstum unaufhaltsam schien und es viele leicht zu schreibende Geschichten mit wunderbarem Ausgang gab. Aber im Laufe der Zeit hat er mir eine noch tiefere Wahrheit gezeigt: Wenn alle diese Dinge vergehen, ist er immer noch da. Wenn ich das Gefühl habe, der Dienst würde stagnieren, und trotz der langen Stunden mühsamer Arbeit kein erstaunliches Wachstum zu verzeichnen ist, an Tagen, an denen ich keine außergewöhnlichen Gebetserhörungen erlebe, wird er trotzdem verherrlicht, wenn ich ihm treu nachfolge.

In dieser Zeit, in der der größte Teil meines Dienstes innerhalb der Mauern meines Hauses stattfand und das größte Wachstum in meinem eigenen Herzen geschah, fühlte ich mich, als wäre ich in Gott verborgen. Als sonst niemand sah, wie ich mit der Trauer rang, als niemand sah, wie sehr ich mit demselben Kind immer wieder rang, als niemand sah, wie viele Nasen ich abwischte und wie viel Wäsche ich zusammenlegte und wie oft ich die Toilette schrubbte, wurde Gott verherrlicht.

Ich lernte, dass letztendlich unser verborgenes Ausstrecken nach Gott viel mehr zählt als das, was wir öffentlich tun. Einige Menschen betrachten vielleicht mein Leben und sagen, wie erstaunlich ich wäre oder was für eine radikale Christin ich wäre. Genauso werden Sie vielleicht von manchen Menschen gelobt, weil Sie anscheinend alles unter einen Hut bekommen. Aber was wirklich zählt, ist die stille Hingabe, die wir in unserem eigenen Haus praktizieren. Am Ende unseres Lebens zählen vor allem die Menschen, die unser ganzes Leben sehen, die glücklichen Geschichten und die tragischen, unsere guten Seiten und unsere hässlichsten Seiten. Am Ende der Zeit ist das Einzige, was zählt, dass wir mit unserem Leben das Evangelium gelebt haben, dass wir den Menschen, die uns Gott gegeben hat, unsere Aufmerksamkeit geschenkt haben und verständnisvoll und gastfreundlich an dem Ort gelebt haben, zu dem er uns berufen hat.

Ich denke oft an Jesu Wunder. Er hat viele Menschen geheilt. Und obwohl die körperliche Heilung von Krankheiten und das Austreiben von Dämonen Gott ganz gewiss Ehre brachten und den Menschen, die diese Wunder sahen, seine unübertreffliche Macht demonstrierten, war die körperliche Heilung vermutlich oft gar nicht so wichtig. Die Menschen, die Jesus heilte, wurden später wieder krank. Die Menschen, die er mit Broten und Fischen satt machte, hatten einige Stunden später wieder Hunger. Selbst Jairus' Tochter und Lazarus, die von den Toten auferweckt wurden, starben eines Tages. Vielleicht geht es bei diesen Wundern nicht nur um die Heilung, vielleicht geht es sogar überhaupt nicht um die Heilung, sondern um das große Mitgefühl, mit dem sich Jesus den Menschen zuwendet.

Ich staune darüber, wie er das, was er gerade macht, unterbricht, um einen einzigen Menschen anzusehen, egal, wie »furchtbar« dieser Mensch sein mag, wie anders dieser Mensch sein mag, wie unrein oder sündig dieser Mensch sein mag. Jesus unterbricht das, was er tut, er schaut diesen Menschen an und er sieht ihn. Und der Gott allen Erbarmens und Trostes ist zum Mitgefühl für sein Volk *bewegt*. Er ist zum Mitgefühl für die Menge bewegt, und er ist zum Mitgefühl für den Einen bewegt.

Immer und immer wieder bleibt er stehen. Er sieht die Menschen. Er schaut ihnen in die Augen und sieht ihren Schmerz und ihre Sünde, und er ist davon nicht angewidert. Er wendet sich nicht ab. Jesus schaut sie an und liebt sie. Er hält ihre Hände. Er lässt sich wegen ihrer Sünde Nägel durch die Hände schlagen. Er verspricht, dass es eines Tages keine Tränen geben wird, weil er sie alle wegwischen wird.

Lieber Leser, der Erlöser der Welt tut das für Sie und für mich. Er schaut uns an und sieht uns wirklich. Er sieht unsere Sünde und unser Chaos und unseren Schmerz und wendet sich nicht von uns ab.

Wir sind Menschen und keiner von uns ist weniger unvollkommen als ein anderer. Ich denke, wir können nichts Größeres für einen anderen Menschen tun, als seinen Schmerz wahrzunehmen. Das ist viel wichtiger, als zu versuchen, den Schmerz zu lindern. Ich kann nicht heilen. Ich kann keine Wunder vollbringen. Auch wenn ich mich noch so sehr bemühe, kann ich nicht dafür sorgen, dass jemand die Erlösung durch Jesus annimmt. Aber ich kann ein Zeuge sein. Ich kann das kaputte, blutende Chaos eines anderen

Menschen ansehen und sagen: »Ich sehe dich. Ich bin bei dir. Ich wende mich nicht ab.«

Es ist eine große Ehre, am Leben eines anderen Menschen teilzuhaben, auf eine Weise Zeuge zu sein, die sagt: »Du bist wichtig. Das ist wichtig. Deine Geschichte ist wichtig.« Denn sie *ist* wichtig. Sie ist für Gott wichtig.

In der Zeit, in der ich zu Hause einen ruhigen Dienst versah, führte Gott viele andere Menschen in unser Leben. Diese Menschen brauchten jemanden, der sich in ihrem Schmerz zu ihnen setzte, der sie sah und der sie in ihrem Schmerz liebte. Wir wohnen in derselben Straße, in der sich das Hauptkrankenhaus befindet; unser Haus ist also ein idealer Ort für Patienten, die sowohl die medizinische Versorgung im Krankenhaus als auch den Komfort und die Fürsorge eines familiären Zuhauses brauchen. Es erschien uns nur richtig, unser Haus für Menschen in Not zu öffnen. Wenn ich zurückdenke, erinnere ich mich staunend an die vielen Menschen, die in jener Zeit in unser Leben kamen. Die Mädchen und ich erzählen gern die vielen Geschichten von den Menschen, die Gott in unser Haus geführt hat.

Eine junge, verängstigte Mutter kam mit ihrem süßen Baby, das nur zwei Monate alt war und eine lebensgefährliche Hautkrankheit hatte. Der Körper des Babys war von Blasen, die wie Brandblasen aussahen, überzogen. Irgendwann würde eine Infektion dieser Wunden zu seinem Tod führen. Sie wohnte bei uns, während die Ärzte unzählige Tests bei ihrem Sohn durchführten. Auch nachdem sie wieder ausgezogen waren, kam sie mehrmals in der Woche zu Besuch, nur um zu beten und um Ermutigung zu finden. Bei einem Großvater aus unserer Gemeinde, den wir erst kurz zuvor näher kennengelernt hatten, wurde Krebs diagnostiziert, der sich schon in seinem ganzen Körper ausgebreitet hatte; die Ärzte gaben ihm nur noch wenige Wochen zu leben. Und dann war da Betty, die sehr viel Ähnlichkeit mit Katherine hatte und deren Krankheit auch ganz ähnlich wie Katherines Krankheit war.

Ich hatte Angst davor, Betty zu lieben, weil ich Angst hatte, sie würde sterben.

Wir öffneten unser Zuhause und unsere Herzen und nahmen diese Menschen auf. Wir sprachen mit ihnen und hörten ihnen zu, wir gaben ihnen zu essen und beteten mit ihnen, wir fuhren sie ins Krankenhaus und versicherten ihnen, dass Gott bei ihnen ist, selbst wenn ihre Situation vielleicht andere Rückschlüsse nahelegte.

Während ich über die scheinbare Hoffnungslosigkeit ihrer Umstände nachdachte, erinnerte mich Gott an die Geschichte von dem Propheten Hesekiel und dem Tal der Totengebeine. Gott führte ihn in ein Tal mit Skeletten und fragte ihn, ob die Knochen leben könnten.

Die Hand des HERRN kam über mich, und der Geist des HERRN führte mich hinaus und trug mich in ein Tal, das mit Totengebeinen angefüllt war. Er führte mich an ihnen vorbei. Sehr viele Knochen bedeckten dort den Boden des Tals, und sie waren völlig vertrocknet. Dann fragte er mich: »Menschenkind, können diese Gebeine wieder lebendig werden?«

»O HERR, mein Gott«, antwortete ich, »das weißt nur du.«

Da sagte er zu mir: »Weissage über diese Gebeine und sag zu ihnen: ›Ihr gebleichten Knochen, hört das Wort des HERRN! So spricht Gott, der HERR, zu diesen Knochen: Seht! Ich werde euch Atem einhauchen und euch wieder lebendig machen! Ich gebe euch Sehnen, lasse Fleisch an euch wachsen und überziehe euch mit Haut. Ich hauche euch Atem ein und mache euch wieder lebendig. Dann werdet ihr erkennen, dass ich der HERR bin.‹«[46]

Ich hatte diese Geschichte schon früher gelesen und mich hatte das Versprechen ermutigt, dass Gott das Volk Israel, uns alle sündigen Menschen, ansieht und durch sein Wort neues Leben in sie hineinspricht, in uns hineinspricht. Aber dieses Mal las ich diese Geschichte in einem neuen Licht. So viele dieser Menschen, die bei uns wohnten, sahen äußerlich wie diese hoffnungslosen trockenen Gebeine aus. Ihre Situation war schwer und ihre Zukunft sah düster aus.

Vielleicht waren wir die Hesekiels, die Gott aufforderte, neues Leben in die toten und trockenen Stellen hineinzusprechen, über diesen Menschen, die er zu uns brachte, prophetisch zu reden, damit auch sie neues Leben in Gott kennenlernen würden. Wenn wir ihre Geschichten bezeugen – wenn wir zu ihnen sagen: »Wir sehen dich und wir sind bei dir und wir sind für dich« –, könnten wir vielleicht das Mittel sein, das Gott benutzt, um den müden, trockenen Seelen Leben einzuhauchen. Und vielleicht hatte Gott zugelassen, dass wir Hoffnungslosigkeit und Zweifel empfinden, damit wir in die Menschen, die Gott zu uns gebracht hat und die das Gleiche fühlten, Leben hineinsprechen konnten. Wir könnten als Zeugen sowohl ihrer Geschichten als auch des Evangeliums Gottes Leben über ihnen aussprechen.

In dieser Zeit wurde ein Mann namens Joseph von einem Arzt, der bei der Behandlung von Macks Wunde eng mit uns zusammengearbeitet hatte, zu uns geschickt. Joseph hatte eine ähnliche Brandwunde an seinem Bein, und der Arzt fragte, ob ich helfen würde, da Macks Bein so gut verheilt war.

Ich erinnere mich, dass ich eines Tages mit Joseph auf der Veranda saß und seine Brandwunde verband. »Hast du Angst?«, fragte er.

»Früher hatte ich Angst.« Ich lächelte. »Wenn ich Wunden versorgte, wurde mir oft übel. Es war, als könnte ich allein durch den Anblick einer Wunde den Schmerz fühlen, und allein schon der Gedanke an solche Schmerzen war erdrückend.«

»Und jetzt?«, fragte er erstaunt.

Ich betrachtete die Wunde, die ich seit einigen Wochen regelmäßig versorgte, und sah an den Rändern Anzeichen eines neuen, rosa Lebens.

»Jetzt reinige und verbinde ich Wunden richtig gern, Joseph.« Ich brach ab und überlegte, ob es überhaupt möglich war, ihm zu erklären, warum es mir so ging. Ich dachte an Macks Wunde und an die Heilung, die Gott während jener Zeit in mein eigenes Herz gebracht hatte. Ich dachte daran, dass Gott seine Narbe immer noch benutzte, um mich an Tagen, an denen mir das Leben zu hart und der Schmerz zu tief erschien, daran zu erinnern.

»Unter der ganzen toten Haut an deinem Bein, tief unter dem verkohlten und verbrannten Teil«, begann ich zu erklären, »ist neues Leben. Wir müssen das ganze Tote reinigen. Wenn wir das machen, wird Gott auf wunderbare Weise neue Zellen und eine neue Haut wachsen lassen, bis die Wunde kaum noch zu sehen ist. Siehst du diese rosa Stellen? Er hat schon damit angefangen. Und weißt du, was das Beste dabei ist? Ich tue überhaupt nicht viel. Ich schaue eigentlich nur zu. Ich kann keine Haut schaffen. Ich kann kein Leben geben. Aber ich kann treu sein. Ich kann diese Wunde jeden Tag verbinden, und ich kann zusehen, wie Gott an den toten Stellen Leben schafft.«

Er nickte, aber ich war mir nicht sicher, ob er mir folgen konnte.

»Es ist wie mein Herz, Joseph.« Ich atmete tief ein und wagte mich weiter vor. »Ich komme kaputt zu Gott. Ich komme mit einer schwachen, dünnen Sehnsucht nach dem Herrn, und er sieht meine Wunden. Er sieht die ganzen toten und kahlen Stellen in meinem Herzen, die Stellen, an denen ich leide, und er haucht mir Leben ein. Genauso wie diese neue Haut macht er mein Herz neu. Er lässt an den toten Stellen Leben wachsen.«

»Du fürchtest dich also nicht mehr vor Wunden?«, lachte Joseph.

»Nein, ich glaube nicht. Der Schmerz kann manchmal immer noch überwältigend sein, aber ich weiß, dass Gott treu ist. Je tiefer die Wunde und je größer der Schmerz ist, umso mehr Heilung kann stattfinden. Hör dir diese Geschichte an.« Ich holte meine Bibel und begann, aus dem Buch Hesekiel die Geschichte vorzulesen, die mir Gott ans Herz gelegt hatte. »Kannst du dir das vorstellen? Hesekiel steht knöcheltief in Skeletten, und er schaut einfach zu, wie sie zum Leben erwachen. Wie sie aufstehen und *atmen*. So etwas habe ich noch nie gesehen, Joseph, aber ich denke, dass Gott so etwas in meinem Herzen getan hat. Wenn ich traurig und bitter bin und voller Zweifel, erinnert er mich daran, wer er ist, und haucht mir neues Leben und neue Hoffnung ein. Und als ich in meiner Sünde und in meinen Übertretungen tot war, hat er seinen Sohn Jesus gesandt, der starb, damit ich nicht sterben muss.«

Inzwischen war ich mit dem Verbandswechsel längst fertig und wir saßen einfach da. Sein Verband, der durchnässt und schmutzig gewesen war, war durch einen sauberen, weißen Verband ersetzt worden. Ich wusste, dass er am nächsten Tag wieder schmutzig wäre, aber ich freute mich an diesem kurzen Moment, in dem er rein und weiß war.

»Der Verband ist wie ich. Ich komme schmutzig – schmutzig in meiner Sünde und tot in meinen Übertretungen. Und er wäscht mich weiß. Er sagt, meine Sünden sind wegen seines Sohnes vergeben, meine Flecken sind sauber gewaschen. Ich mache mich immer wieder schmutzig und komme dreckig und geschunden zurück, aber Gottes Erbarmen ist jeden Tag neu. Und er erinnert mich wieder – und wieder und wieder –, dass er sein Blut vergossen hat, um meine Sünden wegzuwaschen, um mein Herz rein und sauber und weiß zu machen, genauso wie diesen Verband. Wieder lebendig, genauso wie diese trockenen Knochen.

Und eines Tages, Joseph, werden wir vor ihm stehen. Wir werden geschlagen und geschunden und verwundet und schmutzig vor ihm stehen. Wir werden vor ihm als Menschen stehen, die sich ihr Leben lang bemüht haben, die aber trotzdem Fehler machten, die zu oft wegblickten, die nur einen schwachen, dünnen Gehorsam aufbrachten, und er wird uns wegen seines Sohnes als treu bezeichnen. Er wird uns zu neuem Leben berufen. Wir werden weiß gekleidet sein, wie dieser Verband weiß ist. Und wir werden ihn anbeten.«

Er lachte mich an. »Ich glaube, du liebst Wunden.«

Ich lachte mit ihm, aber insgeheim dachte ich: *Nein, das tue ich nicht.* Niemand liebt Wunden. Niemand liebt es, im Tal von Skeletten zu stehen. Aber wenn wir unseren Erlöser lieben, können wir darauf vertrauen, dass uns manchmal die Hässlichkeit des Lebens zu ihm zieht. Niemand liebt es, den tiefen Schmerz und das tiefe Leiden zu sehen, das es in der Welt gibt. Aber ich liebe es, die Geschichten der Menschen zu bezeugen, die Gott in unser Leben führt. Ich liebe es, von seiner Treue zu sprechen. Weil er in meinem Schmerz, in meinem Ringen, in meinen Zweifeln treu war, kann ich Ihnen versichern, dass er Ihnen in Ihren Nöten auch treu ist.

Und wenn ich eure Gräber öffne und euch als mein Volk aus euren Gräbern steigen lasse, dann werdet ihr erkennen, dass ich der HERR bin. Ich gebe euch meinen Geist, damit ihr lebt, und ich bringe euch in euer Land. Dann werdet ihr erkennen, dass ich, der HERR, es angekündigt und auch ausgeführt habe. Ich, der HERR, habe gesprochen![47]

Gott sagt das zu den Israeliten, und er sagt es zu mir.

Ich habe das in meinem eigenen Haus gesehen. Die Welt hat meine Kinder oder ihre früheren Lebensumstände vielleicht als kaputt bezeichnet. Als junge, alleinerziehende Mutter, die nicht viel Ahnung von Kindererziehung hatte, hat man mich vielleicht auch als »kaputt« bezeichnet. Wir haben manchmal wahrscheinlich auch wie ein Tal trockener Totengebeine ausgesehen. Aber Gott hatte mich berufen und mir das große Privileg geschenkt, Leben auszusprechen, ihren verwundeten Stellen ein Wort einzuhauchen, für sie und mit ihnen zu glauben, dass er eine große Absicht für sie hat, nicht nur eines Tages, sondern jetzt. Und er hat dieses Leben treu in unser Haus gebracht, wo es am deutlichsten zu sehen war, wenn wir uns um die Menschen kümmerten, die er zu uns führte.

Wenn ich mich neben Scovia auf die Couch kuschle und ihr vorlese, wenn ich Sumini und Joyce meine ganze Aufmerksamkeit widme und ihnen zeige, wie man Kuchen mit Zuckerguss glasiert, hauche ich Leben in ihre kleinen Herzen ein. Und Gott benutzt sie, um in mein Herz Leben einzuhauchen. Wenn ich mich mit Grace über einen Erfolg oder eine neue Fähigkeit freue, an der sie in der Physiotherapie unermüdlich gearbeitet hat, feiern wir dieses neue Leben, das Gott schenkt.

Wenn ich Sarah bei den vielen Tieren helfe, die sie gerettet hat – Welpen, Igel und Bo, den Kater, der nur zwei Beine hat –, wenn ich mit Hellen in der Küche Scrabble spiele, während ich das Essen zubereite, und wenn ich mit Tibita im Garten Fußball spiele, obwohl ich auf diesem Gebiet völlig talentfrei bin, fügen sich Knochen zusammen. Wir werden von Gottes Liebe gestärkt. Genauso wie Gott es dem Volk Israel durch Hesekiel versprochen hat, nimmt er alle unsere früher einmal toten Stellen und schenkt ihnen Leben.

Er haucht uns Leben ein, damit wir anderen Leben einhauchen können. Er ist gut zu uns, damit wir seine Güte bezeugen können. Unsere trockenen Knochen leben und rufen anderen zu, dass auch sie in ihm ein volles und erfülltes Leben haben können.

11 Den Glauben wählen

Sie greift nach meiner Hand und lächelt. Ich ergreife ihre Hand und zwinge mich, ihr Lächeln zu erwidern, bemühe mich, wirklich fröhlich auszusehen. Ich will, dass sie hier Freude erfährt. *Ich will hier Freude erfahren.*

Betty ist 26 Jahre und die schöne Mutter eines dreijährigen Jungen. Sie ist vor ein paar Monaten zu uns gezogen. Sie ist einer der vielen Menschen, die Gott zu uns führte, um das klaffende Loch zu füllen, das Katherines Tod hinterlassen hat. Sie wiegt jetzt 69 Pfund und leidet an AIDS, Tuberkulose und allen Komplikationen, die mit diesen beiden Krankheiten einhergehen. Das alles fühlt sich viel zu bekannt an. Die Hand, die sie ausstreckt, erinnert mich so sehr an eine Hand, die ich erst vor Kurzem gehalten habe, an eine Frau, die ich sehr geliebt habe, an eine Freundin, die ein Familienmitglied geworden war. Wenn ich Betty ansehe, habe ich Angst. Können wir das wieder machen? Die Frage, über die ich nicht nachdenken will, hallt in meinem Kopf wider und ich versuche, sie zu verdrängen: *Und wenn du sie nicht heilst, Gott? Und wenn wir sie kennenlernen, sie in unser Herz schließen und du nimmst sie uns auch wieder weg? Ich glaube nicht, dass ich das noch einmal schaffen kann.*

Ich ringe mit den Tränen und zwinge mich zu einem Lächeln. Schließlich kann es ja sein, dass sich ihr Zustand vielleicht bessert. Vielleicht bleibt sie am Leben. Im Moment weiß ich, dass sie es nötig hat, dass ich glaube, dass sie überleben kann, damit sie das auch glauben kann.

Wie hält man an diesem Glauben fest, wenn man sich das letzte Mal geirrt hat? Wenn man sich das vorletzte Mal und das vorvorletzte Mal geirrt hat? Ich setze mich auf die Kante meiner Couch, die jetzt ihr Bett ist, und frage sie nach ihrer Familie. Noch während wir sprechen, fühle ich, wie mein Herz anfängt, eine Schutzmauer aufzubauen. *Wie sehr sollte ich mich investieren?*, fragt mein Fleisch. Ich weiß, dass ich meinen Zweifeln nicht so sehr die Oberhand überlassen darf. Wenigstens *sollte* ich es besser wissen. Haben wir nicht wiederholt Gottes Erlösung in schweren Situationen gesehen?

Mit dem Verstand weiß ich, dass es meine Aufgabe ist, an seine Güte zu glauben, ohne zu wanken. *Alles andere* ist seine Sache. Aber mein Herz tut sich so schwer damit, sich zu erinnern. Das ist die Sünde der Israeliten, im Grunde die Sünde der ganzen Menschheit, diese Langsamkeit, uns an alles zu erinnern, was Gott getan hat, während wir nur darauf starren, was er noch nicht getan hat, was er vielleicht nicht tut. Seine Antwort ist ruhig und wahr: *Und wenn ich es nicht tue, Kind? Und wenn ich sie nicht heile? Und wenn mein Plan anders aussieht? Trotzdem bin ich bei dir. Trotzdem bin ich Gott.* Ich betrachte ihr Gesicht. Diese Frau ist Mitte zwanzig wie ich, eine Mutter wie ich. Ihr Leben verläuft anders als meines, aber ihre braunen Augen schauen sich suchend um, genauso wie meine. Ihr Lächeln ist sanft, echt. Gott erinnert mich an mein Lieblingswunder.

Jesus ging mit ihm, gefolgt von einer dichten Menschenmenge. In der Menge war auch eine Frau, die seit zwölf Jahren an Blutungen litt. Sie hatte in dieser Zeit bei vielen Ärzten Schlimmes durchgemacht. Ihr ganzes Vermögen hatte sie eingebüßt, um sie zu bezahlen, ohne dass es ihr besser ging. Es war sogar schlimmer geworden. Diese Frau hatte von Jesus gehört. Sie kämpfte sich durch die Menge in seine Nähe und berührte den Saum seines Gewandes. Denn sie sagte sich: »Wenn ich nur seine Kleider berühre, werde ich gesund.« Und im selben Augenblick hörte die Blutung auf, und sie spürte, dass sie geheilt war!

Jesus merkte sofort, dass eine heilende Kraft von ihm ausgegangen war. Er wandte sich um und fragte: »Wer hat meine Kleider berührt?«

Seine Jünger sagten zu ihm: »Die Menschen umdrängen dich von allen Seiten, wie kannst du da fragen: ›Wer hat mich berührt?‹«

Aber er schaute weiter umher, um festzustellen, wer es gewesen war. Zitternd vor Angst trat die Frau auf ihn zu, denn sie wusste, was mit ihr geschehen war. Sie warf sich ihm zu Füßen und sagte ihm, was sie getan hatte. Und er sagte zu ihr: »Tochter, dein Glaube hat dich gesund gemacht. Geh in Frieden. Du bist geheilt.«[48]

Ich kann mich sehr gut in diese Frau hineinversetzen. Ich sehe, wie sie sich durch die Menge kämpft, die Hand nach Jesu Saum ausstreckt. Ich kann die Anspannung fühlen, dieses verzweifelte Ausstrecken, diese Sehnsucht, ihn zu berühren, selbst wenn es nur der Zipfel seiner Kleidung ist. Eine Sehnsucht nur nach ihm. Ich stelle mir ihr inneres Flehen vor, nachdem sie sich so lange darum bemüht hat, geheilt zu werden: *Bitte, bitte.*

Ich bin wie die Frau, die an Blutungen leidet, nur dass ich unter Zweifeln leide. Mein Problem ist die Sünde, mein Problem ist das Fleisch, mein Problem ist die Vergesslichkeit. Ich bin eine Frau, die die Arme fest um sich legen und sich abschirmen will, die die Arme um meine Brust legen will, um mein Herz zu beschützen, das immer noch so ungeschützt und verwundbar ist. Ich will es davor bewahren, wieder gebrochen zu werden. Ich will meine Kinder um mich scharen und sie vor dem hässlichen Schmerz dieser Welt beschützen. Mein Verstand schaltet zu schnell von *Er kann* auf *Ich kann nicht*, und mein Blick richtet sich auf irdische Kämpfe, bevor er in meinem himmlischen Vater ruht.

Wie die Frau mit den Blutungen brauche ich dringend seine Berührung. Nach dem mosaischen Gesetz war dieser Frau nicht einmal erlaubt, mit Jesus im selben Zimmer zu sein, geschweige denn, ihn zu berühren. Ihre Krankheit machte sie unrein, verbot ihr, sich in die Öffentlichkeit zu begeben. Entdeckt zu werden hätte eine mögliche Bestrafung und auf jeden Fall eine große Demütigung bedeutet. Verachtenswert. Schmutzig. Abscheulich.

Dieser Frau *wendet sich Jesus zu*. Er sieht sie.

Ich kann mir seine Zärtlichkeit vorstellen, als er sich zu ihr umdreht. Ich kann mir vorstellen, wie seine Stimme ihre ganze unruhige Angst vertreibt und ihr versichert, dass es richtig war und dass es ihren Glauben bewiesen hat, dass sie sich nach ihm ausgestreckt hat. Ich stelle mir vor, dass er ihr sanft in die Augen schaut, sie kennt, sie liebt. Ich kann mir das vorstellen, weil er dasselbe immer wieder für mich getan hat. Ich strecke meine zitternde Hand aus und er wendet sich mir zu, er sieht mich, er kennt mich.

Ich weiß tief in meinem Geist, dass ich Jesus genauso will wie diese Frau. Aber die Wahrheit ist, dass es unmöglich ist, die Arme um mich zu legen, um den Schmerz dieser Welt abzuwehren, und mich gleichzeitig nach meinem Erlöser auszustrecken. Wenn ich mich nach ihm ausstrecken will, bleibt mir keine andere Wahl, als meine Arme wieder zu öffnen. Ich verdränge die Gedanken der Hoffnungslosigkeit, die mein Denken verdunkeln wollen, und bemühe mich um Jesu Mitgefühl für diese Frau, die jetzt vor mir liegt und die mir so ähnlich ist. *Gib mir deine Augen für sie,* bete ich. Ich ergreife Bettys Hand und ich weiß, dass ich genauso wie die Frau mit den Blutungen Jesus suchen muss. *Wenn ich nur seine Kleider berühre …*

Hoffnung ist die große Erwartung dieser Frau, dass Jesus ihr hilft. Hoffnung ist unsere große Erwartung, dass wir ihn in allen unseren Umständen erleben, selbst in den scheinbar hoffnungslosen Umständen. Hoffnung ist dieses Ausstrecken in der Menge, nur um ihn zu berühren, auch wenn wir dafür von der Welt verspottet werden und das unlogisch erscheint. Dem Zyniker erscheint dieses Ausstrecken wie eine Verschwendung. *Warum willst du dich in einer solchen Menge nach ihm ausstrecken? Alle berühren ihn. Du vergeudest deine Zeit. Was ist, wenn nichts passiert?* Wir riskieren es, uns zu blamieren, wenn wir so hoffen, nicht wahr? Aber dieses Ausstrecken sagt uns etwas über das Herz dieser Frau. Es sagt mir etwas über mein Herz: Es geht um einen Glauben, der sich weder von der Welt noch von unseren Umständen abschrecken lässt, einen Glauben, der an das glaubt, was wir nicht sehen können. Meine Erwartung lässt mein Herz zu Gott hinwachsen, lässt den Raum in meinem Herzen für mehr von ihm wachsen und erlaubt mir, ihn hier zu sehen, egal, wo *hier* ist.

Ja, den Mut zu haben, die Hoffnung zu wagen, fühlt sich ein wenig wie ein Spiel mit dem Feuer an, besonders wenn wir uns früher schon verbrannt haben. Wenn ich Hoffnung wage, mache ich mich genauso verwundbar wie die Frau mit den Blutungen. Es macht mich verwundbar, weil ich die Sache nicht selbst in Ordnung bringen kann und weil ich den Ausgang nicht kontrollieren kann.

Meine Hoffnung führt mich nahe zu Jesus, offen und wehrlos, vollkommen seinem Erbarmen ausgeliefert, vollkommen kapitulierend.

Jesus wendet sich der Frau zu. »Dein Glaube hat dich gesund gemacht«, sagt er. Ihr Glaube, der der Menschenmenge trotzt, ihr Glaube, der die mögliche Demütigung ignoriert, dass sie erwischt werden könnte, wie sie als unreine Frau Gottes Sohn berührt, ihr Glaube, der die Tatsache ignoriert, dass Jesus viel zu tun hat, dass er gerade unterwegs ist, um jemanden zu heilen, der einen viel höheren gesellschaftlichen Status hat als sie, dieser Glaube ignoriert die Aussagen der Ärzte, die gesagt haben, dass eine Heilung unmöglich sei. Jesus sieht ihren Glauben und deshalb bleibt er stehen.

Dieser Frau *wendet sich Jesus zu.* Und die Menge ist groß und der Zyniker sind viele, aber durch das alles hindurch kennt und sieht er sie. Er kennt und er sieht mich. Er bemerkt sie nicht nur; er gibt ihr einen *Namen.* »Tochter«, sagt er. Er nimmt mein Gesicht in seine Hände und sagt dasselbe Wort auch zu mir. »Tochter.« Damit sagt er, dass ich ihm gehöre. Seine sanfte Stimme vertreibt meine Angst und versichert mir, dass es nicht vergeblich ist, wenn ich mich nach ihm ausstrecke.

Es ist nicht vergeblich, wenn Sie sich nach ihm ausstrecken.

Ich strecke die Arme nach ihm aus und erkenne, dass er hier ist, nur zwei Schritte vor mir, und mir den Weg bereitet. Ich verdränge die Fragen »Was ist, wenn …?«, die mich verleiten wollen, mich nicht nach ihm auszustrecken. Ich weiß, wer ich bin, und ich weiß, wer er ist. Deshalb muss ich ihn berühren. Die wunderbaren Sätze aus dem Buch Jesaja gehen mir durch den Kopf: »Der Saum seines Gewandes füllte den Tempel … Die Erde ist von seiner Herrlichkeit erfüllt!«[49] Ich strecke die Hand aus und ich fühle, dass Gottes Saum ziemlich weit ist und ich ihn fassen kann. Er ist genug für mich und für Sie und für heute und für morgen. Er ist so reichlich, dass er ausfüllt, so reichlich, dass er überfließt. Jesus dreht sich um. Er schaut mir in die Augen und sieht mich und meine Angst und mein Zögern und meine Sünde. »Tochter«, nennt er mich, »dein Glaube hat dich gesund gemacht. Dein Glaube wird dich gesund machen.« Er spricht über allem, was bei mir kaputt ist, Leben, und über allem, was bei Betty kaputt ist, und bei Ihnen.

Seine Botschaft an uns am Kreuz ist die gleiche wie seine Botschaft an die Frau mit den Blutungen, als er sich hinabbeugt, um ihr in die Augen zu schauen, um zu ihr zu sprechen, um ihre Not zu lindern: »Du bist es wert.« Ich will das zu meiner Botschaft für diese leidenden Menschen machen, die er in unser Leben führt: Du, du bist es wert. Wir stehen zu dir. Jesus steht zu dir.

Ich will ihm mein Leben lang nachjagen, und ich will, dass meine Arme gefüllt sind. Dass sie sich nicht nur nach Jesu Saum ausstrecken, sondern darin eingehüllt sind. Ich will, dass meine Arme damit gefüllt sind, seine Barmherzigkeit, seine Liebe, seine Güte, seine Herrlichkeit anzunehmen. Ich will ihm folgen, wohin er auch geht, und so von ihm erfüllt sein, dass er aus meinen Armen, aus meinem Leben überfließt.

Selbst wenn es bedeutet, meine Hand mit einem Lächeln zu einer Situation auszustrecken, die wehtun könnte, die wehtun wird.

Er hat mir früher schon die Gnade der Hoffnung geschenkt. Deshalb bitte ich wieder, dass er mir mehr Gnade schenkt, selbst wenn es dieses Mal schwerer ist, sich daran zu klammern. Die Gnade, Freude zu fühlen, und die Gnade, auf Leben zu hoffen, und die Gnade, schwer zu kämpfen, weil Menschen es wert sind, dass ich um sie kämpfe. Die Gnade, Arme zu haben, die so von ihm erfüllt sind, dass sie offen bleiben müssen und dass er herausströmt. Wieder nenne ich diesen Ort »Der Herr sieht«.

In sehr armen Dörfern ist es üblich, dass die Leidenden, die Behinderten und die Kranken ausgestoßen und vergessen werden. An Orten, an denen jeder Tag ein Überlebenskampf ist und die Menschen alles tun, um genug Essbares zusammenzukratzen, um sich und ihre Kinder zu ernähren, ist es ungewöhnlich, solche wertvollen Lebensmittel für jemanden zu »vergeuden«, der wahrscheinlich sowieso bald sterben wird. So haben wir Betty gefunden: Man hatte sie in ihrem Haus alleingelassen und sie vegetierte praktisch dahin, da sie nicht länger die Kraft aufbringen konnte, aus der Tür ihrer kleinen Hütte zu gehen. Ihre Schwester aus dem Norden Ugandas hatte sich von ihr verabschiedet und Bettys Sohn zu ihren Verwandten gebracht. Alle erwarteten, dass sie nicht mehr lange leben würde. Eine besorgte Nachbarin führte mich zu ihrem Haus, da sie helfen wollte, aber bei ihrem eigenen sehr begrenzten Einkommen nicht in der Lage war, ihr noch mehr zu helfen.

Mehrere Krankenhausbesuche zeigten, dass sich Bettys Zustand vielleicht tatsächlich wieder bessern könnte, wenn sie die nötige Pflege und eine positive Umgebung hätte. Ehrlich gesagt, war mein Herz absolut nicht bereit dafür, wieder einen Menschen mit einer so großen Not in unser Leben aufzunehmen, aber ich wusste, dass es kaum Alternativen gab. Obwohl es nicht wahrscheinlich war, dass Gott sie heilen würde, war es nicht unmöglich. Während ich meine Trauer um Katherine verarbeitete, veränderte sich etwas in mir. Es war keine einmalige Lektion, und ich müsste in den kommenden Monaten immer wieder daran erinnert werden, aber Gott war uns so nahe gewesen, auch wenn er sich entschieden hatte, sie nicht zu heilen. Dieses Mal hoffte ich zwar genauso sehr auf Heilung und betete wieder leidenschaftlich dafür, aber ich war sicher, dass Gott etwas Schönes entstehen ließe, selbst wenn Betty sterben sollte.

Ich hatte nicht nur eine neue Intimität mit Gott erlebt, während Katherine bei uns gelebt hatte und gestorben war. Ich hatte auch beobachtet, wie meine Kinder aufgeblüht waren, als wir unser Leben mit dieser leidenden Familie geteilt hatten. Sie zögerten viel weniger als ich, Betty bei uns aufzunehmen. Sie sahen sie einfach, sie sahen ihre Not, und sie liebten sie. Sie wohnte nicht im Gästehaus im Garten, sondern zog sofort in unser Haus, weil sie ohne fremde Hilfe keine zwei Meter gehen konnte. Oft kam ich ins Zimmer und einige der Mädchen kuschelten sich zu ihr auf die Couch und lasen, sangen oder lackierten ihre Fingernägel, als wäre sie eine liebe Freundin. Das war sie auch sehr bald. Sie hatte eine angenehme, sanfte Persönlichkeit und fügte sich problemlos in unseren Haushalt ein, wo sie still zusah, während unser lärmendes und manchmal chaotisches Leben um sie herum ablief.

Ich schnitt pfundweise Karotten für einen Eintopf und lehrte meine Kinder lesen. Meine Kleinen verloren Milchzähne und Bibliotheksbücher und Schuhe. Wir buken Muffins und spielten Himmel und Hölle und studierten Geografie. Abends brachte ich sie ins Bett, wünschte Betty, die auf unserer Couch schlief, eine gute Nacht, verkroch mich im Badezimmer und wurde von meiner Müdigkeit übermannt.

Sosehr ich auch glaubte, dass wir zu dieser Gastfreundschaft berufen waren, war ich trotzdem tief in meinem Geist müde.

Einige Monate nachdem Betty eingezogen war, zogen auch Simon und seine Großmutter zu uns. Sie brauchten einen Ort, an dem sie wohnen konnten und von dem aus sie Zugang zu medizinischer Versorgung hatten.

Der zehnjährige Simon war ein Kind, das von *Amazima* unterstützt wurde. Meinen Mitarbeitern und mir war aufgefallen, dass Simon anscheinend nicht wuchs und auch nicht zunahm. Nach vielen Untersuchungen und Krankenhausaufenthalten konnte uns ein Arzt den Grund dafür nennen. Wir keuchten, als wir begriffen, dass wir es mit einem echten, wahren Wunder zu tun hatten. Eine Untersuchung seiner Speiseröhre zeigte, dass sie fast vollständig verengt war und nur wenig oder gar kein Essen durchließ. Mit anderen Worten, er lebte seit seiner Geburt mit einer fast geschlossenen Speiseröhre. Wie lebt ein Kind zehn Jahre lang, wenn es fast gar keine Nahrung schlucken kann? So begann eine Reihe von Operationen, die dafür sorgen sollten, dass seine Speiseröhre und seine Luftröhre wieder normal funktionierten.

Sie kamen mitten in der Nacht bei uns an. Simon hatte Mühe, durch seine neue Trachealkanüle zu atmen, und war von der Narkose bei seiner ersten Operation noch sehr geschwächt. Aus den Augen seiner Mutter sprach Angst, und seine Großmutter sah völlig aufgewühlt aus. Sie brauchten einen Ort mit funktionierender Stromversorgung, damit sie sein Essen pürieren konnten, einen Ort in der Nähe des Krankenhauses für den Fall, dass irgendetwas die Trachealkanüle, mit deren Hilfe er atmete, blockieren würde. Simons Kanüle musste jeden Tag gewechselt werden und er musste alle drei Stunden durch seine neue Magensonde ernährt werden.

Simons Mutter beschloss, dass seine Großmutter bei ihm bleiben und sich um den Jungen kümmern sollte, während sie selbst wieder arbeiten ging. Sie wohnten nicht in unserem Gästehaus im

Garten, sondern hier im Haus in unserem Gästezimmer, damit ich ihr bei Simons anstrengendem Ernährungsplan helfen konnte. Seine Großmutter, die wir alle Jjaja nannten, der traditionelle Name für Großmutter in der Sprache Luganda, wirkte sehr müde und ich war nicht sicher, ob sie für den langen Weg zu Simons Genesung, der vor uns lag, genug Kraft hätte. Es wurde schnell deutlich, dass sie sehr viel Ermutigung und Bestätigung brauchte, um glauben zu können, dass Gott wirklich bei ihr und bei Simon war und sie nicht im Stich lassen würde. Ich sagte ihr, dass Gott ihn gewiss nicht so weit gebracht hätte, wenn er nicht einen wunderbaren Plan für sein junges Leben hätte.

Ich war nicht sicher, ob ich es schaffen würde, dieser Frau, die dreimal so alt war wie ich, Gottes Güte zu bezeugen, während ich selbst darum rang, an meiner Hoffnung festzuhalten, und gleichzeitig körperlich um das Leben der Frau kämpfte, die in unserem Wohnzimmer wohnte. Ich erinnerte mich daran, wie sehr Gott meine Antworten auf Macks Fragen benutzt hatte, um meinen eigenen Glauben zu stärken, und betete, dass dies wieder geschehen würde.

Genauso wie er mich so oft mit dem versorgt hatte, was ich brauchte, ohne dass ich wirklich wusste, was ich brauchte, oder ihn darum bat, brachte Gott in dieser Zeit zwei wunderbare Trauerberater in mein Leben. Ich hatte mich mit diesem Paar angefreundet, weil ich gehofft hatte, dass sie einigen meiner Mädchen helfen könnten, aber sie waren auch für mich eine große Bereicherung, da ich viel mehr zu verarbeiten hatte, als ich mir anfangs eingestehen wollte. Eines Tages weinte ich und erzählte ihnen mit geschlossenen Augen von Katherines Tod. Ich sagte ihnen, dass ich nicht wisse, ob Betty und Simon am Leben bleiben würden, und dass alles einfach zu viel sei.

»Sag Gott, wie du dich fühlst«, flüsterte meine Freundin. »Du kannst ihm sagen, dass du Angst hast.«

Ich öffnete den Mund, um die Worte »Ich habe Angst, Gott« zu sagen, aber sie kamen nicht über meine Lippen. Ich dachte bei mir: *Nein, das ist nicht richtig. Ich habe keine Angst. Ich fühle mich nicht allein, und ich fühle mich nicht verängstigt.* Ich suchte in meinem Kopf und in meinem Herzen danach, was ich wirklich fühlte. Die Worte kamen ganz leise über meine Lippen: »Ich bin müde.« Und dann immer lauter und lauter, bis ich immer wieder schluchzte: »Ich bin müde. Ich bin müde. Ich bin müde!«

Ich beruhigte mich wieder und wartete auf Gottes Antwort. Sie kam schnell und deutlich. *Ich bin nicht müde,* antwortete er. *Ich weiß, dass du müde bist, Kind, aber ich bin nicht müde. Ich werde nicht müde. Ich werde nie müde sein. Lehne dich an mich, denn in deiner Schwachheit bin ich stark.*

Ich klammerte mich an diese Worte, während ich mich um sie kümmerte: Simon, Jjaja, Betty, meine eigenen Kinder. Diese Worte waren mein Lebensatem. Während ich nachts Simon fütterte und unzählige Male Kanülen und Verbände wechselte und gleichzeitig meine Kinder erzog, sprach ich diese Worte zu Gott: *Ich bin müde, Gott, aber du bist nicht müde. Du wirst nicht müde.* Dieses Wissen wurde meine Rettungsleine. Das Wissen, dass Gott, auch wenn ich völlig erschöpft war, nicht erschöpft und müde war. Dass ich mich bei ihm fallen lassen und darauf vertrauen konnte, dass er mich trägt.

Unser Haus war voll und unser Leben war voll und ich kämpfte gegen die Müdigkeit, aber gleichzeitig gab mir die große Aufgabe, mich um die Menschen unter meinem Dach zu kümmern, eine starke Energie. Selbst in meiner Müdigkeit erschien mir Jesus näher als je zuvor. Er bestätigte mir, dass es für mich und für unsere Familie gut und richtig war, gastfreundlich zu sein, auch wenn es schwer war. Auch wenn ich mich nicht nach Leiden oder nach Anfechtungen sehne, sehne ich mich nach der engen Beziehung zu Jesus, die in schweren Zeiten kommt. Es ist ein sonderbares Paradoxon, aber in unserem Kampf und Schmerz liegt ein großer Sinn.

Die Frau mit den Blutungen hätte sich nie so verzweifelt nach Jesus ausgestreckt, wenn sie nicht krank gewesen wäre. Zwölf Jahre krank zu sein und völlig ausgegrenzt zu werden ist absolut nicht wünschenswert. Aber Jesus hat ihr persönlich in die Augen geschaut. War es das nicht wert? Obwohl wir lieber von unserem Leiden und unseren Anfechtungen befreit werden würden oder am liebsten ganz davor verschont bleiben würden, sehne ich mich inzwischen nach der zärtlichen Fürsorge von Jesus, die ich in Schmerz und Verzweiflung am stärksten fühle.

Im Grunde sind wir alle wie die Frau mit den Blutungen; unsere Probleme sehen nur ein wenig anders aus. Wir werden müde, aber Gott wird nicht müde. Er ist der Herr, der uns auch dann noch versorgt, wenn wir am Ende unserer Kräfte sind. Wenn unsere Energie aufgebraucht ist und unser Hoffnungstank leer ist, wenn unsere Kinder nicht gehorchen oder unsere Familien mehr brauchen, als wir geben können, oder wenn wir das Gefühl haben, ein furchtbarer Freund, eine furchtbare Freundin zu sein, weil wir einfach nicht den Mut aufbringen, der nötig wäre, sieht uns Jesus und er wird nicht müde. Wenn wir von der Menge aus Zweifeln und Ängsten hin und her geschoben werden, strecken wir uns nach dem Saum von Jesu Gewand aus und er dreht sich zu uns um.

Er wendet sich uns immer zu. Er schaut uns in die Augen und sagt: »Habe Mut. Ich bin bei dir. *Ich bin für dich.*«

Sein Saum ist weit. Und egal, womit wir es zu tun haben, er ist genug. Wir brauchen nichts anderes zu tun, als uns nach ihm auszustrecken.

12

Eine glimmende Flamme

Ich sitze da und sehe, dass sie lebt. Tag für Tag liegt Betty schwach und schmal in einem unserer Gästebetten. Ihr Atem kommt mühsam und ihre Herzfrequenz ist zu langsam. Trotzdem lebt sie noch. Ihre Ärzte versichern uns, dass wir nicht viel anderes tun können. Ich schaue in ihre müden Augen und drücke Saft durch eine Spritze zwischen ihre trockenen Lippen.

Ich habe das alles schon einmal durchgemacht. Ich weiß, wie das Ende aussieht. Ist Hoffnung an diesem Punkt nicht einfach töricht?

Aber sie lebt weiter.

Vier Monate später ziehe ich sie um und bade ihren dünnen Körper, der immer mehr Gewicht verliert. Ich halte ihre schwache Hand und hoffe, dass sie weiß, wie sehr sie geliebt wird. Ich kämpfe. Wie bitte ich Gott weiterhin darum, Ja zu sagen, wenn ich im Grunde damit rechne, dass er Nein sagt? Warum verlangt er das von mir?

Ich lege meinen Kopf schwer an die starke Brust meines himmlischen Vaters. »Ich glaube an dich«, flüstere ich.

Das ist genug, Kind, antwortet er.

Ich bin hin- und hergerissen, weil ich unbedingt will, dass Betty von ihrem Leiden befreit wird. Ihre Pflege erschöpft mich körperlich und auch emotional, da es so unwahrscheinlich ist, dass es einen positiven Ausgang geben wird. Es erschöpft mich zuzuschauen, wie sie immer mehr verwelkt. Nichts hier fühlt sich fair an. Nichts hier ergibt einen Sinn. Aber ich will ein Mensch sein, der es wagt, große Dinge von unserem heiligen Gott zu glauben. Glaube bedeutet zu glauben, wenn wir nichts sehen können. Ich habe schon genug erlebt, um zu wissen, dass Wunder geschehen *können*. Ich weiß, dass es nichts gibt, das Gott nicht tun könnte. Deshalb bete ich für diesen Ausgang, auch wenn das nicht logisch ist, auch wenn es nicht vernünftig ist.

Meine Hoffnung ist eine flackernde Flamme, die dem Wind und dem Sturm trotzt. Irgendwie wird Gott nicht zulassen, dass sie vollständig ausgeblasen wird. Er trägt mich. Auch wenn alles noch so verzweifelt wird, hat er irgendwo tief in mein Herz die Kühnheit hineingelegt zu hoffen, den Mut zu glauben, dass es dieses Mal anders sein könnte. Es *ist* Torheit, in einer Welt des Todes zu hoffen. Gott sagt, dass er die Dinge erwählt hat, die in den Augen der Welt töricht erscheinen, um seinen Plan zu verwirklichen.

Dieses Hoffen ist die praktische Anwendung von Glauben.

Und sie lebt.

Es ist ein sonderbarer Tanz zu wissen, dass ich weiterhin an das Geheimnis von Gottes Plan glauben würde, auch wenn er Nein sagt, dass ich ihn aber trotzdem erwartungsvoll bitte, vielleicht doch Ja zu sagen. Das ist blind und es ist vertrauensvoll und es ist sehr persönlich. Obwohl mir alles sagt, dass ich mein Herz davor schützen soll, enttäuscht zu werden, weil Betty sicher aus diesem Leben in das nächste gehen wird, will ich mich nicht der Resignation hingeben, solange sie noch vor mir liegt und atmet. Auf diese Weise ist die Hoffnung meine große Opfergabe für Jesus. Es ist eine magere Opfergabe, aber sie ist alles, was ich habe.

Diese Hoffnung, die scheinbar keinen Sinn ergibt, ist mein heiliges Versteck geworden. An Tagen, an denen ich ohne diese Hoffnung aufwachte, fiel ich auf die Knie und bat Gott, mir die nötige Hoffnung zu schenken. Wenn ich dachte, ich könnte es keine Minute länger ertragen, Betty bei ihrem Leiden zuzusehen, rollte ich mich in meinem Bett zusammen und bat Gott um mehr Glauben, um an das glauben zu können, was ich nicht sehen konnte. Wenn ich das Gefühl hatte, dass mich die Last des Ganzen verschlingen würde, bat ich Gott, mir zu zeigen, wo er war und was er vorhatte.

Ich schwankte zwischen vollem Vertrauen zu seinem perfekten Plan und Angst, dass ich wieder eine Freundin beerdigen würde, dass wieder ein Kind ohne Mutter zurückbleiben würde.

Ich brauchte Gott so dringend. Dass ich ihn so sehr brauchte, zog mich immer näher zu ihm hin.

An einem Punkt, an dem niemand mein Leben oder meine Umstände wirklich verstehen konnte, hatte Gott eine heilige Einsamkeit zugelassen, die mich zwang, zu ihm zu laufen und mich ihm mehr als je zuvor anzuvertrauen. Obwohl ich von Menschen umgeben war, die mich liebten – einfühlsame Freunde und Gemeindemitglieder, die es gut mit mir meinten –, fühlte ich mich oft völlig allein. Denn wer außer Gott kann wirklich und vollständig verstehen, wie es ist, so viele Kinder zu haben, deren Herzen Fürsorge und Pflege und Wachstum und Heilung brauchen? Wer sonst kann wirklich verstehen, wie es ist, Fremde im eigenen Haus aufzunehmen und sie zu lieben, um sie dann zu verlieren? Selbstverständlich stellt Gott jeden von uns in Situationen, die andere, auch wenn sie helfen wollen und voll Liebe sind, nicht vollständig verstehen können. Im vergangenen Jahr hatten der Tod und das Leben eine große Lücke zurückgelassen, die nur Gott füllen konnte. Er hat sie gefüllt. In seiner Gegenwart musste ich mich nicht erklären oder aufzählen, was mich an diesem Tag quälte; ich musste nicht versuchen, ihm meine Gefühle in ihrer Komplexität zu beschreiben. Er wusste es. Ich musste mich zu keinen abgedroschenen Phrasen oder unaufrichtiger Frömmigkeit zwingen. Er kannte mich und er liebte mich, und ich konnte in ihm ruhen, obwohl mein Verstand auf Hochtouren lief. Er war wieder einmal ganz stark der Herr, der sieht, und schenkte mir eine so tiefe Gemeinschaft, die kein Mensch je schenken kann.

In der dunkelsten Nacht hatte ich eine Liebesbeziehung zu Jesus.

Der Gott des Lichts begegnete mir auf dem harten Fliesenboden meines Badezimmers, lange nachdem die Sonne untergegangen war und die Kinder zu Bett gegangen waren, an dem Ort, an dem meine Geschichte nicht so war, wie ich erwartet hatte. Gott zeigte mir, dass die Beziehung zu ihm viel schöner ist als ein unbeschwertes Leben und so viel besser als die Pläne und Träume, die ich ursprünglich mit nach Uganda, in meine Kindererziehung und in meinen Glauben gebracht hatte.

Er ließ in mir einen glühenden, umfassenden Wunsch nach stillen, geheimen Orten mit ihm wachsen. Er begegnete mir in meinem Durcheinander und sogar in meinem Zweifel und versicherte mir, dass er nach wie vor meinen Gehorsam und eine Beziehung zu mir haben wollte. Ich lernte neu, dass er mich wirklich liebt, nicht wegen der Person, die ich bin, oder der Dinge, die ich tue, sondern wegen Jesus und wer er ist.

»Und ich gebe dir Schätze, die im Dunkeln verborgen sind«, flüsterte er. »Geheime Reichtümer. Das alles tue ich, damit du weißt, dass ich der Herr bin, der Gott Israels, der dich bei deinem Namen ruft.«[50] Er rief mich. Er rief mich, zu ihm zu kommen und in ihm allein Ruhe zu finden.

Warum hatte ich mein ganzes Leben lang geglaubt, dass Unbeschwertheit und Erfolg, Gaben und Wunder, lächelnde Gesichter und die Verwirklichung meiner Pläne ein Beweis für den Segen und die Gunst des Herrn wären? Der Segen wächst auch in der dunkelsten Nacht und im tiefsten Tal, wenn wir Augen haben, ihn zu sehen.

Die Einladung, Traurigkeit und Zweifel und diese ganzen langen Nächte mit ihm zu erleben, das *ist* Gunst.

Denken Sie an Jesus im Grab, an diese drei langen Nächte in der Finsternis. Natürlich würde die Herrlichkeit der Auferstehung am dritten Tag die Traurigkeit dieser drei Tage in den Schatten stellen, aber Gott sandte seinen Engel, um Jesus am Höhepunkt seines Leidens im Garten Gethsemane zu stärken.[51] Sein Herz und seine Liebe zu seinem Sohn waren in jener Nacht, lange bevor die Sonne am dritten Tag herrlich aufging, deutlich zu spüren.

Das galt auch für mich. Er verlangte von mir nicht, bis zur Herrlichkeit am Ende des Tunnels durchzuhalten; er war schon jetzt bei mir und stärkte mich.

Wir waren 17 Personen und passten kaum um unseren Esstisch, aber wir rückten eng zusammen. Das gemeinsame Essen in der Familie war in unserem Haus immer ein wichtiges tägliches Ereignis, egal, wie viele Gäste bei uns wohnten. Ich kochte Spaghetti, was normalerweise dafür sorgte, dass es lustig und chaotisch zuging.

Durch Simon und Jjaja war sowieso fast jedes Essen an unserem Tisch lustig. Jjaja erzählte auf ihre laute, überschwängliche Art Geschichten, und die Mädchen hörten gnädig zu, auch wenn sie unübersehbar ungeduldig waren und auch irgendwann gern zu Wort gekommen wären. Simon konnte noch nicht schlucken, da er noch mehrere Operationen vor sich hatte, aber er wollte immer mit uns essen. Sein Arzt ermutigte ihn, sich von uns zuerst durch seine Magensonde füttern zu lassen und dann seine Mahlzeit zu »essen«, indem er sie kaute und dann in einen Eimer spuckte, ohne sie zu schlucken. Wenn jemand diese verrückte Szene gesehen hätte, hätte er uns wahrscheinlich für völlig unnormal gehalten. Ich muss kichern, wenn ich mich daran erinnere, aber damals erschien uns das alles ganz normal.

Nach dem Essen schoben wir die Teller beiseite und verteilten Bibeln. Wir lasen im 2. Kapitel des Johannesevangeliums, wo Maria, Jesu Mutter, ihn bittet, die Hochzeit ihrer Freunde zu retten. »Sie haben keinen Wein mehr«, sagt sie. Sie weiß, wozu er fähig ist, und kommt voll Zuversicht zu ihm. Nachdem ihr Jesus antwortet, dass seine Zeit noch nicht gekommen ist, weil er möglicherweise Maria davon abhalten will, auf ein Wunder zu hoffen, schaut sie die Diener voller Glauben an und sagt: »Tut, was er euch sagt.« Auch wenn seine Antwort nicht so ausfällt, wie sie es gern hätte, vertraut sie immer noch vollständig, dass er etwas tun kann, ist sie immer noch sicher, dass er etwas tun wird.

Während wir die Geschichte lasen, fand ich darin meine eigene Hoffnung wieder. Ich komme zu Jesus und weiß, wozu er fähig ist. Ich weiß, dass er heilen *kann*. Deshalb bitte ich ihn darum. Und ich bitte weiter. Vielleicht antwortet er, dass dafür jetzt nicht die richtige Zeit ist. Werde ich an seinen perfekten Zeitplan glauben? Werde ich um ein Ja bitten, aber ihm vertrauen und glauben, dass er alle Dinge zu unserem Guten und zu seiner Ehre wirkt, falls er dieses Mal Nein sagt? Vertraue ich auf das Geheimnis seines perfekten Plans? Ich wünsche mir die Zuversicht, die Maria hatte, damit ich zu den Menschen um mich herum sagen kann: »Schaut auf ihn. Richtet eure Blicke auf ihn. Tut, was er euch sagt.« Voller Zuversicht auf das, was er tun kann, erwartungsvoll und gewiss, dass er etwas tut.

Jesus verwandelte in jener Nacht Wasser in Wein, aber nicht in einer großen Demonstration seiner wunderbaren Macht. Er tat es im Stillen und nur wenige Menschen sahen es. »Der Zeremonienmeister kostete von dem Wasser, das nun Wein war. Da er nicht wusste, woher der Wein kam – denn *nur die Diener, die ihn geschöpft hatten, wussten es* –, ließ er den Bräutigam holen.«

Nur seine Jünger und die Diener – diejenigen, die sich nahe an ihn hielten, die den Blick auf ihn richteten, die taten, was er ihnen sagte – sahen, was er tat. Unser Gott ist treu und offenbart sich seinen Dienern. Wenn wir auf ihn hoffen, lädt er uns ein zu sehen. Wenn wir hoffen und dann etwas nicht bekommen, obwohl wir von ganzem Herzen glaubten, dass Jesus es uns geben würde, könnte ein Außenstehender, der das sieht, sagen, dass wir irgendwie versagt hätten, vielleicht sogar, dass Gott an uns versagt hätte. Der Feind will natürlich, dass wir das so empfinden; er wollte mir jeden Tag einreden, wenn Betty sterben würde, käme ihr Tod einem Versagen gleich.

Aber für den Diener, der auf Jesus schaut, gibt es immer Wunder.

Das galt für uns. Unser Leben war voll und unser Haus war voll. Ja, es gab Anfechtungen, aber die Freude, die wir erlebten, war fast unbeschreiblich und übertraf alles, was ich für möglich gehalten hatte. Für mich war das unser Wunder. Er gab mir Augen zu sehen.

Die Tage bestanden aus Szenarien, die vorher unvorstellbar gewesen waren: Eine Portion unseres Essens zu mixen, um es durch Simons Magensonde zu schieben, während er mit uns am Esstisch saß, glücklich kaute, aber nichts aß; meine 14-jährigen Töchter zu lehren, Bettys Haferbrei zu kochen und ihre Windeln zu wechseln, und dadurch Helfer zu haben, die mich unterstützten; mit Jjaja zusammenzustoßen, wenn ich mitten in der Nacht aufstand, um Betty zu füttern, und sie aufstand, um Simon zu füttern, und wir uns im Halbschlaf gegenseitig erschreckten und dann beide laut über unsere entsetzten Schreie im stillen Haus lachen mussten. Wir pflegten unsere Patienten und schimpften, wenn der Strom weg war und wir Simons Essen nicht mit dem Mixer pürieren konnten. Manchmal schauten wir uns nur mit viel zu müden Augen an. Ich lache jetzt bei der Erinnerung an das alles und an die Gnade, mit der uns Gott in einer unmöglichen Zeit überschüttet hat.

Diese Tage und diese Szenen waren so weit von dem entfernt, was ich mir für mein Leben vorgestellt oder erträumt hätte, dieser Lebensstil war so weit davon entfernt, wie ich mir in jüngeren Jahren vorgestellt hätte, Kinder zu erziehen und eine Familie zu haben, aber irgendwie fühlte sich alles so richtig an. Wir lernten, die Geschenke zu genießen, die uns Gott weiterhin gab, während wir gemeinsam auf dieser rauen und kurvenreichen Straße unterwegs waren. Damit war gewiss ein großes Risiko verbunden, wie immer, wenn wir lieben, aber die Lebensfreude und der Sinn für Gottes Freude waren viel größer als das Risiko.

Während wir unser Leben und unser Zuhause immer mehr für die Menschen öffneten, die Gott zu uns führte, machte er unser Zuhause zu einem geweihten Ort, der selbst bei aller Anspannung und allem Schweren von seiner Gegenwart und seiner Freude erfüllt war. Ich wusste, dass ich diesen Lebensstil der Liebe für meine Familie wollte, egal, wie hoch der Preis dafür ist. Trotzdem gab es Momente, in denen ich mich hinterfragte, besonders als es mit Bettys Gesundheitszustand immer mehr bergab ging und es immer mehr danach aussah, dass wir sie verlieren würden. War es richtig, meine Kinder einem solchen Schmerz auszusetzen? Während sie weiterhin dafür beteten, dass sie gesund werden würde, wusste ich schmerzhaft, dass ich ihnen nicht geben könnte, was sie sich wünschten.

Aber sie erstaunten mich weiterhin mit ihrem Glauben. Die Mädchen waren bei Weitem nicht so berechnend und vorsichtig wie ich. Im Gegenteil, ihnen schien der Gedanke fremd zu sein, dass jemand die Freude, jemanden zu lieben, gegen den Schmerz, weil man ihn möglicherweise verlieren könnte, abwägen könnte. Sie hatten einfach Mitgefühl. Sie wussten, wie man liebt, und sie wussten, dass Liebe richtig war. Und so saßen sie auf Bettys Bett und lasen ihr Geschichten vor, sie spielten (und diskutierten) mit Simon, als wäre er ihr eigener kleiner Bruder, und sie wandten den Blick nicht ab, wenn sich einer unserer neuen Freunde übergeben musste, was jeden Tag mehrmals der Fall war. Ich vermutete, dass es ihnen nützen würde, in einem so jungen Alter Gott im Leiden zu erleben. Vielleicht würden sie dadurch lernen, sich an ihn zu klammern, wenn die unvermeidlichen Enttäuschungen kämen, denen sie begegnen würden, wenn sie älter wurden, auszogen und am eigenen Leib spüren würden, dass die Dinge nicht immer so kommen, wie wir sie planen oder wie wir sie von Gott erbitten. Ich wollte unbedingt, dass sie erfuhren, dass Gott bei dem geweihten Tanz aus Freude und Schmerz bei uns ist. Sie sollten einen sicheren Ort haben, an dem sie trauern und alle schweren

Fragen stellen und auf mich und auf Gott losgehen konnten und hoffentlich durch seine Gnade erleben würden, dass er wahr und treu ist, genauso wie ich es erlebt habe.

Simons Zustand besserte sich nach einigen Operationen. Seine Großmutter war ermutigt, als er anfing zuzunehmen. Deshalb kehrten sie in ihr kleines Haus zurück, das einige Kilometer und nur einen Telefonanruf von uns entfernt war. Bettys Zustand besserte sich ebenfalls. Doch dann wurde sie wieder schwächer. Dieser Kreislauf wiederholte sich immer wieder. Ihr Arzt erklärte uns, dass bei einem so fortgeschrittenen Stadium ihrer Krankheit selbst die stärksten Medikamente einfach nicht genug waren. Es war schon zu viel geschädigt gewesen, bevor ihre Behandlung eingesetzt hatte. Wir begannen mit palliativer Pflege, die dafür sorgte, dass sie schmerzfrei blieb, die aber ihr Leben nicht verlängern würde.

Ich las Psalm 63 immer wieder. Es war derselbe Psalm, den ich vor Katherines Tod so oft laut gebetet hatte: »Gott, du bist mein Gott; dich suche ich von ganzem Herzen. Meine Seele dürstet nach dir, mein ganzer Leib sehnt sich nach dir in diesem dürren, trockenen Land, in dem es kein Wasser gibt.«[52] Diese Worte hatten mich durchdrungen und hallten in mir wider, während ich Katherine bei ihrem Tod gehalten hatte; ich hatte mich ausgetrocknet, verzweifelt und besiegt gefühlt. Aber jetzt stachen mir andere Worte aus demselben Psalm ins Auge und setzten sich in meinem Herzen fest.

»Ich habe dich in deinem Heiligtum gesehen und deine Macht und Herrlichkeit bestaunt. Deine Gnade bedeutet mir mehr als das Leben; dich preise ich von ganzem Herzen! Ich will dich ehren, solange ich lebe, und meine Hände im Gebet zu dir erheben.«[53]

Denn deine Güte ist besser als Leben. Ja! War es das? War das der Grund, warum Gott uns immer wieder hierherführte? Nicht, weil er ein körperliches, greifbares Leben schenken wollte, sondern weil er uns mit seiner Güte umgeben und erfüllen wollte und wir wissen sollten, dass diese Liebe besser ist als das Leben hier und in der Ewigkeit? Wir hatten ihn immer wieder gesehen. Wir hatten seine Macht und seine Herrlichkeit gesehen. Unsere Lippen konnten sogar hier, im sicheren Tod, flüsternd seine Herrlichkeit preisen, weil wir es als wahr erlebt hatten, dass seine Liebe besser ist als alles, wofür wir je beten oder was wir je erbitten können, einschließlich das Leben.

Würden wir so leben, als glaubten wir das? Würden wir, selbst wenn wir Betty ansahen, die jeden Tag sterben könnte, unsere Hände im Lobpreis erheben und den Vater für seine Liebe verherrlichen, die uns nie verlässt oder im Stich lässt?

»Wie mit köstlichen Speisen, so machst du mich glücklich«, schreibt der Psalmist weiter. »Dich will ich loben und preisen.« Ja, Gott sättigte uns mit allem, was wir brauchten. Das würden wir immer wieder erleben. »Wenn ich in der Nacht wach liege, denke ich über dich nach, die ganze Nacht denke ich nur an dich. Ich denke daran, wie sehr du mir geholfen hast; ich juble vor Freude, beschützt im Schatten deiner Flügel. Ich halte mich nah zu dir, denn deine rechte Hand hält mich sicher. Die aber, die mich vernichten wollen, werden selbst in den Tiefen der Erde verschwinden.«[54]

Wo sind Sie und wo bin ich heute, wenn wir unsere Bitten vor Jesus bringen? Halten wir ihm unsere Flamme der Hoffnung hin, selbst wenn sie noch so klein ist? Wir wissen, wozu er in der Lage ist, und wir glauben, dass seine Liebe besser als das Leben ist. Bitten wir, als wüssten wir das? Wenn wir um etwas bitten, das er nicht gibt und vielleicht nicht geben wird, vertrauen wir ihm dann genug, um von ganzem Herzen zu glauben, dass er tun wird, was für seine Ehre das Beste ist? Werden wir wie die Diener und Maria bei der Hochzeit, wie der Psalmist in der Nachtwache erwartungsvoll auf ihn schauen? Werden wir alles tun, was er uns sagt, und glauben, dass er uns liebt und unser Bestes im Sinn hat und dass wir unter dem Schatten seiner Flügel frohlocken können?

Wenn wir das tun, werden wir das allergrößte Wunder sehen: seine Liebe zu uns!

Ich will bei Jesus sitzen und die Augen offen halten. Ich will ihn kühn bitten und dann bewusst vertrauen, dass er geben wird, was zu unserem Besten und zu seiner Ehre dient.

Wenn man weiß und akzeptiert, dass jemand, den man von Herzen liebt, sterben wird, liegt darin etwas zutiefst Heiliges. Eine kurze Weile steht die Zeit still. Man kann nicht wirklich weggehen oder etwas anderes tun oder auch nur an etwas anderes denken. Also wartet man. In diesen Stunden zählt nichts anderes als der Atem in meiner eigenen Lunge und in der Lunge meiner Freundin. Alles, was wir so unbedingt erledigen müssen, ist vergessen. Alles, was zählt, ist, einfach zu *sein*, den Moment bewusst zu erleben.

Der Schleier zwischen diesem Leben und dem nächsten erscheint dünn. Jesus ist so nahe, dass wir ihn berühren könnten, dass wir mit den Fingerspitzen die Linien in seinem Gesicht nachziehen könnten, wenn wir die Hand ausstrecken würden. Ich habe seine Gegenwart noch nie so mächtig erlebt wie in der Ruhe und in der Stille, unmittelbar bevor er jemanden zu sich heimholt.

Betty wohnte seit Monaten in unserem Haus und ihr Zustand verschlechterte sich zusehends. Unsere Aufgabe war jetzt, sie im Sterben zu begleiten und dafür zu sorgen, dass sie keine Schmerzen hatte, nachdem zahlreiche Behandlungen keinen Erfolg gebracht hatten. Ich schlich in ihr Zimmer, träufelte mit einer Spritze Wasser in ihren Mund oder wechselte ihre Windel oder saß einfach in der Stille neben ihr und streichelte ihre Haare. Ich summte leise die Worte des Liedes »Healer«[55]. Irgendwo in meinem Hinterkopf wusste ich, dass Gott sie heilen konnte, aber meine Wunden waren nach Katherines Tod noch so offen, dass ich meine Bitten nicht zu lautstark vertrat. Hauptsächlich erkannte ich einfach an, dass wir alles in unserer Macht Stehende getan hatten und dass Betty trotzdem sterben würde. Ich genoss es, jemanden tatkräftig zu lieben, der sich darauf vorbereitete, zu Jesus zu gehen.

Wieder warteten wir. Und wieder waren wir erwartungsvoll. Meine Erwartung war anders, als sie bei Katherine gewesen war: leiser, es ging weniger um mich und um die Pläne, die ich hatte, sondern mehr um das Wissen, dass Gott mir auf jeden Fall begegne würde. Statt das zu verlangen, was ich wollte, und das als Glauben zu bezeichnen, erwartete ich einfach, dass Gott erscheinen würde, ob durch Bettys Heilung oder durch ihren Tod und Übergang in ein neues Leben. Ich wusste jetzt, dass echte Hoffnung darin besteht, dass ich mich in Gottes Arme lehne, der mich unabhängig von meiner Situation halten wird.

Das Warten, dass er käme und sie zu sich holen würde, zog sich um mehrere Monate länger hin, als irgendeiner von uns erwartet hätte. Obwohl ich mich danach sehnte, dass Betty von ihren Schmerzen und ihrem Leiden befreit würde, war es für uns eine Freude, uns um sie zu kümmern. Das Leben verlangsamte sich und kroch nur dahin, und ich begann, wieder das Vergnügen und die Befriedigung zu lernen, ein ganz gewöhnlicher Mensch zu sein, der sich um konkrete Menschen an einem konkreten Ort zu der von Gott festgelegten Zeit kümmert. Es dauerte stundenlang, bis wir eine halbe Tasse Milch in ihren Mund gelöffelt hatten. Während die großen Mädchen und ich sie abwechselnd fütterten, kamen die kleineren Schwestern ins Zimmer und gingen wieder oder krabbelten auf ihr Bett und wieder hinunter, neugierig und furchtlos, von einer Liebe erfüllt, die keine Grenzen kennt. Dieser Ort war heilig. Das bestätigte mir Jesus täglich, während ich in einem Topf umrührte und nach Betty schaute, bei Hausaufgaben half und nach Betty schaute, Wäsche zusammenlegte und nach Betty schaute. Manchmal war sie nur halb bei Bewusstsein und ich bezweifle, dass sie es immer gemerkt hat, wenn ich nach ihr schaute, aber ich wurde in unserem grellrosa Gästezimmer zu Jesus hingezogen, wo alles außer seinem Gesicht, das wir in Bettys Gesicht sahen, in den Hintergrund trat.

Statt schlafloser Nächte und langer Tage, in denen uns das Warten frustriert hätte, gab es Stunden des Friedens, weil wir wussten, dass Jesu Gegenwart bei uns war. Er begegnete mir in der Stille. In dieser Zeit mit Betty in diesem Zimmer lag etwas, das mein Verstehen weit überstieg. Es war Jesus. Er war nahe.

Die Kinder und manche Gäste schrieben Bibelstellen auf Haftzettel und beklebten damit die Wand hinter ihrem Kopf. In der Stille nach dem Zubettgehen las ich sie ihr vor, als würde sie sie verstehen. Ich las sie mir selbst laut vor. Ich brauchte genauso sehr wie sie die Erinnerung, wer Gott ist, und er lehrte mich, während ich meiner Freundin aus seinem Wort vorlas.

Ich erinnere mich nicht an viele Details aus jenen Wochen, nur daran, dass die Gegenwart Jesu in unserem Haus stark zu spüren war, auch wenn die Tage verschwommen ineinander übergingen. An den Tagen kurz vor ihrem Tod durfte ich schöne, wunderbare Ereignisse mit neuen Augen erleben, auch wenn Betty nicht körperlich geheilt wurde.

Ich hatte Bettys Sohn, der jetzt bei ihrer Tante lebte, lange und mühsam gesucht. Betty wünschte sich so sehr, ihn vor ihrem Tod noch einmal zu sehen. Eines Morgens traten eine Frau und ein kleiner Junge durch unser Gartentor. Sobald ich sein Gesicht sah, wusste ich, dass er der kleine Junge war, den wir gesucht hatten. Als Betty ihn erblickte, lächelte sie. Es war seit Tagen ihr erstes Lächeln. Sie verbrachten köstliche Momente miteinander, bevor er wieder mit seiner Großtante wegging, die Betty versprach, dass sie sich um ihn kümmern und ihn von ganzem Herzen lieben würde.

An einem anderen Morgen kam meine Freundin Lillian mit einer großen Gruppe Männer und Frauen aus Masese. Sie hatten fast zehn Kilometer zu Fuß zurückgelegt, um mit Betty zu beten. Das war ein nicht alltägliches Zeichen für ihre große Liebe und Opferbereitschaft. Sie hatten ihre Kinder zu Hause gelassen, verzichteten darauf, einen Tag zu arbeiten oder Abfall von den Straßen aufzusammeln (womit sie ihren Lebensunterhalt verdienten), verzichteten auf die Gelegenheit, für diesen Tag Essen vorzubereiten, weil es ihnen wichtig war, zu uns zu kommen und dieser Schwester und mir ihre Liebe und Unterstützung zu zeigen. Ihre opferbereite Liebe machte mich demütig und erfüllte mich mit Dankbarkeit. Als ich sie so zusammenkommen sah, tat das meinem Geist so gut, wie es nicht besser hätte sein können.

Ich erinnere mich an jedes Detail der Nacht, in der Betty starb. Ich bin nicht sicher, was mich so sicher machte, dass sie bald sterben würde, aber ich konnte es fühlen, und ihr immer langsamer werdender Atem bestätigte es. »Sei barmherzig, Herr«, war das Gebet auf meinen Lippen. Ich wusste, dass er barmherzig war, egal, ob das bedeutete, dass Betty leben oder sterben würde. Ich brachte die kleinen Kinder ins Bett und holte Margaret und Agnes, zwei meiner ältesten Töchter, zu mir ins rosa Zimmer. Ich sagte ihnen, dass wir ein großes Privileg genossen, weil wir hier bei Betty sitzen durften, während sie kurz davor war, Jesus von Angesicht zu Angesicht zu sehen. Ich erzählte ihnen von meinem großen Wunsch, ihr bis zum Ende ihres Lebens hier auf der Erde meine Liebe zu zeigen, und ich bat Agnes zu übersetzen, während ich aus der Bibel vorlas. Betty sollte wissen, dass sie in ihrem Tod nicht allein war und dass sie nichts zu befürchten hatte.

Langsam und betont begann ich zu lesen: »Und ich sah einen neuen Himmel und eine neue Erde; denn der erste Himmel und die erste Erde sind vergangen, und das Meer ist nicht mehr.« Ich konnte diese Szene, die Johannes in der Offenbarung beschreibt, im Geiste vor mir sehen. »Dann sah ich einen neuen Himmel und eine neue Erde, denn der alte Himmel und die alte Erde waren verschwunden. Und auch das Meer war nicht mehr da. Und ich sah die heilige Stadt, das neue Jerusalem, von Gott aus dem Himmel herabkommen wie eine schöne Braut, die sich für ihren Bräutigam geschmückt hat.«[56] Obwohl ihr Atem und ihr Herzschlag immer langsamer wurden, strahlte Betty, als wäre sie die schön geschmückte Braut.

Ich hörte eine laute Stimme vom Thron her rufen: »Siehe, die Wohnung Gottes ist nun bei den Menschen! Er wird bei ihnen wohnen und sie werden sein Volk sein und Gott selbst wird bei ihnen sein. Er wird alle ihre Tränen abwischen, und es wird keinen Tod und keine Trauer und kein Weinen und keinen Schmerz mehr geben. Denn die erste Welt mit ihrem ganzen Unheil ist für immer vergangen.«

Und der, der auf dem Thron saß, sagte: »Ja, ich mache alles neu!« Und dann sagte er zu mir: »Schreib es auf, denn was ich dir sage, ist zuverlässig und wahr!«

Und er sagte auch: »Es ist vollendet! Ich bin das Alpha und das Omega – der Anfang und das Ende. Jedem, der durstig ist, werde ich aus der Quelle, die das Wasser des Lebens enthält, umsonst zu trinken geben! Wer siegreich ist, wird dies alles empfangen; ich werde sein Gott sein, und er wird mein Sohn sein.«[57]

Betty atmete leise und friedlich, während wir lasen. Agnes wiederholte meine Worte in Bettys Sprache, und wir alle nahmen uns Zeit, um diese Worte auf uns wirken zu lassen und zu glauben, dass sie wahr waren. Bei jemandem zu sitzen, der so nahe davorsteht, Gottes Angesicht zu sehen, ist, als betrete man den heiligen Boden. Durch das Wissen, dass wir sie, nur wenige Momente bevor sie dem Erlöser begegnete, festhielten, fühlten wir uns selbst dem Himmel näher. Ich hielt ihre Hand, ihr abgeblätterter rosa Nagellack war ein Symbol dafür, wie sehr sie in ihrer Zeit in meinem Haus von meinen Kindern geliebt wurde, ihre zerbrechlichen Fingernägel waren eine Erinnerung daran, dass es ihr dort, wohin sie ging, besser gehen würde.

Wir lasen: »Kein Tempel war in der Stadt zu sehen, denn der Herr, Gott, der Allmächtige, und das Lamm sind ihr Tempel. Und die Stadt braucht keine Sonne und keinen Mond, damit es in ihr hell wird, denn die Herrlichkeit Gottes erleuchtet die Stadt, und das Lamm ist ihr Licht.«[58] Ich schaute mich im Zimmer um, betrachtete unsere Haftzettel mit den Bibelstellen und meine Töchter, die Jesu Licht ausstrahlten. Betty öffnete kurz ihre Augen und sie schaute mir in die Augen. Ich freute mich, dass sie bald keinen Schmerz und keine Dunkelheit mehr erleben würde.

Und der Engel zeigte mir einen reinen Fluss mit dem Wasser des Lebens, so klar wie Kristall, der vom Thron Gottes und des Lammes entspringt und in der Mitte der Hauptstraße hinabfließt. Auf beiden Seiten des Flusses ist je ein Baum des Lebens, der zwölf verschiedene Früchte trägt und jeden Monat eine neue Frucht hervorbringt. Die Blätter dienen zur Heilung der Völker. Nichts wird je wieder unter einem Fluch stehen. Denn der Thron Gottes und des Lammes wird dort sein, und seine Diener werden ihn anbeten. Und sie werden sein Gesicht sehen, und sein Name wird auf ihren Stirnen geschrieben stehen. Und es wird dort keine Nacht mehr geben – man wird weder Lampen noch das Licht der Sonne brauchen –, weil der Herr, Gott, über ihnen leuchten wird. Und sie werden für immer und ewig herrschen.[59]

Dann las ich die Worte, die Jesus selbst gesagt hatte: »Ja, ich komme bald!« Und dann: »Amen. Komm, Herr Jesus!«[60]

Als ich die letzten Worte aus dem Buch der Offenbarung gelesen hatte, hauchte ich: »Amen«, und Betty tat ihren letzten Atemzug. Ich hielt ihre Hand, als sie zum ersten Mal Jesu Angesicht sah, und ich hatte das Gefühl, mir wäre die Ehre zuteilgeworden, sie direkt in seine liebenden Arme zu legen.

13

Treu

Nur ein einziger kleiner Vogel. Er ist wach, wenn mich die Stille um halb sechs am Morgen weckt und ich mühsam meine schweren Augenlider hebe. Er ist wach und er singt. Ich frage mich, woher er überhaupt weiß, dass es bald Morgen ist. Ich frage mich, warum er singt. Ich gehe leise zum Kaffeetopf und schalte nur so viel Licht ein, dass ich lesen kann, ohne meine Kinder zu wecken. Sein Lied ist schrill und frech. Das ist meine *stille* Zeit, und ich wünsche mir einen Moment lang, dass dieser eine kleine Vogel auch still wäre.

»Es ist noch nicht hell. Psch. *Es ist noch nicht hell.*«

Ich hebe den Blick von den abgegriffenen Seiten des Buches Jesaja und entdecke Sarahs Notizbuch, das sie gestern auf dem Tisch liegen gelassen hat. Sie hat darin unsere Zeit mit Betty geschildert und geschrieben, dass ich Mut hätte. Als ich diesen Satz das erste Mal gelesen habe, habe ich geweint. Ihre Worte waren zu großzügig, und ich fragte mich, was Mut wirklich ist. Sie hat geschrieben, dass ich tapfer sei, aber während ich hier in der Dunkelheit sitze, glaube ich nicht, dass ich tapfer bin.

Ich vermisse meine Freundinnen, die zu Jesus heimgegangen sind. Ich weiß, wo sie sind, und ich weiß, dass sie es dort viel besser haben als bei dem Leiden und der Krankheit hier. Aber trotzdem vermisse ich, wie Betty gelächelt hat, wenn ich ihre Stirn abwischte, und wie sich ihre schwache Hand in meiner angefühlt hat, mit ihren leuchtend rosa Fingernägeln, die Margaret lackiert hatte. Ich vermisse die stillen, ruhigen Stunden an ihrem Bett und die Art, wie mich ihre Augen verstanden, auch wenn ihre Ohren nichts verstanden. Ich vermisse Katherines Lachen, laut und ansteckend. Wenn ich ihre Kinder lächeln sehe, sehe ich sie, und ich wünsche immer noch, alles wäre anders ausgegangen.

Dann lese ich wieder Sarahs Worte auf dem Papier: »Unsere kranke Freundin hat lange bei uns gewohnt und meine Mama war tapfer und hat sich um sie gekümmert. Ich habe sie für sie beten gesehen und ich weiß, dass sie geliebt und umsorgt wurde. Meine Mama hat sie gepflegt. Sie hat Mut.«

Ich fühle mich nicht mutig. Manchmal fühle ich mich richtig niedergeschlagen.

Obwohl wir uns friedlich von Betty verabschiedet hatten und erleichtert waren und gewiss wussten, wo sie jetzt war, gab es für mich immer noch Momente, in denen die Trauer mich blind machte und drohte mir den Atem zu rauben.

In den letzten Monaten von Bettys Leben hatte mir meine Tochter Sumini eine Flagge aus Bastelpapier gemacht, auf der stand: »Du kannst das.« Ihr Tiefsinn und ihre einfachen Worte entlockten mir ein Lächeln. Ich hatte sie über die Arbeitsplatte gehängt, wo ich jeden Tag über Bettys Nahrungs- und Flüssigkeitsaufnahme Buch geführt hatte. Wenn ich jetzt daran vorbeiging, musste ich meine Tränen zurückblinzeln. Die Versuchung zu denken, ihr Tod würde bedeuten, dass wir versagt hätten, war allgegenwärtig. Aber mein liebender himmlischer Vater flüsterte mir die Wahrheit zu, die anders aussah. »Wir haben es geschafft«, sagte er auf seine sanfte, väterliche Art, als wäre das unser Geheimnis, da er alle Teile meines Herzens sehen konnte, die die Welt nicht sehen konnte – alle meine Fragen, alle meine Vorbehalte. Er hörte meine ganzen nicht ausgesprochenen Fragen, wie alles hätte ausgehen können, wenn wir etwas anders gemacht hätten, wenn wir ihr früher begegnet wären, wenn wir einen anderen Arzt aufgesucht hätten, irgendetwas. Und er versicherte mir, dass die Dinge immer so waren, wie er beabsichtigte. »Wir haben es geschafft.« Sie ist zu Hause. Sie ist heil. Und wir hatten sie dorthin begleitet, bis in Jesu

Arme. Wir hatten ihre Hand nicht losgelassen, und er hatte unsere Hände nicht losgelassen.

Ich stellte Gott immer wieder dieselbe Frage: *Warum?* Was konnte dieses ganze Leiden bewirken? Warum ließ er zu, dass unsere Familie wiederholt so den Tod erlebte? Warum ließ er zu, dass wir Menschen so sehr liebten?

Eine liebe Freundin stellte die Vermutung auf: »Vielleicht weil er wusste, dass ihr das tun würdet.«

Könnte das Gottes Antwort sein, wenn wir einen schweren Weg gehen? »Ich wusste, dass ihr das tun würdet. Ich wusste, dass ihr sie lieben würdet.«

Plötzlich wird der schwere Weg keine Last, sondern ein Ort großer Ehre, ein Ort der Partnerschaft und Intimität mit ihm. Wir mussten Betty nicht lieben; wir liebten sie einfach. Unser großzügiger und barmherziger Vater hat uns erlaubt, diese Menschen zu lieben. Er hat uns erlaubt, etwas so Wunderbares zu tun, wie seine schönen Kinder zum Himmelstor zu begleiten, wo er sie mit offenen Armen erwartet.

Dann denke ich, dass es bei Mut vielleicht überhaupt nicht um die Abwesenheit von Angst geht, sondern um Gehorsam, auch wenn wir Angst haben. Vielleicht bedeutet Mut zu vertrauen, wenn wir nicht wissen, was als Nächstes kommt, wenn wir uns auf das Schwere einlassen und wissen, dass es schwer sein *wird*, aber wir wissen noch mehr, *dass Gott nahe sein wird*. Er ist der Gott, der sieht. Er schenkt uns seine Gegenwart, seine Stärke oder was auch immer wir nach seinem Entschluss am meisten brauchen. Vielleicht geht es bei der Tapferkeit einfach darum, der Angst ins Auge zu sehen und ihr zu erklären, dass sie nicht gewinnen wird, *weil wir hier den Herrn erleben*. Wir erleben den Herrn in der langen, dunklen Nacht.

Der kleine Vogel singt laut in der Dunkelheit am frühen Morgen. Langsam geht die Sonne am Horizont auf.

Als ich später am Vormittag meine Kinder zu Hause unterrichte, frage ich meine Tochter Joyce, wie sie Mut definieren würde. Sie sagt: »Glauben haben.« Vielleicht ist es einfach das. Auch wenn wir zittern und uns unsicher fühlen, bedeutet Mut, dass wir uns an unseren Gott klammern, der gewiss, sicher, stabil ist. Er trägt uns; er hebt unsere Köpfe. Und seine unerschütterliche Liebe und sein Trost werden unser Mut und unsere Hoffnung. Tage später regnet es. Die riesigen Tropfen prasseln so kräftig auf unser Blechdach, dass wir kaum unser eigenes Wort verstehen, aber als der Regen nachlässt, erkenne ich ein bestimmtes Geräusch und lache. Derselbe kleine Vogel, der so früh am Morgen unbedingt singen musste, singt jetzt im Regen. Ich frage mich, wo er sich versteckt und wie er bei diesem Sturm weitersingen kann. Ich frage mich, warum er singt. Der Regen lässt nach und die Sonne schaut hinter den Wolken hervor, und plötzlich höre ich nichts anderes als den herrlichen Vogelgesang.

Glauben haben, denke ich. Und ich frage mich: *Singt der Vogel, weil er weiß, dass die Sonne herauskommen wird?*

Ich will genauso wie dieser kleine Vogel sein.

Hoffnung ist etwas Verrücktes, etwas Mutiges. Glaube ist eine kühne, irrationale Entscheidung. Aber dieser kleine Vogel, er fühlt, dass die Sonne herauskommen wird, er weiß mit Gewissheit, dass sie kommen wird, selbst wenn er sie noch nicht sehen kann.

Wir leben in einer Welt, in der unschuldige Menschen leiden und gute Freunde sterben und Geschichten nicht so ausgehen, wie wir beten. Schmerzen und Leid sind überall. Aber die Freude und Hoffnung, die wir in unserem Erlöser finden, sind auch überall. Ich habe nicht alle Antworten; genauer gesagt, habe ich überhaupt nicht viele Antworten. Aber eines weiß ich: Gott ist der, der er sagt. Und im Schmerz und Leid und im Leiden ist Gott nahe, und er ist gut, selbst wenn das Ende nicht gut ist. Unser Schmerz schmälert seine Güte uns gegenüber nicht, sondern erlaubt uns, sie auf eine ganz neue Weise zu erleben.

Gott erinnert mich an Maria von Bethanien, die das Bessere wählte, als sie ihre Arbeit liegen ließ, um sich zu seinen Füßen zu setzen. Da ich von Natur aus auf meine Arbeit konzentriert bin, wehrte ich mich immer dagegen, den täglichen Rhythmus und die Notwendigkeiten des Lebens außer Acht zu lassen, um mich in seine Gegenwart zu setzen, bis Gott mein Leben so umgestaltete, dass das dringend nötig war. Ich kann meine Freunde und meine Familie mit Nahrung und einem Dach über dem Kopf und Medikamenten und Liebe versorgen, aber ich kann kein Leben geben. Eine starke Sehnsucht danach, dass Betty und Katherine leben würden, hatte mich zu einer verzweifelten Zeit bei Jesu Füßen getrieben, die ich nicht nur schätzen gelernt hatte, sondern nach der ich mich auch sehr gesehnt hatte. Ich sehnte mich nach der Zeit mitten in der Nacht, in der ich auf dem Boden meines Badezimmers gesessen hatte, nur Jesus und ich. Nacht für Nacht saß ich da und stellte mir vor, dass ich wie Maria Jesu staubige Füße mit meinen Tränen abwasche. Einen Monat nach Bettys Tod waren unser Gästezimmer und unsere Couch immer noch unbewohnt, aber ich entschied mich oft für die stille Zeit auf dem Badezimmerboden, weil ich dort in meinen Kämpfen Gottes Gegenwart so stark gefühlt hatte. Dort hatte ich ihn in den Nächten nach Katherines Tod zum ersten Mal flüstern hören: »Komm.« Deshalb kam ich immer wieder.

Ich denke mehr über Maria von Bethanien nach. Sie wusste, was in Jesu Augen gut war, und sie hatte ihn gleichzeitig hinterfragt. Ich denke an ein anderes Gespräch zwischen ihr und Jesus, vier Tage nachdem ihr Bruder, Lazarus, gestorben war. Sie hatte Jesus einige Tage zuvor gerufen, als ihr Bruder krank geworden war, aber er kam erst jetzt in ihre Stadt. »Als Maria nun an die Stelle kam, wo Jesus war, und ihn sah, warf sie sich ihm zu Füßen und sagte: ›Herr, wärst du hier gewesen, wäre mein Bruder nicht gestorben.‹«[61] Sie spricht ihre Enttäuschung unverhohlen aus. *Wo warst du, Herr? Hast du nicht gehört, dass wir nach dir gerufen haben?*

Warum bist du nicht gekommen? Ich erinnere mich an Stunden in meinem winzigen Badezimmer, als ich meine Knie auf den Boden drückte und unter Tränen schluchzte. »Wo bist du?«, lautete der Schrei meines Herzens. »Das ist nicht fair. Ich habe dich gerufen. Warum bist du nicht gekommen?«

Ich stelle mir Jesus vor, der mit Maria weint. Ich stelle mir die Zärtlichkeit in seinen Augen vor, als er sie ansieht und ganz genau weiß, welche große Liebe er zu ihr hat, und genau weiß, wie die Sache ausgehen wird. Dass sie ganz anders ausgehen wird, als sie erwartet. Ich stelle mir dieselbe Zärtlichkeit in seinen Augen vor, wenn er mich ansieht, und wie ich in diesen langen Nächten fühlen konnte, dass er mich in seinen starken Armen festhielt, obwohl ich um mich schlug. Ich erinnere mich, dass ich nie das Gefühl hatte, er würde mich wegen meiner Wut, meiner Enttäuschung, meiner Verwirrung oder wegen meiner Tränen verurteilen. Vielmehr weinte er mit mir und flüsterte: *Ich weiß, ich weiß. Das ist nicht mein Plan. Das ist nicht so, wie ich es beabsichtigt habe.*

Jesus ist treu. »Ich bin die Auferstehung und das Leben«, sagt er zu Marias Schwester, Marta. »Glaubst du das?«[62] Dort, in dem Chaos ihrer aufgewühlten Gefühle, erkennt sie ihn. So ging es mir auch. Ich habe tief in meinem Geist erkannt, dass er der ist, der er sagt, ich habe die Zärtlichkeit in seinen Augen gesehen, mit denen er mich anblickt. Ich habe seine starken Arme gefühlt, die mich trugen, als ich mich kaum noch auf den Beinen halten konnte.

Johannes schreibt: »Jesus hatte Marta, Maria und Lazarus lieb. Als er von seiner Krankheit erfahren hatte, blieb er noch zwei Tage, wo er war.«[63] *Als er von seiner Krankheit erfahren hatte* ... Er liebte diese Menschen, und *deshalb* griff er nicht sofort ein. Er liebte sie, und *deshalb* ließ er zu, dass Lazarus starb. Er sagt zu seinen Jüngern, dass er froh ist, dass er nicht dort ist, damit sie auch glauben würden. Bei mir hat er sich genauso verhalten. Er erwies sich als ein Gott, der die Verzögerung benutzt, damit mein Glaube wächst und damit meine Beziehung zu ihm gestärkt wird. Er liebt mich und *deshalb* lässt er zu, dass ich Schmerz empfinde, der mich zu ihm hinzieht.

Aber im selben Atemzug, in dem ich sage, dass ich darauf vertraue, dass Gott alle Dinge zu meinem Guten und zu meinem Wachstum und zu seiner Herrlichkeit dienen lässt, kann ich bezeugen, dass er mit mir weint. Bei genauerem Nachdenken klingt es ein wenig sonderbar, dass Jesus mit Maria weint. Er weint sicher nicht, weil Lazarus tot ist. *Er weiß, was er tun wird.* Er weiß, dass Lazarus nur noch wenige Minuten tot sein wird. Er weint um seinen Freund. Er weint mit seinen Freunden. Er sieht und kennt den Ausgang meiner Situation. Er weiß, was er tut, selbst wenn etwas so ausgeht, wie ich es nicht erwarte, und doch weint er in seinem ganzen Mitgefühl mit mir um eine Welt, die nicht so ist, wie er sie beabsichtigt hat, wegen einer Traurigkeit, die er nicht geplant hat. Jesus weinte, und die Menge sagte: »Seht, wie sehr er ihn geliebt hat.«[64] Seht, wie sehr er uns liebt!

Ich kann singen, weil ich weiß, was kommen wird. Ich kann hoffen, weil ich weiß, *wer* kommen wird. In der Dunkelheit der Nacht habe ich sein Gesicht gesehen, und ich weiß, dass seine Verheißungen wahr sind, und ich weiß, dass das Licht kommt.

Ich will tapfer genug sein, um einer Welt, die leidet und allein ist und Angst hat, die Hoffnung des Evangeliums hinzuhalten. Nicht eine Hoffnung, die in der Abwesenheit von Schmerz oder Leid oder Kummer wurzelt. Kein Optimismus, der auf das Best-Case-Szenario oder ein Happy End aus ist. Sondern eine wahre Hoffnung, die aus der vollen Gewissheit erwächst, dass unser Erlöser unterwegs ist.

Es ist noch nicht hell, aber ich kenne ihn. Ich kenne den, der das Licht ist. Und deshalb werde ich in der Dunkelheit singen.

Nachdem ich das Leben monatelang auf Eis gelegt hatte, um mich um Betty zu kümmern, fühlte ich mich plötzlich ein wenig leer und ziellos.

Ich schlich immer wieder in dieses rosa Zimmer. Ich wusste, dass sie nicht da war. Niemand war da. Aber ihre Gegenwart hing noch in der Luft, und meine Hände sehnten sich danach, ihr zu dienen, sie umzuziehen, sie zu waschen. Meine Augen sehnten sich danach, wieder in ihre Augen zu blicken, und mein Herz sehnte sich danach, ihr scheues Lächeln zu sehen. Meine Sehnsucht nach Gottes Gegenwart überstieg alle diese Dinge und er begegnete mir hier. Je mehr ich ihn suchte, umso mehr fand ich ihn. Je mehr ich ihn kennenlernte, umso mehr liebte ich ihn. Ist das nicht immer so?

An den Tagen, bevor Betty starb, hatte ich, während ich bei ihr saß, das Gefühl, dass der Herr dasselbe Wort immer wieder sagte: *Treue.* Eine Frucht des Geistes für alle, die an ihn glauben. Etwas, das er mir verheißen hat. Deshalb bat ich ihn, mir zu zeigen, was das bedeutet. *Was bedeutet es, Herr, treu zu sein?*

An den Tagen nach ihrem Tod ging ich aus reiner Gewohnheit zigmal in ihr Zimmer und erinnerte mich an Worte, die oft Aristoteles zugeschrieben werden: »Wir sind das, was wir wiederholt tun. Vorzüglichkeit ist daher keine Handlung, sondern eine Gewohnheit.« Mir wurde bewusst: Treue ist gewiss keine einmalige Tat, keine Entscheidung und kein Ziel, nicht etwas, das wir irgendwann erreichen. Treue ist, was wir wiederholt tun. Sie ist eine Gewohnheit, die in einem langen, harten Gehorsam in der Stille entsteht. Treue ist, mitten in der Nacht stundenlang Milch mit einer Spritze in einen Mund zu geben, der kaum schlucken kann. Treue ist, einem widerspenstigen Mädchen immer wieder nachzugehen (und wieder und wieder), auch wenn sie schreit und mit hässlichen Wörtern um sich wirft. Treue ist, Karotten zu schneiden und Wäsche zusammenzulegen, die ganzen Dinge zu tun, die ungesehen und unbemerkt sind. Treue ist, sich in einer Million winziger

Entscheidungen und in einer Million kleiner Kapitulationen mit einem einfachen *Ja, Herr* unterzuordnen. Entscheidungen, die ein Leben des Gehorsams in außergewöhnlichen und in alltäglichen Momenten ausmachen.

Dadurch, dass ich mit meinen Mädchen und den zusätzlichen Leuten, die Gott in unser Haus brachte, durch den gewohnten Alltag ging, lehrte er mich, was Treue wirklich bedeutet: Sie lag in den langen Nächten, in denen ich wach blieb, nur damit Betty nicht allein war. Sie lag in den wiederholten Gebeten für ihre Gesundheit und für ihren Frieden und ihr Wohlergehen, auch wenn niemand hinsah, auch wenn keine Antworten kamen. Sie lag in jedem Tropfen Milch, in jeder Bibelstelle, die gelesen wurde, in jedem Lied, das über ihrem schlafenden Kopf gesummt wurde. Treue war im Gewöhnlichen, in den alltäglichen Dingen, die uns nicht ruhmreich erscheinen, die uns aber zu Jesu Füßen führen.

Treue ist das, was wir wiederholt machen, egal, ob wir Ergebnisse sehen oder nicht. Treue ist, wenn wir uns immer wieder in schwierige Menschen investieren, wenn wir weiterhin in schwierigen Situationen dienen. Treue ist, wenn wir uns bewusst entscheiden, uns in unseren Schwierigkeiten genauso an ihn zu lehnen wie in unserer Freude. Treue ist eine Gewohnheit, die sich in unseren Herzen bildet, wenn niemand hinsieht, wenn der Tag vorbei ist und die Sterne am Himmel auftauchen und wenn unsere Berufung nicht leicht ist und wir uns trotzdem nicht abwenden.

Letztendlich ist Treue wirklich und vollständig in dem einen zu finden, der uns nachgeht, auch wenn wir uns mit Händen und Füßen gegen ihn wehren. Der bei uns sitzt, wenn wir in der Stille warten, der alle seine Verheißungen mit einem Ja und Amen im ewigen Leben erfüllt.

Gottes Treue zu mir ging in dieser Zeit viel weiter. Er tröstete mich nicht nur und half mir nicht nur, ein neues Lied der Hoffnung zu finden, obwohl das schon mehr als genug gewesen wäre. In aller Stille erfüllte er einen weiteren Teil seines perfekten Plans für mich und meine Familie. In einer Zeit, in der ich den Herrn bat, mir die Augen für seine Wunder und seine Güte zu öffnen, hat er auch mein Herz geöffnet.

Benji war ein junger Mann, der genauso wie ich ursprünglich für einen kurzzeitigen ehrenamtlichen Einsatz nach Uganda gekommen war. Aber er hatte das Gefühl, dass Gott ihm sagte, dass er bleiben und einen langfristigen Dienst unter Männern tun solle. Jetzt lebte er fest in der Stadt Jinja und führte treu die ganze Woche lang Bibelstunden in Männerkleingruppen durch, da er hoffte, sie zu Jesus zu führen und Jesu Liebe in ihr Leben und in ihre Familien zu bringen. In seiner Freizeit betätigte er sich als Alleskönner bei den vielen Missionarsfamilien und jungen Singles und wollte auf jede nur denkbare Weise helfen. Er reparierte Wasserleitungen und brachte das Internet wieder zum Laufen und war da, wenn Not am Mann war. Er war ein Freund unserer Familie, seit er in unserer Gegend angekommen war, aber in den letzten Monaten hatte ich mich gefragt, ob er vielleicht mehr sein könnte. Ich hatte ihn eine ganze Weile still beobachtet, während er mittwochabends eine Bibelstunde für junge Erwachsene leitete, an der ich teilnahm. Während er die Fahrräder meiner Kinder im Garten reparierte und Männer wie Mack im Glauben anleitete. Ich mochte Mack sehr gern, aber ich wusste, dass er von einem männlichen Lehrer, der ihm half, Gottes Wort zu erforschen, mehr profitieren würde. Ich bewunderte Benjis Bereitschaft, fast alles zu tun, um anderen zu helfen, und ich respektierte seine Treue sehr, mit der er schwierigen Männern immer wieder nachging. Benji lebte das, was er glaubte. Für mich gibt es kaum etwas, das einen Mann attraktiver machen könnte.

Benji hatte mich am Anfang unserer Freundschaft zweimal eingeladen, mit ihm auszugehen. Aber ich hatte klargestellt, dass ich kein Interesse hatte, eine Beziehung zu einem Mann anzufangen. Ich hatte lange zuvor Frieden damit geschlossen, dass eine enge Beziehung zu jemand anderem als Jesus wahrscheinlich für mich nicht vorgesehen war. Mein Lebensstil war unkonventionell, ich hatte viele Kinder, und ich hatte einen Rhythmus gefunden, meinen Haushalt allein zu führen, der – wenigstens meistens – funktionierte. Und jetzt? Mein Leben war so ausgefüllt und manchmal ziemlich chaotisch. Ich hatte keine Kapazität, um einem weiteren Menschen meine Zeit zu schenken. Bei der ganzen emotionalen Energie, die ich in meine Mädchen und in andere Menschen, die Gott uns über den Weg führte, investierte, konnte ich mir nicht vorstellen, dass mir noch genug Energie übrig bliebe, um sie in eine Liebesbeziehung zu einem Mann zu stecken.

Aber es war in den letzten Jahren tröstlich gewesen, Benji in der Nähe zu haben. Er schaute oft nach den Mädchen und nach mir und half uns auf jede nur erdenkliche Weise. Er liebte Menschen aus tiefem Herzen, ohne einen Lohn oder Anerkennung zu suchen. Gelegentlich konnte ich eine Zärtlichkeit in seinem Blick sehen, wenn er die Mädchen und mich ansah, die mich irgendwie an Jesu Sanftheit erinnerte. Während ich weiterhin Benjis Herz für den Herrn sah, das sich in aller Stille zeigte, schien mich Gott aufzufordern, ihn in einem neuen Licht zu sehen. Das Problem war, dass ich seine früheren Einladungen so vehement abgelehnt hatte. Ich wusste, dass er mich nie wieder fragen würde. Ich schätzte es, dass er meinen Standpunkt respektierte und in dieser Sache nicht weiter drängte. Aber als sich meine Gefühle für ihn änderten, war ich nicht sicher, wie ich dieses Thema wieder ansprechen sollte.

Ich betete monatelang und schwankte zwischen der Hoffnung, dass zwischen uns tatsächlich etwas sein könnte, und der Ungläubigkeit bei dem Gedanken, dass jemand wirklich an einer ernsten Beziehung zu jemandem interessiert sein könnte, der sich so vielen anderen Dingen verschrieben hatte. Trotzdem ließ mich dieser Gedanke nicht los und ich fühlte, dass der Herr mich sanft weiter anstieß. Ich hinterfragte mich selbst. War das wirklich der Herr oder nur eine verrückte Laune? Konnte sich zwischen uns tatsächlich mehr als Freundschaft entwickeln? Eine Freundin, die mir zugehört hatte, während ich monatelang endlos darüber gesprochen hatte, sagte schließlich: »Entweder es wird etwas daraus oder es wird nichts daraus, aber wenigstens weißt du dann, woran du bist. Wenn dich dieser Gedanke einfach nicht loslässt, lohnt es sich wahrscheinlich, dieses Risiko einzugehen.« Das, was sie sagte, war nicht irgendeine tiefgreifende biblische Wahrheit oder gar die hörbare Stimme Gottes, die ich mir insgeheim erhofft hatte, aber sie hatte recht. Und so lud ich Benji eines Morgens in aller Frühe zum Kaffee ein. Nachdem wir uns stundenlang in der immer noch dunklen Stille, bevor die Mädchen erwachten, über alles Mögliche unterhalten hatten, sagte ich ihm nervös, was mir auf dem Herzen lag: dass ich mich fragte, ob wir uns vielleicht besser kennenlernen könnten. Die Worte kamen so stockend über meine Lippen, dass ich nicht einmal sicher war, ob sie verständlich waren, aber er sagte, dass er darüber nachdenken werde.

Nach viel Gebet trafen wir die Entscheidung, uns bewusst öfter zu treffen. Mein Leben war absolut nicht für romantische Dates geeignet. Deshalb lernten wir uns in den Pausen zwischen dem Unterricht meiner Kinder, bei nächtlichen Fahrten ins Krankenhaus, wo wir Freunde besuchten, und bei stundenlangen Essenvorbereitungen für eine Schar hungriger Kinder besser kennen. Wir fanden Wege, um ein wenig mehr Zeit miteinander zu verbringen. Ich machte Dinge absichtlich kaputt, damit ich ihn bitten musste, zu kommen und sie zu reparieren. Und er schien unsere Waschmaschine plötzlich viel häufiger als gewöhnlich benutzen zu müssen. Jedes Mal, wenn wir uns begegneten, auch wenn das oft nur kurz geschah, beobachtete ich eine große Treue bei ihm. Eine Treue, die mich Gott in dieser Zeit gelehrt hatte. Eine Treue, von der ich in meinem eigenen Leben mit Gott mehr wollte. Langsam begann Gott, etwas sehr Ungewohntes in meinem Herzen zu tun. Dort, wo ich immer die Führung übernommen hatte, wollte ich jetzt Benji die Führung überlassen. Dort, wo ich immer Entscheidungen auf meine Weise hatte treffen wollen, begann Gott, in mir den Wunsch zu wecken, bei wichtigen Entscheidungen Benji nach seiner Meinung zu fragen, weil ich sah, dass er sehr weise war. Dieser Mann folgte Jesus nach und ich wollte diesem Mann nachfolgen. Ich wollte das so sehr, wie ich seit sehr langer Zeit nichts mehr gewollt hatte.

Nachdem wir uns monatelang in aller Ruhe auf diese Weise kennengelernt hatten, saßen wir eines Abends unter den Oktobersternen, und der Wind ließ die Blätter in den Bäumen rascheln und ich spürte einen tiefen Frieden.

»Eines Tages werde ich dich bitten, mich zu heiraten«, sagte er und schaute mir direkt in die Augen, als könne er durch sie hindurch bis in mein Herz hineinsehen.

»Ich denke, dass ich dann vielleicht Ja sage«, flüsterte ich.

14

Die Zeit des Singens

Meine Füße poltern laut auf dem harten Asphalt und der Schweiß tropft mir von der Stirn. Dieses rhythmische Poltern beruhigt mein Herz und hilft mir, alles, was Gott in mir und um mich herum tut, zu verarbeiten. Manchmal höre ich beim Laufen Lobpreismusik und vergesse, dass ich laufe. Dann hebe ich die Hände und ziehe viele Blicke auf mich. Heute höre ich mir die Musik einfach nur an, während das Poltern meiner Füße die ruhige Stille des schwülen Nachmittags durchbricht. Die Trockenzeit in Uganda hat dieses Mal länger als gewöhnlich gedauert. Ich habe das Gefühl, dass die Trockenzeit in meinem Leben und in meinem Dienst bei den vielen Krankheiten und dem Sterben und der Traurigkeit wegen der Menschen, die ich liebe, auch länger als gewöhnlich gedauert hat.

Simon ist wieder bei uns eingezogen, dieses Mal mit seiner Mutter Anna. Sie hat ihr Leben und ihren Beruf auf Eis gelegt, um sich um ihn zu kümmern. Seine medizinische Versorgung wird nach vielen erfolglosen Operationen immer komplizierter. Anna und ich haben uns über defekten Trachealkanülen und Magensonden, langen Krankenhausaufenthalten und unserem gemeinsamen Wunsch, uns nach ganzen Kräften um unsere Kinder zu kümmern und sie tatkräftig zu lieben, angefreundet, auch wenn das, was unsere Kinder im Moment brauchen, sehr unterschiedlich ist.

Sie wohnen seit vielen Monaten bei uns. Nach einer scheinbar endlosen Zeit von Krankenhausaufenthalten, einer endlosen Zeit, in der wir um Simons junges, schwaches Leben gebetet haben, steht er jetzt vor seiner elften Operation. Anna, die meine liebe Freundin und Vertraute geworden ist, mit der ich gemeinsam über diesen schönen und schweren Weg des Mutterseins lache und weine, ist verständlicherweise erschöpft. Ich bin auch erschöpft. Wir haben schon zehn erfolglose Operationen gemeinsam durchgestanden und durchgebetet. *Zehn.* Eine schwere Erschöpfung hat sich über mein und ihr Herz gelegt. Wird sich sein Gesundheitszustand *je* bessern?

Die Luft fühlt sich heiß und trocken an. Und mein Geist auch.

Aber ich fühle Gottes Liebe zu mir hier so stark, und ich weiß mit großer Gewissheit, dass mich die lange Trockenzeit auf eine Weise zu ihm hingezogen hat, wie ich es sonst nie erlebt hätte. In der Stille und in der Ruhe, im Leiden habe ich mich wieder vollkommen in Jesus verliebt.

Und erst dann, erst nachdem ich seinen durchdringenden, liebenden Blick auf mir gefühlt hatte, hatte er einen Mann zu mir geführt, in den ich mich tatsächlich verliebt hatte. Eine Veränderung geschah: Etwas, das ich nie für möglich gehalten hätte, dass ein Mann für mich wie ein Teil unserer Familie ist, jemand, ohne den ich mir mein Leben nicht mehr vorstellen kann. Langsam und gewiss verwob Gott unsere Herzen miteinander und ich war gleichzeitig aufgeregt und hatte Angst.

Der Herr benutzte Benji, um eine tiefe, ungezähmte Freude in mir zu entfachen, die ich mir selbst eine ganze Weile nicht zugestanden hatte. Zwischen langen Nächten, in denen ich Anna half, Simon zu versorgen, und um den Tod der Menschen, um die wir uns gekümmert hatten, trauerte, gab es Momente ungezügelten Lachens und eine wachsende Nähe zu diesem Mann, in den ich mich ganz langsam verliebte. Benji saß da und lachte mit Grace und Patricia, während wir alle grüne Bohnen für das Abendessen schälten, oder er scherzte mit Margaret, während er sie Fahrradfahren lehrte. Einmal hatte ich gerade Pizzateig ausgerollt, als Scovia durch die Küche marschierte. In einem albernen Moment drückte ich ihr einen Mehlabdruck auf die Wange. Das verstand sie als Aufforderung, mir Mehl auf die Nase zu streuen. In diesem Moment kam Benji in die Küche. Er wollte mich verteidigen und streute ihr Mehl auf den Kopf. Wenige Minuten später krümmte ich mich in der Küche vor Lachen und hatte nicht mehr genug Mehl, um unseren Pizzateig fertig zu machen, während Benji und die Mädchen sich draußen im Garten gegenseitig mit Mehl bewarfen. Ich staunte über die Freude, die uns der Herr selbst inmitten eines so schweren Jahres schenkte.

Ich zögerte und hatte sogar Angst, diese Beziehung weiterzuverfolgen, obwohl sie sowohl mir als auch meiner Familie so viel Freude brachte. Ich hatte mich daran gewöhnt, Jesus als Einzigen zu haben, als meinen einzigen Vertrauten, als die einzige Person, deren Bestätigung ich suchte. Es war eine schöne Zeit gewesen – nur er und ich, in allem gemeinsam. Ich glaube, ich hatte Angst, dass ich diese enge Beziehung zu dem Einzigen, der mein Herz je wirklich gekannt hatte, verlieren würde.

Ich betete die Worte aus Jesaja, Kapitel 61, für meine Kinder, seit sie zu meiner Familie gehörten: »Dass ihnen ein Kopfschmuck anstelle von Asche, Freudenöl anstelle von Trauerkleidern und Lobgesang anstelle eines betrübten Geistes gegeben werde; und dass man sie ›Eichen der Gerechtigkeit‹ und ›Pflanzung zur Verherrlichung des Herrn‹ nennen kann.«[65] Wenn die Mädchen jetzt im Bett waren, saßen Benji und ich auf der Couch und er sang diese Worte als Segen über mir: »Schönheit statt Asche, kannst du das glauben? Schönheit statt Asche, kannst du das annehmen?« Ich wusste tief in meinem Geist, dass dies auch das Lied meines liebenden Vaters über mir war. Schönheit statt Asche, können wir das glauben? Schönheit statt Asche, können wir das *annehmen? Nimm es an,* sagte er. Konnte ich das?

Ich verlangsame meine Schritte. Ich erinnere mich an einen Vers aus dem Hohen Lied, den Gott vor Kurzem in mein Herz gesprochen hat. Ich habe das Gefühl, dass diese Verse jetzt seine Verheißung für mich sind.

Mein Geliebter sagt zu mir:
»Steh auf, meine Freundin,
meine Schöne, und komm!
Denn der Winter ist vorüber,
die Regenzeit ist vorbei und vergangen.
Die Blumen beginnen zu blühen,
die Zeit des Singens ist gekommen:
Überall in unserem Land
hört man die Turteltaube gurren.
Die Feigenbäume tragen Knospen,
die Reben stehen in Blüte und verströmen ihren Duft.
Steh auf, meine Freundin,
meine Schöne, und komm!«[66]

Vielleicht ruft mich Gott und lädt mich in eine neue, andere Zeit ein. Und obwohl ich diesen Schritt mit Bangen gehe, ist es sicher, mit ihm zu gehen. Es ist sicher, in seine Arme zu laufen, egal, wohin mich das führen könnte oder was mir begegnen könnte.

Ich drehe mich um und laufe nach Hause. Der Horizont verändert sich und der Abend zieht auf. Das Abendessen muss gekocht werden, die Hausaufgaben müssen gemacht werden, die Kinder müssen baden und ins Bett gebracht werden, und morgen geht alles wieder von vorne los. Plötzlich verdunkelt sich der Himmel. Während ich laufe, fühle ich einen Tropfen Wasser auf meiner Stirn. Einen, dann zwei, dann ein langsames Tröpfeln. Ich bleibe stehen. Es fängt an, in Strömen zu regnen, und ich stehe da und fange den Regen mit den Händen auf.

Ohne Vorwarnung ist Ugandas lange Trockenzeit einfach vorbei, und ich höre Gottes Stimme ruhig und klar und deutlich: *Siehe. Ich schaffe Neues.* Genauso plötzlich, wie der Regen kommt, kenne ich Gottes Zusage an uns in dieser Zeit: Der Winter ist vorbei und die Trockenzeit ist vorbei und er wird wieder alles neu machen. Blumen werden auf der Erde sprießen; die Zeit des Singens ist gekommen. Ich halte mein Gesicht nach oben und spüre den strömenden Regen. Gottes Barmherzigkeit ist neu. Sein Friede ist konstant.

Ich weine, während mich der Regen an diesem stickigen Tag durchnässt. Ich weiß, dass das Wasser die klare Botschaft des Herrn an mein Herz ist: *Hier kommt Erfrischung.* Regen. Eine Zeit der Freude. Tief in meinem Herzen weiß ich das, aber ich zögere trotzdem. Seine Stimme spricht so klar wie selten zu mir, und ich weiß, dass er mich auffordert, in eine Zeit großer Freude mit ihm zu gehen. *Ich bringe Segen und Erfrischung in dein Leben, sagt er. Es war eine lange, heiße Trockenzeit. Ich weiß, Kind. Aber diese Zeit ist vorbei; Erfrischung kommt. Tritt hinein. Du kannst den Regen genießen. Du kannst mit offenen Händen empfangen, was ich dir gebe, und dich freuen.*

Nach einer scheinbar endlosen schweren Zeit brauche ich die Erlaubnis, mich zu freuen. Wenn ich ehrlich bin, habe ich vielleicht sogar unterwegs irgendwo vergessen, mich wirklich an ihm zu freuen. Jetzt fordert er mich wieder auf zu hoffen. Zu dieser Hoffnung, die unmöglich erschien, als die Welt schwer und dunkel war, zu dieser Hoffnung, die mich so viel über Gottes Herz für mich gelehrt hat.

Ich spüre Nervosität, vielleicht sogar Angst, mich auf diese Zeit einzulassen, die mir Gott zusagt. Ich habe mich an die Trockenzeit gewöhnt. Ich habe Jesus hier an diesem langen, harten Ort kennengelernt, und die Regenzeit erscheint mir jetzt fremd. Aber ich kann fühlen, wie er mir versichert, dass ich ihn hier auch kennenlernen werde. *Empfange,* sagt er immer wieder. *Empfange meinen Segen; empfange meine Versorgung; empfange meine Liebe zu dir.*

Das Hohe Lied geht weiter:

Meine Taube verbirgt sich hinter den Felsen,
verharrt in einem Versteck in der Felswand.

Lass mich dich sehen;
lass mich deine Stimme hören!
Denn deine Stimme ist wundervoll
und du siehst so schön aus.[67]

Immer wieder bestätigte mir der Herr in den kommenden Tagen, dass er mich hinter dem Felsen hervorrufen wollte. Dass er mir ein neues Lied zu singen gab, ein schönes Lied, das von den Orten aus Staub und Asche um mich herum aufstieg. Es war ein Loblied. Er rief mich auf, in alles hineinzutreten, was er hier für mich hatte. Es war Zeit, aus dem Versteck herauszukommen und zu singen und alles anzunehmen, was er mir gab, den Segen, den er ausgoss. Er wusste, dass meine Stimme zuerst krächzend und müde klingen würde, da sie außer Übung war. Aber er würde in dieser neuen und herrlichen Zeit Schönheit in meinem Loblied hören.

Ich halte meine Hände für den Regen auf und verspreche, dass ich mit offenen Händen an das neue Leben glauben und Freude empfangen will.

Ich beende meine Laufrunde und kehre nach Hause zurück. Benji und Hellen sitzen auf dem Dach seines Autos und spielen Scrabble, ohne sich vom Regen stören zu lassen. Mein Herz lächelt.

Monate vergingen. Monate, die mit dem Gleichen gefüllt waren, selbst in dieser Jahreszeit, die Gott als »neu« bezeichnete. Ich unterrichtete meine Kinder, räumte Wäsche weg und erinnerte die Kinder daran, sich die Hände zu waschen. Benji reparierte die Fahrräder der Mädchen, steckte ihnen Süßigkeiten zu und versteckte für mich Zettel mit Liebeserklärungen in der Kaffeemaschine, die ich am Morgen finden würde. Ich engagierte mich immer noch in einem Dienst außerhalb unseres Hauses, hauptsächlich in Masese. Ich kümmerte mich weiterhin um verschiedene Menschen, die bei uns wohnten und Hilfe und Heilung brauchten. Simon brauchte noch immer ständige Hilfe. Er und seine Mutter hatten sich im Gästehaus in unserem Garten eingerichtet, während sie auf Simons weitere Operationen warteten. Anna und ich freundeten uns schnell an, während wir uns die Arbeit teilten, Geschichten erzählten und über unsere Anfechtungen und Freuden sprachen.

An einem warmen Maiabend ging Benji nach dem Abendessen mit den Mädchen Eis essen, um mir ein wenig Zeit zu schenken, in der ich einfach vor dem Herrn still sein konnte. Ohne mein Wissen schmiedeten sie ziemlich große Pläne.

Eine Woche später boten unsere besten Freunde an, auf die Kinder aufzupassen, damit wir miteinander ausgehen konnten. Dafür planten wir öfter Zeit ein, seit die Sache zwischen uns ernster geworden war. Wir saßen auf einer Picknickdecke mit Blick über den Victoriasee und den Nil. Auf dem Wasser leuchteten die Laternen von Fischerbooten. Wir unterhielten uns und lachten über das alltägliche Leben in unserem Dienst, und mein Herz war von Dankbarkeit erfüllt.

Benji goss warmes Wasser in eine Schüssel und wusch mir die Füße. Diese freundliche Geste hatte er schon früh in unserer Beziehung eingeführt, sie verschlug mir aber immer noch jedes Mal die Sprache. Ich staunte über diesen Mann, durch den mir Gott seine Zärtlichkeit zeigte.

Er begann, aus dem Hohen Lied, Kapitel 2, vorzulesen: »Steh auf, meine Freundin, meine Schöne, und komm!« Meine Kehle schnürte sich fast zu, als er begann, die Worte für mich auszusprechen, die Gott zu meinem Herzen gesprochen hatte. »Lass mich dich sehen; lass mich deine Stimme hören! Denn deine Stimme ist wundervoll und du siehst so schön aus.« Er versicherte mir seine Liebe. Er betete, dass Gott unsere Beziehung immer vor den »kleinen Füchsen, die den Weinberg verwüsten«, die unsere Freude stehlen wollen, beschützen würde.[68] Wir waren füreinander der geliebte Mensch. Mit Tränen in den Augen nickte ich, bevor er die Frage überhaupt zu Ende ausgesprochen hatte, die Frage, ob ich seine Frau werden wolle.

Wilde Freudenschreie ertönten unter den Bäumen und im nächsten Moment wurden wir von Rufen, Umarmungen und Küssen unserer lieben Mädchen, die sich die ganze Zeit in den Sträuchern versteckt hatten, überhäuft. Viele begannen, gleichzeitig zu reden und von dem Plan zu erzählen, den sie vor einer Woche beim Eisessen geschmiedet hatten. Wir staunten alle, dass Grace und Patricia dieses Geheimnis für sich behalten hatten. Tim und Shana, treue Freunde, die unsere Beziehung sehr unterstützten, schauten uns lächelnd zu.

Nachdem sich die Aufregung der Mädchen ein wenig gelegt hatte, fuhren Tim und Shana mit ihnen nach Hause, um eine kleine Feier vorzubereiten. Benji und ich blieben noch einige Minuten, um zu beten. Wir beteten wieder die Worte aus dem Hohen Lied und baten Gott, unsere Beziehung zu schützen, uns zu stärken und uns zusammenwachsen zu lassen. Wir beteten für jede unserer Töchter. Wir dankten Gott.

Als wir nach Hause fuhren, um mit den Menschen, die wir am meisten lieben, Eis zu essen, setzte ein sanfter Regen ein.

15

Er, der verheißen hat

Trotz aller Veränderungen dieser Zeit bleiben einige Dinge unverändert. Draußen hinter dem Haus, hinter dem Garten, in dem die hohen Sonnenblumen blühen, hinter dem Mangobaum, auf dem die Kinder wild herumklettern, ist unser kleines, weißes Gästehaus wieder voll. Es besteht aus drei Zimmern, die die Kinder und ich gestrichen haben, einer kleinen Toilette, einem Waschbecken und der Abstellkammer, in der wir die Fahrräder der Mädchen aufbewahren.

Ich komme oft hierher. In meinen eigenen Garten. Gott benutzt mich als Zeugen für Menschen von verschiedensten Orten, die sich von den verschiedensten Rückschlägen erholen und sich auf das vorbereiten, was Gott als Nächstes für sie vorgesehen hat. Wir sehnen uns alle nach jemandem, dem wir unsere Geschichten erzählen können: Kranke, die aus dem nahe gelegenen Krankenhaus entlassen wurden, aber keinen anderen Platz haben, um wieder zu Kräften zu kommen, obdachlose Familien, die eine Arbeit oder eine Möglichkeit, sich zu versorgen, suchen, Menschen, die auf eine Operation oder die Befreiung von einer Sucht warten, oder die einfach warten und hoffen, dass jemand sie sieht, sie in die Arme schließt und sagt: »Du bist in dieser großen, beängstigenden Welt nicht allein. Wir sehen dich. Wir werden deine Leute sein.« Hier in unserem Garten bezeugen wir die Geschichten von Menschen. Und hier bezeugen wir Gott. Menschen finden hier durch Liebe ein neues Leben, und einige werden direkt in Jesu Arme hineingeliebt.

Wieder hat Gott in einer Zeit, in der etwas Neues begonnen hat, unsere Familie zu weit geöffneten Herzen und tiefem Mitgefühl eingeladen, dazu, an Heilung und Hoffnung teilzuhaben. In der Stille des Abends, wenn ich die Kinder geküsst und sie ins Bett gebracht und über ihren schlafenden Köpfen gebetet habe, schleiche ich in den Garten hinaus und beobachte das neue Leben.

Simon und Anna sind immer noch hier. Sie warten auf den elften operativen Eingriff an seiner Speiseröhre. Im Zimmer nebenan wohnt Yusufu mit seinen zwei kleinen Kindern, Mariam und Shafik. Yusufu hat vor Kurzem sein Zuhause verloren, nachdem er wegen einer Krankheit seine Arbeit verloren hatte. Auf der anderen Seite teilen sich zwei alleinerziehende Mütter, Alice und Maggie, mit ihren zwei kleinen Kindern ein Zimmer. Alice ist aufgrund eines Schlaganfalls teilweise gelähmt und wurde von ihrer Familie, die ihren Zustand nicht verstand und sich vor ihr fürchtete, dem Sterben überlassen. Maggie, deren schmaler, zwanzig Jahre alter Körper von AIDS geplagt wurde, wäre beinahe allein in ihrem Haus gestorben, als sie eine Fehlgeburt hatte und die Blutung nicht aufhörte. In ihren ersten Wochen bei uns habe ich sie nicht im Gästehaus wohnen lassen, weil ich zu große Angst hatte, sie zu verlieren. Stattdessen schlief sie, nachdem sie im Krankenhaus Bluttransfusionen bekommen hatte, auf einer Matratze auf dem Fußboden in meinem Zimmer.

An diesem Abend sitze ich auf einem kleinen Hocker und betrachte diese Menschen, die wir tief in unser Herz geschlossen haben, und lese die Worte aus dem 10. Kapitel des Hebräerbriefs vor, die ich einige Wochen zuvor an die Wand des Gästehauses geschrieben habe, eine Erinnerung an unsere Gäste, aber im Grunde eine Erinnerung an mich: »Gott steht treu zu seinen Zusagen.«[69] Ja, Gott war treu. Und er würde immer treu sein.

Anna kocht über einem kleinen Kohleofen auf der Betonveranda vor ihrem Zimmer Bohnen, da unsere Gäste im Gartenhaus normalerweise viel später essen als unsere Familie. Anna ist die einzige von unseren Gästen, der es wirklich »gut« geht. Sie hat deshalb die Aufgabe übernommen, nicht nur für sich und ihren

Sohn zu kochen, sondern für alle, die hier draußen wohnen. Sie kennt sich in unserem Haus aus, nachdem sie mehrere Monate hier gewohnt hat, und sie ist mir eine große Hilfe, während wir gemeinsam unseren vielen neuen Gästen helfen. Yusufu hilft seinen Kindern, sich vor dem Essen die Hände zu waschen. Sie springen fröhlich und voll Vorfreude auf das Essen neben ihm her. Alice schläft neben ihrer dreijährigen Tochter, Lotuke, zusammengerollt auf einer kleinen Couch, und mir wird bewusst, wie müde sie nach einem ganzen Tag Physiotherapie sein muss, in der sie wieder gehen lernt. Maggie lächelt ihren Sohn, Sam, strahlend an, der auf ihrem Schoß sitzt, während sie auf das Essen warten. Und ich staune. Schönheit statt Asche. Ich weiß nicht nur, dass das stimmt; ich erlebe es. Wir dürfen erleben, wie Erlösung stattfindet; wir dürfen die Hand ausstrecken und sie berühren; wir dürfen ein Teil davon sein.

Und dann stöhnt Maggie, weil sie Bauchschmerzen hat. Für einen Moment werde ich an einen anderen Ort zu einer anderen Zeit mit Katherine zurückversetzt, die auch Bauchschmerzen hatte. Ich erinnere mich, wie wir im Krankenhaus waren und man uns sagte, dass man nichts mehr tun könne. Ich schaue zu, wie sich ihr Zustand langsam immer mehr verschlechtert. Ich halte Katherines Hand und lese aus den Psalmen vor, und sie macht ihren letzten Atemzug. Ich fühle, wie die Angst mein Herz beschleicht, während ich in die Gegenwart zurückkehre und Maggie ansehe. Sie könnte sterben. Und auch Simon. Es könnte sein, dass wir uns wieder in dieser Situation befinden, erwartungsvoll hoffen, aber trotzdem nicht wissen, wie es ausgeht. Ich beuge mich hinüber und halte Maggies Hand. Sie sieht ganz ähnlich aus wie Bettys Hand, die ich vor nicht allzu langer Zeit gehalten habe. Ich habe diese Hand stundenlang gehalten. Aus den Stunden waren Tage geworden und aus den Tagen Wochen. Schließlich legte ich ihre Hand in Jesu Hände, als er sie von dieser Erde nahm. Ich erinnere mich daran, wie Simon mich umarmte, als er und Anna das erste

Mal wieder bei uns eingezogen waren und er erfahren hatte, dass Betty gestorben war. Er hatte gesehen, wie ich mich um sie gekümmert hatte, und er hatte meinen Schmerz und meine Entmutigung gesehen. Ich blinzle die Angst zurück. Es sind nur Magenschmerzen. Ich lese wieder die Worte an der Wand und erinnere mich an den Rest des Verses, den ich auswendig gelernt habe: »Deshalb wollen wir weiter an der Hoffnung festhalten, die wir bekennen, denn Gott steht treu zu seinen Zusagen.«[70]

Ich kann ihm vertrauen. Ich kann an der Hoffnung festhalten, weil ich mich an ihm festhalten kann. Ich fühle sie in meinem Herzen, eine sonderbare Mischung aus Schmerz und Aufregung. Diese Kombination werde ich immer wieder erleben, während jeder unserer Freunde hier in das neue Leben geht, das Gott an einem anderen Ort für ihn geplant hat. Ich denke daran, was für ein Privileg es ist, über diesen leidenden Menschen Leben aussprechen zu können und an ein neues Leben für sie zu glauben, während wir uns bemühen, sie so zu lieben, wie wir von Christus geliebt werden. Es ist ein Privileg, beobachten zu können, wie er in ihren Geschichten seine Treue zeigt.

Ich sitze im Kerzenlicht, während 13 heranwachsende junge Frauen einige Meter entfernt tief und fest in unserem Haus schlafen und während Menschenleben vor meinen Augen verwandelt werden. Ich sitze, und ich erinnere mich an die Treue des Herrn. Ich erinnere mich an seine Auferstehung. Leben aus dem Tod. Schönheit aus Asche. Schönheit nach den Qualen und den Nägelnarben und dem blutroten Leben, das überall herausströmt. Schönheit nach der Dunkelheit des Grabes.

Unsere Hoffnung ist auf ihn gerichtet, und diese Hoffnung ist nie vergeblich.

Wochen nach diesem Abend erklärte uns Simons Arzt, einer der besten Chirurgen des Landes, dass er einfach nicht glaube, dass sich sein Zustand in Uganda bessern werde. Auch die elfte Operation war erfolglos geblieben. Obwohl dieses Krankenhaus die erfahrensten Chirurgen und die beste Ausstattung in ganz Uganda hatte, hatten die Ärzte nicht immer die konkreten Dinge zur Verfügung, die für eine erfolgreiche Operation nötig waren. Der Chirurg schlug vor, dass wir andere Möglichkeiten suchen müssten, wenn wir Simons Leben retten wollten.

Also bemühten wir uns um Visa und Arzttermine in den Vereinigten Staaten und konnten nur staunen, als Gott Türen öffnete und alles perfekt organisierte, um Simon in die USA zu bringen. *Amazima* brachte schnell das nötige Geld zusammen, damit Anna und Simon in die Staaten fliegen konnten. Großzügige Chirurgen boten an, Simon kostenlos zu operieren. Freunde und Familienangehörige nahmen sie gern bei sich zu Hause auf. Ich konnte mit ihnen in die Staaten fliegen, aber da meine Mädchen zu Hause bei Freunden wohnten, konnte ich nicht während der gesamten Zeit, die Simon in den USA bleiben musste, bei ihnen sein. Wir staunten alle, mit welcher Geschwindigkeit und Leichtigkeit wir Simon und Anna für die lange Reise in die USA vorbereiteten. Normalerweise war das ein ziemlich anstrengendes Unterfangen.

Noch im selben Monat quietschte Simon entzückt, als er, Anna und ich zu seinem ersten Flug abhoben. Mehr als 30 Stunden später lachte ich über die großen Augen seiner Mutter, als wir den Flughafen von Atlanta betraten. Ihre Freundschaft war für mich ein großer Segen geworden, und es war mir eine besondere Ehre, dass ich mit ihnen diese Reise unternehmen durfte. Es war eine ungewohnte, große Freude zu erleben, wie meine leibliche Familie Mitglieder unserer Familie aus Uganda bei sich zu Hause aufnahm, und zu sehen, mit welcher Liebe Simon und Anna überall, wohin wir kamen, begrüßt wurden.

Nur wenige Tage nach unserer Ankunft auf amerikanischem

Boden saß ich im Wartezimmer des Vanderbilt-Kinderkrankenhauses und weinte vor Dankbarkeit, während ich darauf wartete, dass Simon aus dem Operationssaal käme. Ich konnte kaum antworten, als mich eine Krankenschwester ansprach und fragte, ob es mir gut ginge. Mir ging es viel mehr als nur gut. Ich konnte über Gottes Fürsorge nur staunen. Gott sah uns in unserer Unruhe und Angst, weil wir wieder einen Freund verlieren könnten. Er sah Simon und jedes kleine Detail seiner Speiseröhre und seines Lebensweges und seines kleinen Herzens.

Später betraten Anna und ich leise den Aufwachraum, wo Simon friedlich schlief. Die Ärzte waren sehr zuversichtlich, dass die Operation erfolgreich gewesen war und dass Simons Speiseröhre dieses Mal offen bleiben würde, obwohl es einige Monate dauern würde, bis man das mit Bestimmtheit sagen könnte. Das Mitgefühl des Pflegepersonals war für Anna und mich erstaunlich, da wir uns an die überlasteten Pfleger und Schwestern in Uganda gewöhnt hatten, die normalerweise erschöpft waren und Mühe hatten, alle ihre Patienten zu versorgen. Hier hatten wir eine Schwester ganz für uns allein. Das war fast unglaublich!

Ich verbrachte einige Tage mit Anna und Simon im Haus meiner Eltern und konnte sehen, wie sich Simons Zustand schnell besserte. Innerhalb einer Woche verschlang er Makkaroni, Käse und Hotdogs, als hätte er nie im Leben Schluckprobleme gehabt. Anna und ich lachten über die krassen Gegensätze zwischen dem amerikanischen Leben und unserem Leben in Uganda: Asphaltierte, saubere Straßen, riesige Häuser, in denen nur sehr wenige Menschen wohnten, und eine viel zu große Auswahl im Supermarkt.

Simon musste mehrere Monate in den USA bleiben, um den Erfolg seiner Operation durch Nachsorgetermine und möglicherweise einige zusätzliche kleinere Operationen abzusichern. Deshalb ließ ich Simon und Anna in der Fürsorge meiner Eltern und enger Freunde zurück, während ich nach Hause flog. Es war irgendwie surreal, nach meiner Rückkehr aus Uganda mit meinen

Eltern zu skypen und Anna und Simon vor der Kamera zu sehen, die mir erzählten, dass sie eine Geburtstagstorte für meine Großmutter machten. Zwischen unseren Welten gab es jetzt einen wunderbaren, persönlichen Brückenschlag.

Dann klappte ich Monate später in der Stille des Abends meinen Computer auf und fand eine E-Mail, die mir verkündete, dass Simons Operationen erfolgreich abgeschlossen waren. Ich starrte den Bildschirm an und ließ das alles auf mich wirken. Angehängt waren die Flugnummern für ihren Heimflug nach Uganda. Er kam nach Hause und war endlich geheilt! Die engagierten Mitarbeiter bei *Amazima* schauten mich ungläubig an, als ich ihnen am nächsten Tag diese Nachricht überbrachte. Wir konnten alle kaum glauben, dass dieser jahrelange Weg endlich einen Abschluss fand. Wir hatten so lange sowohl körperlich als auch im Gebet darum gerungen, und es schien fast zu gut, um wahr zu sein. Meine Mädchen und ich begannen, die Tage zu zählen, bis Anna und Simon zurückkämen. Es war, als kämen unsere Familienangehörigen zurück.

Ich sah ihr Auto vorfahren und ich bemühte mich, meine Begeisterung zu zügeln, als sie nach ihrer langen Reise ausstiegen. Nur wenige Sekunden später gab es ein fröhliches Gewirr aus Armen und Beinen und alle umarmten die beiden begeistert. Die Mädchen kreischten, Simon lachte und Anna und ich lagen uns in den Armen und weinten. Ich konnte ihr Flüstern kaum verstehen, und es jagte mir unter der glühenden afrikanischen Sonne einen Schauer über den Rücken. »Er hat es getan«, sagte sie leise. »Gott hat das Leben meines Sohnes gerettet.« Und sie schluchzte.

Ja, er hat es getan.

Sie blieben noch einige Wochen bei uns, während sie sich wieder eingewöhnten. Anna übernahm sofort wieder die Rolle, die sie vor ihrer Abreise eingenommen hatte. Sie half mir, die vielen Menschen, die das Gästehaus immer noch ihr Zuhause nannten, zu lieben und ihnen zu dienen. Und dann, fast anderthalb Jahre nach jener ersten schlaflosen Nacht, die sie und Jjaja bei uns verbracht hatten, fuhren sie froh und lachend von unserem Haus weg und winkten aufgeregt durch die Autofenster. Meine Kinder liefen ihnen auf der Straße nach und winkten genauso eifrig. Ich stand im Türrahmen und Freudentränen liefen mir übers Gesicht. Es ging ihnen gut. *Es ging ihnen gut.* Gott hatte Simon gesund gemacht. Es war sehr lange her, seit ich eine Geschichte mit einem *solchen* Ausgang erlebt hatte.

Lange nachdem sie abgefahren waren, stand ich in ihrem Zimmer und fuhr mit den Fingern die Worte aus dem Hebräerbrief nach, die an der Wand standen: »Gott steht treu zu seinen Zusagen.« Ich hatte das Gefühl, dass Simons Leben eine Zusage für mich war: Dass Gott immer noch gut war, dass er immer noch handelte, dass er immer noch sah, wie unsere Familie ihre eigenen Dinge zurückstellte und die Menschen liebte, die er zu uns führte, und ihm den Ausgang anvertraute und ihm vorbehaltlos glaubte.

Noch viele andere hatten hier bei uns gelebt: Katherine und ihre Kinder; Betty; Nalongo und ihre Zwillinge, Babirye und Nakato; Isaac und Teokol und ihr kleiner Lodengo; Jjaja Gwanoni; Zulaika und ihre Familie; Maria und ihr Baby Agnes; und viele mehr. Die Liste ging weiter und weiter. Ich sah alle ihre Gesichter und ich lachte und ich weinte. Ich setzte mich auf den Boden des winzigen Zimmers, in dem so viele Menschen gelebt hatten. Ich setzte mich und ich erinnerte mich. Ich kenne die Wahrheit dieser Worte jetzt auf eine Weise, wie ich sie nicht gekannt habe, als ich sie an diese Wand schrieb. Ich wusste nicht, was es mich kosten würde, unerschütterlich an meiner Hoffnung festzuhalten, und ich hatte auch keine Ahnung, wie schwer das sein würde. Aber es stimmte damals und es stimmte jetzt, und es wird bis in alle Ewigkeit widerhallen: Gott ist treu.

Ich dachte an die traurigen Geschichten und an die glücklichen Geschichten und an alle Geschichten, die irgendwo dazwischenlagen. So viele Geschichten hatten sich hier abgespielt. Wir hatten sowohl Erfolge als auch Misserfolge erlebt, auch wenn ich lernte, dass selbst hinter dem, was ich als Misserfolg bezeichnete, Gottes Plan stand. Wir hatten Geschichten so ausgehen sehen, dass ich von einem guten Ende gesprochen hätte. Andere waren so ausgegangen, dass ich von einem furchtbaren Ende gesprochen hätte, und viele Geschichten hatten irgendwo in der Mitte gelegen. Aber bei allen war eines immer konstant: Gott ist treu.

Zwanzig Monate sind vergangen, seit Simon zum ersten Mal zu uns gezogen war, seit der ersten Operation an seiner Speiseröhre. Wir feiern mit über 50 Mitarbeitern und Freunden in meinem Garten seinen 12. Geburtstag, aber mein Herz feiert einen viel größeren Sieg. Sein junges Leben, das dank Gottes Treue wiederhergestellt ist, berührt mich ganz persönlich. Es ist für mich ein Geschenk von Jesus, ein irdisches Zeugnis für die ewige Hoffnung, die Gott mich gelehrt hat.

Ich denke an die letzten anderthalb Jahre zurück und erinnere mich an die ganzen Male, in denen Simons Großmutter und ich nachts zusammengestoßen waren und uns nur an Jesus klammern konnten, während wir versuchten, unsere Lieben wieder gesund zu pflegen. Manchmal dachten wir beide, wir würden vor Erschöpfung zusammenbrechen. Ich habe nicht mitgezählt, wie oft etwas schiefgelaufen ist. Wie viele Momente schierer Panik es um sein junges Leben gegeben hatte.

Aber jetzt feiern wir seinen 12. Geburtstag. Unser Haus ist voll mit Menschen und ich habe Spaghetti mit zig Fleischbällchen gekocht. Alle Mitarbeiter und Freunde und Angehörigen, die diesen anstrengenden Weg mitgegangen sind, versammeln sich, um Simon und Jesus und das Leben zu feiern. Simon bläst glücklich die Kerzen auf seinem Schokoladengeburtstagskuchen aus. Die Worte seiner Mutter hallen in meinem Kopf wider: »Gott hat das Leben meines Sohnes gerettet.« Ja. Ich schaue in diese vielen Gesichter, sehe diese ganzen Menschen, die wir lieben und die zusammenkommen, um zu feiern, und ich weiß, *dass Gott auch mein Leben gerettet hat.* Er hat mir Schätze in der Finsternis gegeben; er hat immer wieder Schönheit statt Asche geschenkt.

Heute kann Simon seine Nahrung genauso schlucken wie jeder andere Zwölfjährige und er kann erstklassig Fußball spielen. Er geht wieder zur Schule und Anna geht wieder zur Arbeit. Sie ist jetzt Sozialarbeiterin bei *Amazima*. Sie spülen Geschirr und machen Hausaufgaben und lachen und singen und beten in ihrem eigenen kleinen Haus, genauso wie wir es hier in unserem Haus machen. Ich danke Gott. Ich erlaube mir, mich daran zu erinnern, wie verrückt *schwer* alles war, wie *lange* es gedauert hat, wie *müde* ich gewesen war und wie *treu* Gott bei allem war.

Die anderen sind aus unserem Gästehaus ausgezogen oder werden bald ausziehen. Yusufu hat sich von seiner Tuberkulose erholt und eine Arbeit auf einem Bauernhof in der Nähe gefunden, durch die er seine Familie ernähren kann. Ehe wir uns versahen, waren sie in ein kleines Haus gezogen, die Kinder gingen wieder zur Schule, während ihr Vater jeden Tag an seine neue Arbeit ging. Langsam, aber sicher lernte Alice wieder zu gehen und sie kann jetzt wieder beide Körperseiten fast uneingeschränkt benutzen. Sie und Lotuke zogen nach Masese zurück, wo sie vorher gewohnt hatten. Ihre Freunde und Angehörigen können nur darüber staunen, dass sie wieder gesund ist. Maggie und Sam werden irgendwann auch ausziehen; Maggie ist wieder bei Kräften und gesund. Das ist ein so starker Gegensatz zu der geschwächten, verzweifelten Frau, die vor vielen Monaten bei uns eingezogen war und bei der ich befürchtet hatte, dass wir sie auch verlieren könnten.

Ich werde gefragt, wie wir es machen, dass diese ganzen Menschen in unserem Haus leben und manchmal auch sterben. An den meisten Tagen habe ich keine Ahnung. An vielen Tagen ist es einfach nur schwer. An einigen Tagen kostet es mich meine ganze Kraft. Aber ich schaue Simon, seine Mutter, meine Kinder an. Meine Augen begegnen über dem langen Picknicktisch Benjis Blick, und wir lächeln. Ich schaue diese ganzen Menschen an, die hier unter den Sternen versammelt sind, um das Leben zu feiern. Das erinnert mich daran, warum wir weiterhin unsere Türen und unsere Herzen öffnen. Gott ist der, der er sagt. Er ist an den schweren Stellen und an den glücklichen hier bei uns, wenn die Dinge wie geplant kommen, aber auch dann, wenn sie anders kommen. Unsere Hoffnung auf ihn wird nicht durch unsere Umstände bestimmt, sondern durch Gott, der immer treu ist.

Wir nennen alle unsere Orte, die guten und die schweren, *Der Herr sieht,* und wir hoffen und glauben, dass er uns gibt, was wir brauchen. Unsere Hoffnung ist nie vergeblich.

16

Eine tiefe und stille Liebe

Ich schaue zu, wie meine Töchter vor mir über den Holzboden durch den Mittelgang der Kapelle gehen. Ihre rosa Kleider rascheln. *Wann sind sie so groß geworden?* Ich höre Jesu Worte: »… dass man sie ›Eichen der Gerechtigkeit‹ und ›Pflanzung zur Verherrlichung des Herrn‹ nennen kann.«[71] Diese Bibelstelle habe ich gestern Abend mit ihnen gelesen. Es ist die Bibelstelle, die ich seit Jahren für sie bete. Ich denke daran, auf wie vielfältige Weise Gott die Zusagen, die er uns gegeben hatte, erfüllt hat.

Heute tut er das auf ganz besondere Weise. Ich halte mich am Arm meines Vaters fest und schaue dem Mann am Ende des Ganges in die Augen, dem Mann, der in wenigen Minuten mein Ehemann werden wird. Ich bin nicht nervös. Ich bin bereit.

Dieser Mann, der so viel Ähnlichkeit mit Jesus hat, hat mein unruhiges Herz still erobert. Er hat mich in den alltäglichen Momenten gefunden, in denen ich Bohnen schälte, die Suppe umrührte und mit meiner fünfjährigen Tochter auf dem Fußboden saß und malte, und er hat begonnen, mein Herz bewusst kennenzulernen. Genauso wie ich mich in den stillen Minuten des gewöhnlichen Lebens, die Gott heilig machte, leidenschaftlich in Gott verliebt hatte, hatte ich mich bei einer Tasse Kaffee in der Stille des Morgens, als die Kinder noch schliefen, und in den kurzen Blicken über einen lärmenden Esstisch hinweg in diesen Mann verliebt.

Ich stehe am Ende des Ganges und ich kann es fühlen: Ich werde wieder in die heilige Barmherzigkeit Gottes hineingeführt. Eine neue Berufung noch vor der Berufung, die Gott schon gegeben hat: mein Leben vollständig mit einem anderen Menschen zu verbinden, vollständig Gottes Zusage zu glauben, dass er mich dadurch

Jesus ähnlicher macht. »Herr, du bist gut, treu und wahr«, singt der Gitarrist, während ich einen Fuß vor den anderen setze. Diese Worte sind die Wahrheit.

Die Liebe hatte mich überrascht, als ich jeden Gedanken an die Liebe zu einem Mann in meinem Leben außerhalb meiner Beziehung zu Jesus aufgegeben hatte. Die Ehe war ein Traum gewesen, den ich lange zuvor um des Lebens willen, zu dem Gott mich berufen hatte, ad acta gelegt hatte.

Bis vor Kurzem war die Liebe in meinem Leben laut gewesen: ein weinendes Pflegekind, ein tobender Alkoholiker, der Hilfe brauchte, das kreischende Lachen von Kindern und das Klappern von Töpfen und Pfannen nach dem Essen. Ich hatte Gottes Führung bei den großen Entscheidungen, Kinder zu adoptieren und Pflegekinder aufzunehmen, erlebt und auch als er mich berief, einen Dienst zu gründen und zu leiten. Ich hatte seine Güte im Großen gesehen: bei einem Umzug um die halbe Welt und einem schnell wachsenden Dienst und einer schnell wachsenden Familie. Aber in letzter Zeit hatte mich Gott gelehrt, mich in der Stille und im Kleinen wieder neu in ihn zu verlieben: die stillen Minuten, wenn die Kinder im Bett sind, die monotone Schönheit der Routine, das endlose Schälen von Gemüse, das Abwischen von Nasen, das Zusammenlegen von Wäsche. Gott lehrte mein Herz, vor ihm still zu sein, seine Macht im Windhauch und in der Kühle des Abends zu fühlen und in der täglichen Pflicht, Herzen (auch meines!) zu formen, damit sie ihm ähnlicher werden. Seine Schönheit und seine Treue waren in diesen Momenten genauso real, seine Güte mir gegenüber war genauso greifbar.

Benji verkörpert diese Art stiller, treuer Liebe. Als er mir einen Heiratsantrag machte, bestand in meinem Herzen kein Zweifel, dass er der Mann ist, den Gott dazu bestimmt hat, mich immer mehr nach seinem Bild zu verwandeln. Diese Einladung zu einem Leben in menschlicher Gemeinschaft zeigte, dass mein himmlischer Vater seine Liebe zu mir schöner demonstrierte als je zuvor, und das war erst der Anfang.

Ich trete zu Benji vor den Altar, und wir legen unser Eheversprechen ab. Diese Versprechen werden wir unweigerlich brechen, weil wir beide unvollkommene Sünder sind, aber Jesus hat uns erlöst und wir wünschen uns, mehr wie er zu sein. Wir feiern mit unseren Mädchen und mit unseren engsten Angehörigen und Freunden das Abendmahl. Wir brechen das Brot; wir trinken aus dem Kelch. Der Herr sieht. Der Herr hat uns versorgt. Ich staune, dass er, nachdem er seinen eigenen Sohn gegeben hat, uns auch das jetzt noch gibt: die Freude, gemeinsam eine Familie aufzubauen, den Segen des alltäglichen Lebens. Wer ist dieser Gott, der uns so zärtlich liebt? Ich weiß in diesem Moment, dass ich gerade erst anfange, seine außergewöhnliche Liebe zu uns zu begreifen.

Diese Liebe schenkt er nicht nur mir. Die Mädchen und ich sind am Morgen vor der Hochzeit früh aufgewacht, da wir wussten, dass viele Haare frisiert, viele Ohrringe angelegt und viele Schleifen an Kleidern gebunden werden mussten. Als ich an diesem Morgen die Augen aufschlug, hörte ich die 15-jährige Ellie aus dem Zimmer nebenan rufen: »Ich bekomme einen Paaapaaa!«

Während ich zuschaute, wie dieser neue Papa albern mit unseren Mädchen bei unserer Hochzeitsfeier tanzte, die Kleinste hochhob und sie im Kreis herumwirbelte, schwoll mein Herz vor Freude über alles, was Gott durch einen liebevollen, christusähnlichen Vater im Leben meiner Töchter bewirken kann, an. Er hatte sich nicht nur an die Sehnsucht meines Herzens erinnert, sondern auch ihre Bedürfnisse gesehen. Diese Liebe galt auch ihnen.

Jahrelang habe ich die Verse aus dem 61. Kapitel des Propheten Jesaja für meine Familie gebetet und den Herrn gebeten, Schönheit statt Asche zu geben und meine Töchter tatsächlich zu Eichen der Gerechtigkeit zu machen, um seinen Ruhm widerzuspiegeln, wie er mir vor vielen Jahren zugesagt hatte. Die Worte »dass die Gefangenen freigelassen werden« habe ich unter Tränen gebetet, als ich Gott angefleht hatte, diese Zusage bei meinen Töchtern zu erfüllen. Ich fand Ruhe in der Zusage, dass Gott uns Freudenöl statt Trauer schenkt. Ich habe mich mit dem Propheten Jesaja gefreut, als jede Einzelne für sich erkannte, dass Gott ihnen Gewänder des Heils angezogen und sie in die Robe der Gerechtigkeit gekleidet hat. Meine Augen blieben an diesem Kapitel aus dem Buch Jesaja hängen und ich betete diese Worte in Vers 11, dass der Herr allen Völkern Gerechtigkeit und Hoffnung offenbaren wird.

Erst am Samstagmorgen, an dem Morgen, nachdem ich den Jesus ähnlichsten Mann geheiratet hatte, der mir je begegnet ist, wanderte mein Blick auf der Seite weiter zu Kapitel 62. Es war, als würde mir Gott jetzt, da dieser neue Lebensabschnitt begann, vielleicht ein neues Kapitel geben, das ich mit meiner Familie beten sollte. Mir stockte der Atem, als ich diese Worte sah, die mir vorher irgendwie nie aufgefallen waren.

Die Völker werden dann deine Gerechtigkeit sehen
und alle Könige deine Herrlichkeit.
Man wird dich bei einem neuen Namen nennen,
den der HERR aussuchen wird.
Du wirst eine prachtvolle Krone in der Hand des HERRN sein,
ein kostbares Diadem in der Hand deines Gottes.
Man wird nicht mehr »die Verlassene« zu dir sagen
und dein Land nicht mehr »Einöde« nennen.
Vielmehr wird man dich als »meine Vorliebe« bezeichnen
und zu deinem Land »meine Braut« sagen,
denn der HERR hat Freude an dir
und dein Land wird mit ihm vermählt sein.
Deine Söhne werden dich heiraten,
so wie ein junger Mann seine Braut heiratet.
Dann wird dein Gott sich an dir freuen
wie ein Bräutigam an seiner Braut.[72]

Hier vor mir auf dem dünnen Seitenblatt mit Goldschnitt stand, wie Gottes Herz für mich, für Benji, für jede unserer Töchter, für unsere Familie aussah: Wir sollten seine Vorliebe für uns erfahren und erleben, wie er sich über uns freut. Er hatte uns sehr deutlich gezeigt, wie die Freude eines Bräutigams über seine Braut aussieht.

Die letzten Jahre waren eine Zeit voll Stille, Dunkelheit und Traurigkeit und Freuden gewesen, die so persönlich gewesen waren, dass ich sie keinem anderen als meinem himmlischen Vater erzählt hatte. Ich hatte die Schönheit des geheimen Ortes kennengelernt, an dem nur er und ich waren. Der Herr, der mein Herz kennt, flüsterte mir schon lange zu, dass eine neue Zeit kommt. Ich machte mir Sorgen, dass mich diese neue Zeit aus meinem geheimen Versteck bei ihm herausholen könnte. Dass irgendwie eine körperliche, greifbare Beziehung zu einem anderen Mann etwas von meiner Beziehung zu meinem Erbauer, meinem Geliebten, meinem Lebensspender rauben würde. Ich hatte Angst, mich von der Zeit zu verabschieden, die Gott benutzt hatte, um mich zu dem Menschen zu machen, der ich bin.

Aber in Wirklichkeit passierte genau das Gegenteil. Benji, ein treuer Ehemann, war Gottes greifbare und tägliche Erinnerung daran, dass Gott sich an mir freut. Diese Beziehung würde meine Sicht auf Gott und meine Gemeinschaft mit ihm nur verbessern. Ich hatte vermutet, dass die Ehe gut wäre, aber ich hätte mir nie vorstellen können, dass sie so heilig sein könnte. Ich verstand nicht, dass ich unter dem Blick dieses Mannes dahinschmelzen würde, der so voll war von der Liebe des himmlischen Vaters zu mir, und dass mir seine Barmherzigkeit und seine Geduld jeden Tag mehr von Gottes bedingungsloser Liebe erzählen würde. Ich konnte mir nicht vorstellen, dass seine Freude an mir und an unseren Kindern so stark widerspiegeln würde, wie sich unser himmlischer Vater an uns freut. Dass Benjis unablässiges Bemühen um uns, sein unermüdlicher Wunsch, unsere Töchter kennenzulernen, mir täglich vor Augen führen würde, wie sehr sich unser Gott um uns bemüht. Benji sorgt auf so vielfältige Weise für uns und liebt uns so treu. Das zeigt sich in einfachen Dingen, z. B. darin, dass er jeden Morgen das Frühstück zubereitet, aber auch in ausgeklügelt geplanten Abenden zu zweit, einschließlich Kinobesuch und Essen in einem Restaurant in der Großstadt, die einige Fahrstunden entfernt ist. Benji greift ein, wenn eine Tochter verletzende Worte sagt oder sich von seiner Liebe zurückzieht. Und er geht auf mich zu, statt sich zurückzuziehen, wenn ich versuche, die Kontrolle in die Hand zu nehmen. Gott benutzt die Liebe meines Mannes, um seine überfließende Liebe über mir und unserer Familie auszugießen. Das ist eine weitere ständige Erinnerung daran, dass er sich über mich und über jedes unserer Kinder freut.

Meine Töchter erwachen unter dem liebenden Blick ihres Vaters zum Leben; ich höre die Freude in ihren Stimmen, wenn sie ihn »Papa« nennen. Ohne dass ich richtig dafür gebetet habe, hat mir Gott ein neues Gebet für sie gegeben: dass sie dadurch, dass sie die Freude ihres irdischen Vaters kennenlernen, noch mehr begreifen, wie sehr sich ihr himmlischer Vater an ihnen freut; dass sie eine schöne Krone in der Hand des Herrn sind; dass sie diesen neuen Namen, den er ihnen zusagt, erfassen: »Meine Vorliebe«.

Unser Gott ist gut, und er gibt uns gute und perfekte Gaben und gute und perfekte Worte. Er hat seine Freude an mir, an uns. Möge unsere Freude ewig in ihm sein.

17

Zu Hause

Zwei Monate später unternahmen wir unsere Hochzeitsreise nach Israel. Wir betraten biblischen Boden, tranken Kaffee und ließen die Bibel lebendig werden. Ich verbrachte viel Zeit damit, das Land zu erkunden, in dem Jesus vor 2000 Jahren gelebt hatte, und darüber nachzusinnen, wie spürbar er in den letzten Jahren in unserem Leben gewirkt hatte. Es hatte so viel Schmerz und Ringen, aber trotzdem auch eine solche unvorstellbare Freude gegeben. Die ersten Monate unserer Ehe waren für unsere Familie wie erwartet eine Zeit gewesen, in der wir uns an viel Neues hatten anpassen müssen. Obwohl es wunderbar war, lief gewiss nicht alles mühelos, bis wir uns an ein neues normales Leben gewöhnt hatten. Aber ich wurde täglich daran erinnert, dass es die Sache wert ist. Es ist immer ein Geschenk Gottes an uns, an dem Ort zu sein, der uns gegeben wurde, bei den Menschen, die uns gegeben wurden, damit wir sie lieben. Es dient immer zu seiner Ehre, selbst wenn es vielleicht nicht so ist, wie wir uns unser Leben früher vorgestellt haben.

Im täglichen Kampf, in der Fürsorge um die Herzen unserer Töchter und darin, ihnen nachzugehen, auch wenn sie sich gegen unsere Liebe wehren, in meiner hässlichen Sünde, die neu sichtbar wurde, da mein Mann jetzt jeden Teil meines Lebens mit mir teilte, hörte ich, wie Gott mir immer wieder zuflüsterte: *Ich bin noch nicht fertig.* Gott hatte uns zugesagt, dass er in unserer Familie und in mir etwas Neues schaffen wollte.

Über das alles dachte ich nach, als ich auf einem Felsen saß und die Füße in den See Genezareth tauchte. Ich dachte an Petrus, der auf diesem Wasser gefischt hatte, als Jesus ihn zum ersten Mal berufen hatte. Jesus rief ihn heraus. Heraus aus dem Weltlichen und Gewöhnlichen, heraus aus dem Leben, das er gekannt hatte, und forderte ihn auf, ein Menschenfischer zu sein, ihm nachzufolgen.[73] Wusste Petrus, worauf er sich einließ? Er ließ sein überschaubares, vertrautes Leben zurück und trat in etwas hinein, das zu diesem unerwarteten, radikalen Leben mit Jesus führte. Hatte er das vorausgesehen?

Auf demselben See bekam Petrus so große Angst vor dem Sturm, dass er in Panik geriet und alles Vertrauen und allen Glauben vergaß, dass er alle Wunder vergaß, die er gesehen hatte, dass er die ganzen Male, in denen der Herr gehandelt hatte, vergaß. Dann forderte ihn der Herr auf, auf dem Wasser zu ihm zu kommen, ihm zu vertrauen. Ihm auch zu vertrauen, obwohl es unlogisch erschien, angesichts des Unmöglichen zu glauben, und seine Hand zu ergreifen. Petrus strauchelte, aber Jesus nicht. Petrus bekam Angst und begann zu sinken, aber er griff nach dem Einen, der ihn aus den Wellen rettete und der ihn wieder retten würde.

Dann stellte ich ihn mir vor, wie er hier saß, wo ich war, in seinem kleinen Steinhaus an diesem weiten, schönen Seeufer nach Jesu Tod. Drei Jahre voller Wunder auf diesem Wasser. Drei Jahre, in denen sie gemeinsam gegessen hatten, aufgewacht waren und geschlafen und gelebt hatten. Fragte er sich, ob alles nur ein Traum gewesen war? Bestimmt sehnte er sich nach seinem Freund, nach seinem Lehrer. Nur einen Steinwurf entfernt stand die Synagoge. Fragte er sich, ob die Pharisäer recht gehabt hatten? Fragte er sich, ob alles, was die Jünger gewusst und sich durch Jesus erhofft hatten, zerstört war, ob ihre Hoffnung vergeblich gewesen war?

Ich möchte wetten, dass Erinnerungen durch seinen Kopf schwirrten, genauso wie ich es erlebe, wenn wir einen lieben Menschen verloren haben. Ich denke an alle, die wir geliebt und verloren haben, und ich erinnere mich an unerwartete Details: die Form ihrer Hände, wie sich ihre Haut angefühlt hat, wie ihre

Schreie geklungen haben. Ich möchte wetten, dass er an die Erde unter Jesu Fingernägeln und an die Sanftheit in seinen Augen und an die Form seiner Sandalen und an den Klang seiner Stimme dachte. Ich bin sicher, dass er ihn einfach schmerzhaft vermisste.

Also ging Petrus fischen. Was sollte er sonst machen? Er kehrte zurück zum Gewöhnlichen, zurück zu dem, was er kannte. Dachte er da draußen auf dem Wasser an Jesus? Gingen ihm diese ganzen Erinnerungen durch den Kopf, wie man es erlebt, wenn einem etwas so Erfüllendes und Dringendes plötzlich entrissen wird und derjenige, den man geliebt hat, scheinbar für immer fort ist? Fiel ihm über den Stimmen seiner Freunde und dem Sturm seiner Gedanken auf, dass keine Fische im Netz waren? Spielte das überhaupt eine Rolle?

Aber dort am Ufer stand ein Mann. Er sagte etwas, das Petrus vage bekannt vorkam: »Auf der anderen Seite!« Er überschrie die Wellen: »Werft euer Netz an der rechten Bootsseite aus!« Können Sie sich vorstellen, wie Jesu Augen gefunkelt haben, als die Jünger endlich begriffen, dass er es war? »Und als die Netze voll waren, fiel es ihnen wie Schuppen von den Augen: ›Der Herr! Es ist der Herr!‹, freuten sie sich.«[74] Ich male mir aus, wie Petrus aufgeregt ins Wasser springt, um sich spritzt, schwimmt, läuft und sich tropfnass in die Arme seines geliebten Erlösers, seines Freundes wirft.

So habe ich Jesus kennengelernt. An einem normalen Tag, im Gewöhnlichen und Weltlichen, ruft er mich einfach und ruhig zu sich. In der dunklen Nacht, im heulenden Wind, wenn ich allein bin und Angst habe und mein ganzes Vertrauen und mein Glaube weit weg und unerreichbar zu sein scheinen, ist er da. Er bietet mir seine Hand an und führt mich durch das Unmögliche. Ich strauchle, aber Jesus strauchelt nicht. Und in diesen stillen, ruhigen Momenten, wenn ich mich frage, ob alles nur ein Traum war, wenn ich mich frage, ob die Welt recht hat und meine Hoffnung vergeblich ist, wenn ich mich frage, was ich mir überhaupt gedacht habe, ist seine Stimme da, herzlich und vertraut, und ich weiß: »Es ist der Herr!« Mein Erlöser, mein Freund, er ist nahe.

Er will, dass wir ihn so kennenlernen: als Freund. In der Routine des Alltags und im dunklen Tal, in dem, was uns Angst macht, und in dem, was uns vertraut ist, genießt er es, uns nahezukommen, sich uns zu offenbaren. Können Sie sich vorstellen, wie er mit diesem Funkeln in den Augen zu seinen Jüngern sagt: »Kommt her und frühstückt!«?[75] Als wäre es einfach ein ganz gewöhnlicher Tag, als wollte er einfach bei ihnen sein und Zeit mit ihnen verbringen. Trotz ihres reichen Fischfangs – 153 Fische! – hatte er Brot im Überfluss für sie vorbereitet. Er brach es in Stücke, genauso, wie er wenige Tage zuvor seinen Leib für die Welt gebrochen hatte, und er forderte sie auf zu essen, einfach bei ihm zu sein.

Er hat sich selbst dafür gebrochen. Damit wir an ihm teilhaben können, damit wir nahe bei ihm sein können.

Auch nach dem Reichtum, den er uns gegeben hat, als er für unsere Sünden am Kreuz sein Leben gegeben hat, dem einzigen wahren und akzeptablen Opfer, und nach seiner Auferstehung, um uns den Weg für die Ewigkeit bei ihm zu bereiten, fordert er uns jetzt auf, zu ihm zu kommen. Er ruft uns hier in unserem gewöhnlichen Alltag, weil er uns noch mehr geben will, weil er uns einlädt, von seiner Güte zu schmecken, seine Hand zu ergreifen, in seinen Fußtapfen zu gehen. Er sehnt sich danach, mit uns eine Gemeinschaft zu haben und einfach bei uns zu sein und will, dass wir bei ihm sind. Er will uns nahe sein.

Monate nach unserer Rückkehr aus Israel sitzen wir auf quietschenden Sitzen in einem holpernden Kleinbus, während der trockene Karamoja-Staub von der Straße aufsteigt und unsere Gesichter bedeckt und unsere Haare verfilzt. Das laute und aufgeregte Plappern, das das Fahrzeug erfüllt hatte, als wir um drei Uhr morgens unter einem strahlenden Sternenhimmel aufgebrochen waren, war verstummt, da alle anderen Fahrgäste durch die Hitze der Nachmittagssonne und das Schaukeln des Kleinbusses auf der holprigen Straße in einen unruhigen Schlaf gesunken waren.

Benard, unser Freund und Mitarbeiter, strahlt. Er ist begeistert, weil Benji und ich ihn auf dieser Fahrt begleiten. Wir fühlen uns geehrt, dass wir diese 12-stündige Fahrt den Karamoja hinauf mit sieben älteren Menschen unternehmen können. Wir wollen sie dorthin zurückbringen, wo sie zu Hause sind. Es sind einige Ehepaare und einige sind unverheiratet. Alle diese Jjajas waren aus medizinischen Gründen nach Jinja geschickt worden oder weil ihre Verwandten gedacht hatten, dass sie dort ein »besseres Leben« hätten. Aber als sie dort angekommen waren, waren sie mit der grausamen Realität konfrontiert worden: Das Leben in einem Elendsviertel am Rand einer Stadt war *nicht* das »Stadtleben«, das sie sich vorgestellt hatten, die medizinische Versorgung war nicht kostenlos oder leicht zugänglich und der Lebensstil in diesen Slums hatte keine Ähnlichkeit mit dem ländlichen Leben, das sie gewohnt waren.

Da sie weder Arbeit noch Geld hatten, hatte sich keiner dieser Menschen eine Busfahrkarte zurück in seine Heimat leisten können. Deshalb hatten sie in der Stadt festgesessen. Einige für ein paar Monate, andere für viele Jahre.

Mabel, eine ältere Frau in unserem Bus, war von ihren Verwandten nach Jinja geschickt worden. Sie hatten geglaubt, dort könnte jemand ihre Blindheit »reparieren«. Sie hatte tagsüber das Baby einer jungen Frau betreut; dafür hatte sie in einer Ecke der zwei Quadratmeter großen Hütte auf einem Lumpenhaufen schlafen dürfen. Ich erinnere mich an meinen ersten Besuch bei ihr. Ich war schockiert gewesen, weil sie mitten am Tag in der stockdunklen Hütte gesessen hatte, bis ich begriffen hatte, dass sie nichts sehen konnte. Sie hatte einige Blätter geschnitten, die sie gesammelt hatte, um sie als Mittagessen zu kochen. Dabei hatte sie mir erzählt, wie sehr sie sich danach sehnte, ihre Töchter und Söhne, die sie zurückgelassen hatte, noch einmal zu umarmen. Aber sie hatte gewusst, dass sie das wahrscheinlich nie tun würde.

Juliette hatte mit ihrem Mann nur ein paar Meter hügelabwärts gewohnt. Sie waren nach Jinja gekommen, weil sie hier das »bessere Leben«, von dem sie immer gehört hatten, gesucht hatten. Aber stattdessen war es ein einziger Überlebenskampf gewesen. Juliette, die nicht gehen konnte, hatte tagelang auf der kleinen, schmutzigen Stufe vor ihrem Haus gesessen und oft einfach leer vor sich hingestarrt. Wenn Kinder an ihr vorbeiliefen und sie traten oder mit Steinen bewarfen, wandte sie einfach das Gesicht ab und seufzte. Am Ende des Tages war ihr Mann mit dem nach Hause gekommen, was er für ihren Lebensunterhalt gefunden hatte: Metallreste, die er auf dem Müllberg gefunden hatte und verkaufen würde, um Geld zu haben, damit sie sich wenigstens einen einzigen Kanister Wasser kaufen konnten. An guten Tagen hatte er eine Handvoll verfaultes Gemüse vom Müllberg mitgebracht, das Juliette dann als ihr einziges Essen zubereitet hatte.

Die Geschichten der anderen waren ähnlich. Sie hatten alle in einem fremden Lebensstil festgesessen, ohne in ihr Dorf und zu ihren Leuten zurückkehren zu können. Benard hatte sich während seines täglichen Dienstes in der Gemeinde mit diesen Menschen angefreundet. Eines Tages hatte er Benji und mir begeistert seinen Plan erläutert: »Ich habe eine Idee«, hatte er gesagt. »Ich will sie nach Hause bringen.«

Nach Hause. Ein Zuhause ist ein so tiefer und großer Segen, den ich oft viel zu sehr als selbstverständlich hinnehme. Ein Ort, der uns gehört, ein Ort, an dem man uns kennt, ein Ort, an dem wir dazugehören. Ich denke, jeder von uns sehnt sich in seinem Innersten nach einem Ort, den er Zuhause nennen kann. Vielleicht liegt das daran, dass unsere Herzen auf unser endgültiges Zuhause im Himmel ausgerichtet sind. Ich konnte die Sehnsucht dieser alten Menschen, dorthin zurückzukehren, wo sie sich zugehörig fühlten, gut verstehen. Ich liebte Benards Herz dafür, dass er ihnen das ermöglichen wollte.

Benji und ich brachten unsere Bedenken zum Ausdruck, dass sie in ihren Dörfern vielleicht nicht willkommen waren. Das tägliche Überleben steht in der Karamojong-Kultur an oberster Stelle. Es kann oft als Last empfunden werden, wenn man zusätzliche Münder satt bekommen und zusätzliche Leute pflegen muss. Diese alten Menschen hatten unübersehbar nur sehr wenig zu bieten. Wenn sie dorthin zurückkehrten, woher sie gekommen waren, bräuchten sie Pflege und Unterstützung. Wir wollten sie auf keinen Fall an einem Ort aussetzen, an dem man sie nicht annahm, an dem ihr Leben vielleicht noch schlimmer wäre, als das Elend und die Hoffnungslosigkeit ihrer Existenz in Masese gewesen war.

Benard und ein erfahrenes Sozialarbeiterteam hatten Monate gebraucht, um die Familien der einzelnen Leute ausfindig zu machen und sich zu vergewissern, dass es wirklich einen Ort gab, an den sie heimkehren konnten. Sie stellten viele Fragen, um sicherzugehen, dass jeder, dem wir bei seiner Heimkehr halfen, gut aufgenommen und gut versorgt werden würde. Dann hatten sie weitere Wochen investiert, um jeden Einzelnen auf die Reise vorzubereiten, und heute war der große Tag endlich gekommen. Ich war trotzdem skeptisch. Würde man sie wirklich aufnehmen, auch wenn sie fast nichts zu bieten hatten?

Meine Ängste, dass diese Menschen abgelehnt werden würden, verflogen schnell. An jedem Ort, an dem wir anhielten, wurden unsere betagten Freunde von Angehörigen, die den ganzen Tag auf ihre Ankunft gewartet hatten, umarmt. Schwestern, Brüder, Kinder und Freunde halfen uns stolz, ihre Habseligkeiten zu tragen, während sie uns in ihr neues Zuhause führten, das für sie vorbereitet worden war.

Ich schaute zu, wie sich zwei Schwestern, die jahrelang keinen Kontakt zueinander gehabt hatten, umarmten. Sie benahmen sich wie aufgeregte Teenager, als sie sich umarmten und auf- und niedersprangen. Mit Tränen in den Augen sagte die ältere Schwester in der Sprache der Einheimischen zu mir: »Ich habe nicht damit gerechnet, dass ich meine Schwester noch einmal sehen würde, bevor ich sterbe!«

Eine junge Frau kam zu unserem Kleinbus gelaufen, als wir vorfuhren, und zerrte ihre blinde Mutter fast heraus. Ihre Mutter war nur wenige Monate fort gewesen, aber der Tochter war es wie ein ganzes Leben vorgekommen. Ein großes Essen war vorbereitet worden und sie zeigte uns eifrig den Platz, an dem ihre Mutter schlafen würde.

Der letzte Halt des Tages war Juliettes Dorf. Das Gelände, das zu der Manyatta hinaufführte, zu den Hütten, die von einer schützenden Dornenhecke umgeben waren, war für den Bus zu uneben. Deshalb parkten wir in ungefähr einem Kilometer Entfernung und konnten die Dornenhecke in der Ferne kaum erkennen. Da Juliette nicht gehen konnte, beschlossen wir, alle Sachen, die ihr und ihrem Mann gehörten, zuerst ins Dorf zu tragen und dann zurückzukommen und das ältere Ehepaar zu holen.

Als wir, mit ihren wenigen Taschen und Bündeln beladen, näher kamen, führten uns aufgeregte Freunde und Verwandte zu der kleinen, runden Hütte, die man für Juliette und ihren Mann vorbereitet hatte. Es war dieselbe Hütte, in der sie ihre Kinder aufgezogen hatten. Wir kehrten zum Bus zurück, um Juliette zu holen, kamen aber nur die Hälfte des Weges. Ich konnte sie hören, bevor ich etwas sehen konnte. Sie riefen und sangen aufgeregt und lachten.

Als wir näher kamen, sahen wir, dass drei andere Großmütter vor uns her zu dem Bus gelaufen waren und ihre Freundin und Schwester aufgeregt begrüßten. Während ich aus der Ferne zuschaute, schwangen sie sie in die Höhe und setzten sie in eine Schubkarre, um sie zu ihrem Haus zurückzubringen. Als sie sie auf uns zu schoben, leuchtete eine unbeschreibliche Freude aus ihren Augen, die man nur erlebt, wenn man weiß, dass man zutiefst geliebt wird.

Juliette wurde nicht nur aufgenommen, sie wurde wertgeschätzt. Ihre Freundinnen und Schwestern waren so begeistert, weil sie wieder zu Hause war, dass sie die paar Minuten nicht abwarten wollten, bis wir sie aus dem Bus holen würden. Ihr Mann ging ein paar Schritte hinter der Gruppe mit der Schubkarre her und strahlte vor Stolz, weil seine geliebte Frau so gefeiert wurde.

Wir schauten glücklich zu. Diese Frauen benahmen sich beim Wiedersehen mit ihrer alten Freundin wie junge Mädchen. Juliette hatte vielleicht »nichts zu bieten«, aber das spielte keine Rolle. *Sie wollten sie.*

Die Sonne ging am Abendhimmel unter, und ich betrachtete Juliette, die in ihrem lila Kleid strahlte, als sie von ihren liebsten Freundinnen in einer Schubkarre weggebracht wurde. Juliette, die den Müll anderer Menschen gegessen hatte, um zu überleben. Juliette, die von den Kindern in der Stadt verachtet und verspottet worden war und das Gesicht abgewandt hatte, als man ihr Steine und Beleidigungen an den Kopf geworfen hatte. Hier war sie jemand, der geehrt und gefeiert wurde und den man kannte. Sie war jemand, der getragen wurde, jemand, der eifrig begrüßt wurde, jemand, der gefeiert wurde.

Sie war zu Hause.

Ich dachte an den Himmel.

Ich wette, dass es dort ganz ähnlich ist, dachte ich. Wir alle kommen und haben nichts zu bieten. Aber wir werden wertgeschätzt, gefeiert, man freut sich an uns. Als Kind habe ich mir den Himmel mit goldenen Straßen und Perlentoren, als ein Märchenland mit Blumen vorgestellt. Aber jetzt frage ich mich, ob er vielleicht viel mehr Ähnlichkeit mit einer weiten, offenen Savanne und einer holprigen Straße und einer Schubkarre hat.

Wir haben nichts zu bieten, aber wir kommen. Und Jesus ist da.

Mit weit ausgebreiteten Armen nimmt er uns auf, wie er es immer tut, obwohl wir ihm nichts als uns selbst bieten können.

Ich schaue auf meine Füße hinab, die von diesem Tag, den wir durch den Staub marschiert sind, schmutzig sind. Ich fühle, wie mir der Schweiß von der Stirn tropft. So werde ich auch im Himmel ankommen. Erschöpft und schmutzig von der Anstrengung, alles zu geben, was ich habe. Mit Narben, die davon zeugen, dass ich tief geliebt habe, dass ich erfüllt gelebt habe, dass ich mutig gehofft habe.

Ich sehe, wie Juliettes Augen leuchten, als vorsichtige Hände sie aus der Schubkarre heben und sie auf eine gewebte Grasmatte setzen, auf den Platz, den sie so liebevoll für sie vorbereitet haben. Ich habe die Fürsorge und die Zärtlichkeit, mit der mir der Herr begegnet, kennengelernt und weiß, dass wir seine Liebe eines Tages noch viel intensiver erleben werden.

Ich sehe, wie Jesus seine geliebte Braut anstrahlt, während die Engel feiern.

Können Sie dieses Bild auch vor sich sehen? Sie kommen geschunden und erschöpft, haben nichts zu bieten, und Jesus lächelt Sie an, weil er Sie unglaublich liebt. Er nimmt Sie auf, er begrüßt Sie zu Hause.

»Kein Auge hat je gesehen, kein Ohr je gehört und kein Verstand je erdacht, was Gott für diejenigen bereithält, die ihn lieben.«[76] Haben wir den Mut und versuchen, uns das vorzustellen?

Ich denke an die, die uns vorausgegangen sind: Katherine und Betty, andere, die wir geliebt haben. Ich stelle mir vor, wie sie von den Heiligen an den Himmelstoren begrüßt wurden, eifrig und begeistert, weil mehr kommen und mit ihnen den himmlischen Vater anbeten. Ich schließe die Augen und stelle mir den Leib der Gläubigen im Himmel vor. Sie sind anders, als man erwarten würde. Sie sind Menschen wie Mabel und Juliette. Sie sind Menschen wie Petrus. Sie sind der Obdachlose, der Betrunkene, der Aussätzige. Sie sind Sie und ich, zerlumpt und erschöpft, mit Narben und voll Schmutz. Sie sind Menschen, die man in der Gegenwart eines Königs nicht erwarten würde.

Aber wir werden aufgenommen. Noch mehr, wir werden gefeiert. Und wir beugen uns vor Gott und wir beten ihn an.

Wir sind zu Hause.

18 Brot des Lebens

Es ist wieder Regenzeit. Meine Freundin Tamara und ich rutschen und schlittern den matschigen Hügel nach Masese hinab, wo wir jede Woche mit einer Gruppe Frauen, die uns sehr ans Herz gewachsen sind, in der Bibel lesen. Diese Frauen stellen Schmuck her, der über *Amazima* verkauft wird. Dadurch haben sie eine Einnahmequelle, die ihnen erlaubt, die in Masese üblichen und Körper und Seele schädigenden Verdienstmöglichkeiten wie Prostitution, Alkoholbrennen und das Durchwühlen von Müll aufzugeben. Wir kommen jeden Dienstag, fröhlich und überfließend oder kaputt und müde oder irgendwo dazwischen. Wir müssen nicht verbergen, wie wir uns fühlen, denn diese Frauen sind Freundinnen geworden. Wir tragen unsere Babys auf unseren Hüften, und wir tragen die Last der anderen mit. Wir brechen in unseren Häusern das Brot und jede Woche setzen wir uns zwischen baufälligen Slumhütten im Kreis auf die nackte Erde und schlagen Gottes Wort auf. Wir wollen uns unbedingt von ihm füllen lassen und suchen seine Weisheit. Wir kommen gemeinsam mit der Frage zu ihm: »Was hast du für uns, Gott?«

Es ist schön, wenn ich Augen habe, die sehen. Es ist schön, aber mein Herz ist heute nicht für Masese bereit.

Ich scharre mit meinen Sandalen über die Erde und lasse meinen Gedanken freien Lauf, während die Frauen ihre Gebetsanliegen vorbringen, von denen eines verheerender ist als das andere. Letzte Woche, nur zwei Tage nachdem ich ihr Baby in diesem Kreis auf den Armen gehalten hatte, war unsere Freundin vergiftet worden und ist gestorben. Wir schütteln ungläubig den Kopf und versuchen, uns an die guten Dinge zu erinnern, die sie in diese Gemeinschaft eingebracht hat. Aber während wir weiter von unserem Leben erzählen, erfahren wir, dass die Mutter einer anderen Freundin langsam an Tuberkulose stirbt und dass die Tochter einer anderen überfallen wurde. Viel zu viele Menschen sind dem Alkoholismus und der Sucht verfallen, und wir sehen, wie das die Menschenleben um uns herum zerstört. *Wie sollen wir da die Hoffnung nicht verlieren?,* frage ich mich. Ich lasse meinen Gedanken freien Lauf, weil ich müde bin. Ich will mich heute nicht schon wieder auf diese Art von Leiden einlassen. Ich wohne nur wenige Minuten von hier entfernt, aber mein Leben ist trotzdem ganz anders. Meine schweren Zeiten bestehen aus Teenagern, die die Augen verdrehen, ein verletzbares Herz haben und bei einem falschen Wort oder einem falschen Blick am Boden zerstört sind. Die schweren Dinge in Masese sind grassierende Krankheiten, Vergewaltigung und Mord. Ich habe heute nicht genug Zeit mit Jesus verbracht und kann mein Herz anscheinend einfach nicht für einen solchen Schmerz öffnen, ohne mich verzweifelt zu fühlen.

Ich zwinge mich, mich auf die Erde zu knien und einer kranken Freundin die Hände aufzulegen und für sie zu beten. Meine Hand ist nass, und ich merke, dass das Gebet sie verwundbar macht und ihren Tränen vor mir und vor unserem himmlischen Vater freien Lauf lässt. Ihr Schmerz ist anders als meiner, aber wir brauchen beide dringend einen Erlöser. Wir flehen ihn inständig an, schnell zu kommen. Ich bitte ihn, hier und jetzt mein Herz zu öffnen. Ich bitte ihn, sich zu zeigen.

Wir sitzen auf der Erde und lassen unseren Tränen freien Lauf. Und trotz meiner Bemühungen, mich heute gegenüber dem Leiden zu verhärten, bricht mich der treue Gott, gibt Gott mir Augen, nicht nur um den Schmerz zu sehen, sondern um ihn ganz nahe zu fühlen. Das hier sind nicht einfach irgendwelche Menschen. Das sind meine Freundinnen. Das sind Menschen, die ich kenne, Menschen, die er kennt. Ich kenne ihren Namen, ihre Männer, ihre Kinder. Gott kennt jedes Haar auf ihrem Kopf und den tiefsten Schrei ihres Herzens.

Ich erlaube mir, mir vorzustellen, dass wir in seiner Hand liegen. Ich stelle mir seine Zärtlichkeit vor, als er diese Haare zählte, und ich stelle mir vor, wie er diesen Frauen in die Augen blickt und lächelt, wie er sich über seine Töchter freut. Ich schließe die Augen und höre im Geiste die Stimme meines Mannes, der auf unserem Bett sitzt und auf seiner Gitarre zupft. »Wir blicken auf den Herrn und erwarten von ihm Barmherzigkeit und Trost«, singt er.[77]

Heute habe ich das Gefühl, als würden wir nicht nur warten. Heute *müssen wir um die Hoffnung ringen.*

Eine Frau, die ich nicht sehr gut kenne, geht an unserem Kreis vorbei. Ich habe Geschichten über sie gehört. Sie setzt sich auf die Erde und lehnt sich mit dem Rücken an die Wand der kleinen Lehmkapelle, hinter der wir uns versammelt haben, und starrt leer vor sich hin. Niemand weiß genau, ob sie behindert ist oder ob sie einfach von so vielen Männern missbraucht wurde, dass sie nicht mehr spricht.

Eine andere Frau, die ich gut kenne und sehr liebe, taumelt den Hügel herab und legt den Kopf an meine Schulter. Sie hat vor Jahren bei uns gewohnt, als sie vom Alkoholismus frei wurde und ihr Kind furchtbare Brandverletzungen hatte. Heute ist nicht zu übersehen, dass sie betrunken ist, als sie versucht, trotz der Sprachbarriere mit lallender Stimme mit mir zu sprechen. Ich schaue ihr in die Augen. Sie sind blutunterlaufen. Und ich flehe sie an. Wenn sie nüchtern ist, ist sie eine so gute Mutter. Ich frage, wo ihr kleines Mädchen ist, und versuche, sie daran zu erinnern, dass sich das Kind damals so schlimm verletzt hatte, weil es allein zu Hause war. Aber sie hört mir nicht zu. Sie küsst mich auf die Wangen und torkelt davon.

Unser Gespräch kehrt zu unserer Freundin zurück, deren Körper erst vor wenigen Tagen in die Erde gelegt wurde, nachdem sie herzlos getötet, absichtlich vergiftet worden war. Vor einer Woche hatte sie mit uns in diesem Kreis gesessen, und jetzt ist sie begraben, während wir überlegen, wer sich um ihre kleinen Kinder kümmern soll. Die Frauen sehen resigniert aus. Ich fühle mich resigniert.

Wie finden wir hier Jesu Hoffnung? Wie verkünden wir, dass er handelt, wenn wir es einfach nicht sehen können?

Lass uns dich hier sehen, Herr, bete ich verzweifelt. Er antwortet mir mit den Worten aus Römer 2,7: »Er wird denen das ewige Leben schenken, die beharrlich das tun, was gut ist, und sich nach der Herrlichkeit, Ehre und Unvergänglichkeit sehnen, die Gott gibt.« Diese Frauen tun beharrlich das, was gut ist. Trotz aller Widrigkeiten, wenn es leichter wäre, einfach aufzugeben und diesen Ort als hoffnungslos zu bezeichnen, klammern sie sich an ihre Hoffnung in Jesus und tun beharrlich, was gut ist. Sie sehnen sich beharrlich nach seiner Herrlichkeit.

Ich stapfe mit vielen Fragen im Kopf wieder den Hügel hinauf. *Gott, wo bist du in diesem Chaos?* Während ich in diesen Gedanken versunken bin, rutsche ich aus und mein Fuß landet in einem Haufen, der zum Teil aus Alkohol und zum Teil aus menschlichen Exkrementen besteht. Ich beschließe, es als Matsch zu bezeichnen. Als ich *natürlich* anfange zu seufzen, legen sich zwei starke Arme von hinten um mich und das Lachen meiner Freundin Santina dringt an meine Ohren. Sie lacht, weil sie weiß, dass ich in Gedanken woanders gewesen bin und natürlich, *natürlich* in diesen Dreck getreten bin. Sie nimmt mich am Arm und zieht mich zu ihrem Haus, wo sie mir die Schuhe auszieht und sie in einer Schüssel mit Seifenwasser schrubbt. Wasser ist hier schwer zu bekommen, und ich kann nicht glauben, dass sie es für meine Sandalen verwendet. Ich bitte sie, damit aufzuhören; ich werde meine Sandalen zu Hause putzen. Sie lässt sich nicht beirren und wäscht meine Füße. Ich will protestieren, aber ich denke an Jesus, wie er sich mit dem Handtuch niederbückte und Petrus lehrte, der ihn einfach nicht verstand. Er flüstert mir zu: *Siehst du? Siehst du mich? Ich handle hier.*

Mein eigensinniges Herz will es vielleicht nicht immer glauben, aber ich weiß, dass es wahr ist. Er handelt hier. Ich denke an die Israeliten. Gott selbst hatte sie treu beschützt, als der Tod auf alle Erstgeborenen in Ägypten fiel. Mit eigenen Augen hatten sie gesehen, wie er das Rote Meer teilte, damit sie es trockenen Fußes durchqueren konnten. Aber als sie in der Wüste landeten, begannen sie sofort zu murren. »Wir hätten als Sklaven in Ägypten bleiben sollen!«, riefen sie.[78]

Genauso wie die Israeliten habe ich Gottes Treue immer wieder persönlich erlebt. Gott hat mein ganzes Leben lang und die ganze Geschichte hindurch seine Verheißungen erfüllt. Ich habe seine Güte geschmeckt; ich habe darin gelebt. Genügt ein einziger schwerer Tag, um das zu vergessen?

Die Israeliten schleppten sich elend durch die Wüste. Gott hatte für sie so viel Gutes vor, aber sie schienen es einfach nicht glauben zu können. Und als sie ihren Zweifel, dass Gott eingreifen und handeln würde, Luft machten, flüsterte er Mose eine neue Verheißung zu: »Ich werde für euch Brot vom Himmel regnen lassen. Die Israeliten sollen jeden Tag vors Lager gehen und so viel davon auflesen, wie sie für den jeweiligen Tag brauchen.«[79] Das macht mich hellhörig. *So viel, wie sie für den jeweiligen Tag brauchen.* Gibt Gott uns das nicht allen? Versorgung, seine Liebe selbst in der kahlen Wüste.

Die Israeliten hoben den Blick und sie sahen die Herrlichkeit des Herrn wie eine Wolke niederkommen. Dünne Brotflocken, *Nahrung*, bedeckte den Boden, und sie schauten sich an und fragten: »›Was ist das?‹ Denn sie wussten nicht, was es war. Mose antwortete: ›Das ist das Brot, das der HERR euch zum Essen gegeben hat.‹«[80]

Und vierzig Jahre lang aßen die Israeliten Manna. Jeden Morgen war es da. Jeden Abend zerschmolz es. Jeden Tag stellte jeder

Mensch fest, dass er genau die Menge hatte, die er brauchte, nicht mehr und nicht weniger, einfach *genug*. Genug.

Als ich wieder nach Hause gehe, kommt mir Maggie entgegen. Sie hat gesehen, wie ich ausgerutscht bin, und kichert wegen meiner tollpatschigen Füße und meiner mürrischen Laune. Maggie, von der ich gedacht hatte, dass sie sterben würde. Maggie, die mit zwanzig Jahren ihr vierjähriges Kind und ihr totes Baby gehalten hatte und in ihrem Haus fast verblutet wäre, ohne dass jemand da gewesen wäre, der ihr geholfen hätte. Maggie, die genauso schwach und krank bei uns eingezogen war wie Katherine und Betty. Maggie, die wochenlang auf einer Matratze in meinem Zimmer geschlafen hatte, weil ich so große Angst gehabt hatte, sie könnte sterben, dass mir die Couch zu weit weg gewesen war. Maggie, die *lebte*. Sie kommt den Hügel herauf, ihre Arme voll mit Halsketten, die sie jetzt über *Amazima* verkauft, um sich und ihren kleinen Jungen zu versorgen. Beide wohnen glücklich und gesund wieder zu Hause in dieser Gemeinschaft, und ihr Herz ist voll von Gottes Wort, das sie gern an andere weitergibt. *Ich handle hier*, flüstert Gott immer wieder. *Kannst du mir glauben? Kannst du meinen Verheißungen glauben?*

Natürlich kann ich das. Später lese ich im 1. Petrusbrief: »Denn ihr habt erfahren, wie freundlich der Herr ist.«[81] Ich kann nicht leugnen, dass ich gesehen und erlebt habe, dass er für die, die ihn lieben, alle Dinge zum Guten wirkt, selbst die hässlichen, schweren, unbeschreiblichen Dinge. Ich habe Manna geschmeckt, *genug für heute*.

Wir blicken auf den Herrn und erwarten von ihm Barmherzigkeit und Trost. Unsere sichere Hoffnung finden wir in ihm.

Monate später sitze ich in der Entzugsstation in Ugandas einziger Psychiatrie und tue so, als würde ich mich auf dem kalten, harten

Metallstuhl wohlfühlen. Ich kann mir nicht vorstellen, wie sich hier der Zustand von Menschen bessern sollte. Ich halte die zitternde Hand eines lieben Freundes, der diesen Weg schon früher gegangen ist, der bis zu diesem neuerlichen Rückfall jahrelang seine Sucht bezwungen hatte. Ich bin am Boden zerstört. *Rückfall* ist so ein hässliches Wort. Ich weiß, dass es einfach unserer Natur entspricht. Obwohl meine Herausforderung nicht Drogen- oder Alkoholsucht ist, erlebe ich auch meine unangenehmen Rückfälle. Auch ich kann nur in Jesus meine Herausforderungen bezwingen und brauche dringend seine Barmherzigkeit, die mich aus meinen sündigen Verhaltensmustern herauszieht. Für einen Moment hasse ich diesen Ort, hasse ich es, dass wir als Menschen so kaputt sind. Ich hasse es, dass mein Freund so kämpfen muss.

Er sieht, wie ich anfange zu weinen. Nicht die stillen, leisen Tränen, die ich mir in solchen Situationen angewöhnt habe, sondern große, hässliche Tränen mit einem lauten Schluchzen und laufender Nase. Ich wende mich ab, um mich zu beherrschen, und überlasse meinem starken Mann die Leitung des Gesprächs. Ich weiß, dass ich für unseren Freund stark sein muss, aber ich bin auch traurig. Dieser Ort ist zu traurig und wir sind zu kaputt. Unsere Kinder haben einen Geburtstagskuchen in der Hand und warten gespannt auf die Feier, zu der wir gekommen sind. Ihm geht es viel schlechter, als wir erwartet hatten, und ich würde meine Kinder am liebsten vor diesem Schmerz und dieser Enttäuschung abschirmen. Wir singen trotzdem »Happy Birthday«.

»Betet für mich«, sagt er. »Gebet. Gebet wird mich wieder gesund machen.«

Ich taumle. Ich will nicht beten. Nicht zu einem Gott, der zulässt, dass Menschen so etwas passiert. *Nicht das,* denke ich. *Nicht so, Gott. Nein, Gott.* Alle diese Gedanken, von denen ich weiß, dass ich sie nicht denken sollte, von denen ich weiß, dass Gott bewiesen hat, dass sie falsch waren, schießen mir wieder durch den Kopf. *Deine Pläne sind nicht gut, Gott. Schau dir das an! Dein Plan ist nicht gut. Nein, danke. So hatten wir das nicht vereinbart, und das ist für mich nicht in Ordnung.* Ich bin der Süchtige, und meine Droge sind die Zweifel, dieser hässliche Mangel an Vertrauen, das, wohin ich mich wende, wenn ich schwach bin. Das ist mein lebenslanges Ringen, wie Jakob mit Gott gerungen hatte, meine mangelnde Bereitschaft, einen lieben Menschen auf den Altar zu legen und darauf zu vertrauen, dass der Herr sieht und versorgt. Obwohl ich seit Jahren lerne, das *Ja* zu leben, mein menschliches Fleisch zu unterdrücken, das zu diesem Plan *Nein* schreit. *Warum können wir kein Happy End haben, Gott? Wir hatten so wenige Happy Ends. Bitte, könnte es dieses Mal nicht gut ausgehen? Könnte es nicht so ausgehen, dass es nicht in der Entzugsklinik endet?*

Die Mädchen verteilen Kuchen.

Auch wenn ich den gleichen Kampf ausfechte wie vor Jahren, lässt mich Gott in seiner Gnade seine Stimme jetzt viel schneller hören. Die vielen stillen Momente allein mit ihm in der Dunkelheit haben mir geholfen, ihn auch im Lärm des Lebens zu hören. *Hör zu,* sagt er. Mein Freund bittet um Gebet. Ein Mann, der Gott vor zehn Jahren noch verflucht hatte und nichts von seinem Sohn, Jesus, gewusst hatte, bittet uns, für ihn zu dem Gott zu beten, von dem er weiß, dass er ihn gesund machen kann. *Er kennt Jesus.* Wir sind wieder hier, in der Entzugsklinik, aber dieses Mal ist es anders. Wir gehören Gott. Mir ist bewusst, dass ich Gottes Angesicht nie so gesucht hätte und ihn nie so kennengelernt hätte, wie ich ihn heute kenne, wenn ich nicht durch meine eigene Wüste gewandert wäre und nach ihm gehungert hätte. Ich sehe seine Barmherzigkeit und Güte in den schweren Situationen in meinem eigenen Leben und bezeuge sie. Glaube ich, dass er in den Geschichten der Menschen, die ich liebe, die gleiche Barmherzigkeit und Güte schenkt? Ich würde ihre Geschichten vielleicht anders schreiben. Aber ich habe immer wieder erlebt und gesehen, dass Gott die bessere Geschichte schreibt. Gott schickt uns Manna, alles, was wir brauchen, auch wenn wir es nicht verstehen.

Wir treten unsere lange Heimfahrt an. Meine Fragen schwirren mir immer noch durch den Kopf, Gott antwortet immer noch und mein Geist ringt immer noch und mein himmlischer Vater beruhigt mich immer wieder. Wie lebe ich, wenn ich das Wunder nicht sehe? Wenn ich nicht sehe, wie es ausgeht, wenn ich das Ende nicht sehe?

Ich denke an die Jünger, die nach Jesu Tod nach Emmaus gehen. Ich kann mir die Enttäuschung, die sie gefühlt haben müssen, nicht vorstellen. Sie haben alles verlassen, was sie je gekannt hatten, und haben Jahre ihres Lebens damit verbracht, diesem Mann nachzufolgen. Sie haben geglaubt, dass sie das Happy End bekommen würden, das er ihnen ihrer Meinung nach verheißen hatte. Stattdessen mussten sie seinen grausamen Tod mitansehen: wie er verraten, geschlagen und getötet wurde. Sie hatten gesehen, wie er stumm geblieben war, scheinbar machtlos gegenüber den Herrschenden, und nichts getan hatte, um sich zu retten. Das war ganz gewiss nicht ihre Vorstellung von einem glücklichen Ausgang, das war nicht das Ende, auf das sie gewartet hatten. Ich stelle mir ihre Hoffnungslosigkeit vor, ihre Verständnislosigkeit. *Wir dachten, wir wüssten, wer er war,* müssen sie gedacht haben.

»Plötzlich kam Jesus selbst, schloss sich ihnen an und ging mit ihnen. Aber sie wussten nicht, wer er war, weil Gott verhinderte, dass sie ihn erkannten.« [82] Hier steht nicht nur, dass sie ihn nicht erkannten; *Gott verhinderte,* dass sie ihn erkannten. Hatte ihre Hoffnungslosigkeit sie blind gemacht? Waren sie wegen ihrer eigenen Verzweiflung blind, wie ich es aufgrund meines fehlenden Vertrauens war?

Aber *Jesus geht mit ihnen* in ihrer Hoffnungslosigkeit.

Jesus fragt sie, worüber sie sprechen, und sie können nicht glauben, dass er die Geschichte noch nicht kennt. Sie erklären, warum sie so traurig sind, und sprechen darüber, wie enttäuscht sie sind: »Wir hatten gehofft, er sei der Christus, der Israel retten und erlösen wird.«[83]

Wir hatten gehofft.

Auch das Zeugnis der Frauen, mit denen sie gut befreundet sind, genügt nicht, um diese Jünger in ihrer Verzweiflung zu überzeugen. Sie gehen weiter. Und Jesus ist so barmherzig, dass er sie wegen ihres Zweifels nicht tadelt, sondern sie auf das Wort Gottes verweist. »›Haben sie [die Propheten und Mose] nicht angekündigt, dass der Christus alle diese Dinge erleiden muss, bevor er verherrlicht wird?‹ Und er begann bei Mose und den Propheten und erklärte ihnen alles, was in der Schrift über ihn geschrieben stand.«[84] Ich wünschte, Lukas hätte auch diesen Teil des Gesprächs aufgeschrieben: wie Jesus ihnen persönlich sein Wort und seine Geschichte aufschließt! Aber die noch wunderbarere Offenbarung der Geschichte wird berichtet:

Mittlerweile näherten sie sich ihrem Ziel, dem Dorf Emmaus. Es schien so, als ob Jesus weitergehen wollte, doch sie baten ihn inständig, über Nacht bei ihnen zu bleiben, da es schon dunkel wurde. Da trat er mit ihnen ins Haus.

Als sie sich hinsetzten, um zu essen, nahm er das Brot, segnete es, brach es und gab es ihnen. Da gingen ihnen die Augen auf und sie erkannten ihn. Doch im selben Augenblick verschwand er! Sie sagten zueinander: »War es uns nicht seltsam warm ums Herz, als er unterwegs mit uns sprach und uns die Schrift auslegte?«

Und sofort brachen sie auf und gingen nach Jerusalem zurück, wo die elf Jünger und die, die bei ihnen waren, sich versammelt hatten. Als sie ankamen, wurden sie mit der Nachricht empfangen: »Der Herr ist tatsächlich auferstanden! Er ist Petrus erschienen!« Da erzählten auch die beiden Jünger aus Emmaus ihre Geschichte, wie Jesus unterwegs mit ihnen gesprochen hatte und wie sie ihn erkannt hatten, als er das Brot brach.[85]

Manchmal gehe ich auf der Straße, die Gott mir zugewiesen hat, wie diese beiden Jünger auf der Straße nach Emmaus gehen. Wenn ich es zulasse, kann mich die Verzweiflung blind machen. Zweifel und Unglauben schleichen sich ein, wenn ich über das spreche, was ich als nicht gehaltene Zusagen verstehe: *Ich hatte gehofft* ... Ich habe diese bitteren Worte gedacht, mich daran sogar verschluckt. Und inmitten von allem geht Jesus neben mir her. Meine vorgefassten Vorstellungen, was er tun sollte und was am besten wäre, machen mich blind. Meine Hoffnungslosigkeit und meine eigenen Zweifel halten mich davon ab zu sehen, was Jesus alles tut. Was noch schlimmer ist, sie machen mich blind für Jesus, der *direkt neben mir* und um mich herum ist. Aber ist mir nicht seltsam warm ums Herz? Wenn ich wirklich hinsehe, wirklich bete, weiß ich, dass er hier ist, dass er die ganze Zeit hier war.

Manchmal denke ich, ich wüsste, wie Gott handeln *sollte*, was er tun *sollte*, aber er will mit mir den Weg gehen, meinen Blick wieder auf ihn lenken, sich mir offenbaren. Selbst wenn ich ihn nicht erkenne, legt er mir die Schrift aus und erinnert mich an alles, was er getan hat, an die ganzen erfüllten Verheißungen und an alles, was er noch zu tun hat. Habe ich in diesem ganzen Leiden nicht das Flüstern seiner Herrlichkeit gehört? Doch.

»Als sie sich hinsetzten, um zu essen, nahm er das Brot, segnete es, brach es und gab es ihnen. Da gingen ihnen die Augen auf und sie erkannten ihn. Doch im selben Augenblick verschwand er!«[86] Sie erkannten ihn, als er das Brot brach. *Abendmahl*. Er dankte und er gab ihnen das Brot, und als er es ihnen gab, sahen sie. Einige Abende zuvor hatte derselbe Mann auf die gleiche Weise das Brot gebrochen und gesagt: »Das ist mein Leib. Nehmt. Esst.«[87] Genauso wie die Israeliten in der Wüste hatte sie das, was sie nicht ganz verstanden hatten, vollständig satt gemacht. Jesus, diese Erfüllung jener uralten Verheißung, dass der Herr sieht und versorgt. In der Wüste. In der Wildnis. In meinen Zweifeln.

Er streckte die Hand über den Tisch, die Hand, die er ihnen im Sturm hingehalten hatte, die Hand, die die Kranken und die von der Sünde Geplagten geheilt hatte, eine Hand, die ans Kreuz genagelt worden war. Er streckte die Hand über diesen Tisch und sie erkannten ihn.

Unser Kleinbus fährt schleichend nach Hause und ich schließe in der Dunkelheit die Augen und stelle mir vor, wie Jesus mir die Hand hinhält, wie er sie uns und unserem Freund in der Entzugsklinik hinhält. Im Danken, im Abendmahl, im bewussten Empfangen dessen, was mir vielleicht immer noch rätselhaft ist, erkenne ich ihn. Hier sind wir, an seinen Tisch gerufen. Zum Abendmahl mit ihm berufen, zu empfangen und zu erkennen.

»Und sofort brachen sie auf und gingen nach Jerusalem zurück.«[88] Sofort! Ich stelle mir den starken Gegensatz zwischen ihrer 12 Kilometer langen Wanderung nach Emmaus und ihrer Rückkehr nach Jerusalem vor. Sie gehen (oder laufen!) denselben Weg, aber dieses Mal sind die Hoffnung und die Aufregung spürbar. »Wir haben den Herrn gesehen!«[89], rufen sie. »Es ist wahr!« Alles, was er gesagt hat, alles, was er verheißen hat, haben sie als wahr erlebt. *Habe ich das nicht auch?*

Ich war in Emmaus. Ich bin den Weg gegangen, der mit Zweifeln und Verzweiflung, Fragen und dem *Ich hatte gehofft* und der Lüge des Satans, dass er mich vielleicht dieses Mal im Stich lassen würde, dass er dieses Mal vielleicht nicht genügen würde, gepflastert war. Aber wenn ich diese Lügen beiseiteschiebe, kann ich mit voller Zuversicht Ihnen und jedem, der es hören will, sagen: »Ich bin diesen Weg nicht allein gegangen.« *Wir gehen nie allein.* Gott geht in seiner unvorstellbaren Gnade neben uns. Es ist ihm egal, ob wir uns entscheiden, ihn zu erkennen oder nicht. Er hält uns die Hand hin, bietet uns Brot an, das uns Nahrung gibt: seinen Leib, der für uns gebrochen wurde.

Ich will auf der Straße *von* Emmaus *nach* Jerusalem leben. Ich habe ihn gesehen und ich habe ihn kennengelernt, und egal, wie die Umstände auch sind, will ich laufen, um es den anderen zu sagen: »Es ist wahr! Alles, was er zugesagt hat, ist wahr. Ich habe es erlebt; ich habe es gesehen.«

Es ist leicht, diesen Weg zu gehen und an einen guten Plan zu glauben, wenn ich mit meinem Kaffee in der Hand und Gottes aufgeschlagenem Wort vor mir auf meinem gemütlichen Stuhl an meinem Schreibtisch sitze. Aber um ein Leben zu führen, das ihn verherrlicht, *muss* ich auch auf den Krankenhausgängen an seinen besseren Plan glauben. Ich muss auf das, was ich nicht sehen kann, vertrauen.

Und als die Nacht hereinbricht und unser Bus über die holprige Straße nach Hause rollt, weiß ich, dass ich mir sicher bin. Ich bin mir sicher, dass er einen guten Plan für uns hat, auch wenn alles wie ein furchtbares, hässliches Chaos aussieht. Ich bin mir der Ewigkeit sicher, die Gott seinem Volk ins Herz gelegt hat. Ich weiß, dass seine Güte wahr ist, auch wenn ich sie noch nicht sehen kann, auch wenn ich sie in diesem Leben *nie* sehe. Ich habe seine Güte als der Herr, der sich selbst gibt, erfahren.

Ich denke an den Dienstag vor mehreren Monaten zurück, als ich im Regen in Masese ausgerutscht bin. Ich kam müde nach Hause, mein Herz und mein Kopf waren voll. Mit hängendem Kopf öffnete ich die Tür und stellte mich darauf ein, müde das Essen vorzubereiten und die Kinder ins Bett zu bringen, um danach mit dem Herrn allein zu sein und alles zu verarbeiten. Aber als ich aufblickte, stockte mir der Atem, denn ich sah, wie treu Gott ist. Es war eigentlich ein alltägliches Bild, das ich jeden Tag sehe: Die Kinder hatten es sich auf den Sofas bequem gemacht und lasen oder saßen auf dem Boden und spielten Brettspiele, mein treuer Mann goss Wasser in die Gläser für das Abendessen und half den Älteren bei den Hausaufgaben und kitzelte die Kleineren, wenn sie an ihm vorbeiliefen. Ich sehe, wie Gott mich versorgt, und kann seine Güte nicht leugnen, nicht einmal an den schwersten Tagen.

Genauso wie die Israeliten bin ich so vergesslich und muss ständig neu erinnert werden. Gott gibt uns, was wir brauchen – *genug* –, manchmal ohne dass wir es überhaupt merken, im Alltag, im Gewöhnlichen und im Schweren. »Dies ist das Brot, das vom Himmel herabkommt.«[90] Das ist seine perfekte Versorgung.

Später an diesem Abend setzen sich die Kinder an den Tisch und halten sich an den Händen, um zu beten. Seit fast zehn Jahren legen wir unsere Hände ineinander und beugen den Kopf vor unserem himmlischen Vater. Heute essen wir Spaghetti und die großen Mädchen erzählen Geschichten von »früher«. Sie erinnern sich an die Namen ihrer alten Puppen und die Burgen, die sie gebaut haben, die Süßigkeiten, die sie heimlich gegessen haben, ohne dass ich es gemerkt habe. Und sie erinnern sich daran, wie sie in Schwierigkeiten geraten sind und ich fast den Verstand verloren hätte. Die kleinen Mädchen kreischen vor Entzücken, als sie sich an Bruchstücke erinnern, auch wenn sie damals noch Babys waren und auf meiner Hüfte saßen. Die Augen ihres Vaters leuchten vor Liebe zu ihnen, und wir lachen. Wir lachen.

Ich schaue in ihre Gesichter. Sie sind so groß geworden. Sie haben in den wenigen Jahren ihres Lebens so viel ertragen, und sie sind stark und sie sind tapfer. In allem Schweren und in all unserer Freude war Gott unsere Nahrung. Er hat uns sich selbst gegeben, unser tägliches Brot, unser Brot des Lebens.

Ich drücke unter dem Tisch Benjis Hand, als er aus der Bibel vorliest. Ein neues kleines Leben bewegt sich jetzt in meinem Bauch. Ihr erster kleiner Bruder, ein Geschenk, um das wir nicht einmal gebetet hatten, von dem wir gar nicht gewusst hatten, dass wir es brauchten. Gott versorgt uns weit über das hinaus, was wir erbitten oder uns vorstellen können.

Hier an diesem Ort ist Hoffnung. Schönheit entsteht aus der Asche, und wir wissen zutiefst, dass nur Gott sie geschenkt hat, dass nur er uns hierhergetragen hat. Er kann alles neu machen. Und er *macht* alles neu.

19

Schönheit im Sturm

Er legt seine winzige, weiße Faust um meine Finger, mein süßes Baby, das vor ein paar Monaten auf die Welt und in unsere Familie kam. Er wurde hier in unserem Haus geboren, wo seine Schwestern begeistert darauf gewartet hatten, ihn zu begrüßen. Noah ist unser Geschenk des Friedens, des Trostes und der Freude. Ich erinnere mich an die Biegung seiner Fingernägel, wie ich es bei jedem meiner Kinder tue. Ich fühle seinen warmen Atem auf meiner Brust und atme die Schönheit unerwarteter Geschenke ein. Ich weiß nicht, ob ich mir je hätte vorstellen können, dass ich mich hier befinden würde. Aber hier bin ich: meine geliebte Familie an meiner Seite, schöne junge Mädchen, die vor meinen Augen zu Frauen heranwachsen, und dieses Baby, das sich an meine Brust schmiegt.

Vielleicht habe ich nicht alle Wunder bekommen, um die ich gebetet habe, aber vielleicht ist dieses Leben, diese Familie das allergrößte Wunder: Töchter, die die Heilung und Erlösung des Herrn auf große Weise erlebt haben und die in meinem Herzen genauso ihren festen Platz haben, als wenn sie in meinem Bauch herangewachsen wären; ihr Vater, den Gott ihnen gegeben hat – Gott hatte das, schon lange bevor ich es gewusst hatte, geplant –; der Freund, den Gott schon in den Jahren, in denen ich vor Einsamkeit zu ihm geschrien habe, für mich vorgesehen hatte; und einen Sohn, der perfekt in diese verrückte Mannschaft passt, von uns allen geliebt, als hätten wir nie ein Leben ohne ihn gekannt.

Ich schaue den Ort an, an den mich Gott gestellt hat, mit den Menschen, die er mir geschenkt hat, und ich nenne ihn Berg Morija, *der Herr sieht*. Der Herr sieht und der Herr versorgt. Hier sehen wir Gott. Und hier sieht er uns. Wenn wir voll Freude sind und die

Kinder glücklich lachen, und wenn unsere Beine müde und unsere Herzen schwer sind und wir viele Fragen haben, sieht er uns. Er ist gut zu uns. Der Herr sieht, und er wird gesehen.

Ich lernte vor einigen Monaten ein kleines Mädchen kennen, als sie, ihre Mutter und ihre kleine Schwester vor unserem Tor auftauchten. Das Mädchen war 13 Jahre alt, freundlich und schön. Sie hatte am Bein einen Tumor in der Größe einer Wassermelone. Der Tumor tat so weh, dass sie nicht gehen konnte, und der Krebs hatte sich in ihrem ganzen Körper ausgebreitet und würde sie in wenigen Monaten töten, egal ob mit oder ohne Behandlung. Ich saß mit ihr auf der Erde und half dann ihrer Mutter, sie hineinzutragen. Meine kleine Patricia, die eigentlich gar nicht mehr so klein ist, hat ihnen Tee gebracht. Wir saßen auf diesem geweihten Boden und wir beteten. Wir beteten einfach.

Vor zehn Jahren hätte ich diese Menschen wahrscheinlich in alle Krankenhäuser im Land gebracht und gehofft, irgendwo von irgendwem eine andere Diagnose als »unheilbarer Krebs« zu hören. Ich hätte versucht, irgendwie Geld für eine lebensrettende Behandlung aufzubringen, denn ich hatte damals geglaubt, Gott würde nur verherrlicht werden, wenn Leben gerettet wird. Obwohl ich den Kopf schüttle, wenn ich an meinen naiven Glauben zurückdenke, lächle ich über die leidenschaftliche und ehrgeizige junge Frau, die ich damals gewesen bin. Vor vier Jahren war ich so müde, dass ich wahrscheinlich nach einem einzigen Blick auf diese Familie eine Freundin angerufen und sie gebeten hätte, zu kommen und ihnen zu helfen, weil ich allein schon beim Gedanken, noch mehr Leiden und Tod zu erleben, das Gefühl hatte zu zerbrechen. Mein Glaube war echt, aber so zerbrechlich, und ich hatte so viele Fragen. Ich bemitleide die junge Frau, die ich war, sehr, und mich erfüllt eine unglaubliche Dankbarkeit, weil Gott mein schwaches Herz gehalten und nicht losgelassen hat.

Er sah mich. Er sieht uns.

Aber an diesem Tag haben wir nicht gekämpft oder geklagt,

sondern Tee getrunken. Wir beteten. Wir sangen Loblieder. Ich fragte Gott, wie wir uns in dieser Situation verhalten sollten und wie ich diesen kostbaren ewigen Seelen das Evangelium nahebringen soll. Während ich sein Herz erforschte, wurde mir bewusst, dass ich ihm vollständiger vertraue, als ich das je für möglich gehalten hatte. Ich betete für die Heilung dieses Mädchens und ich glaubte fest, dass sich Gott entscheiden könnte, sie zu heilen. Aber gleichzeitig vertraute ich, dass er auch dann, wenn er sie nicht heilte, diese Situation zu seinem Guten und zu seiner Ehre gebrauchen würde, zum Guten dieser Mutter, die vor mir saß, und ihrer kleinen Schwester und zum Guten von allen, die das Mädchen kannten und durch ihr Leid schmerzlich betroffen waren. Wochen später besuchten wir sie zu Hause und beteten. Wir brachten unsere ugandischen Brüder und Schwestern mit, die auch für sie beteten. Das bedeutet es, unsere Träume auf den Altar zu legen und diesen Ort »Der Herr sieht« zu nennen, vollständig darauf zu vertrauen, dass er uns mit dem Besten versorgt, mit dem Schafbock im Busch.

Ich sehne mich danach, mich vollständig auf die Freude einzulassen, die er mir schenkt, und ich sehne mich danach, mich vollständig auf das Leiden einzulassen, das er uns hinlegt, weil beides seine Geschenke an uns sein können. Beides kann schön werden. Das ist unser tägliches Brot. Ich blicke auf unser Leben zurück und ich weiß jetzt mit Gewissheit: Ich würde keine Sekunde von dem, was uns gegeben wurde, missen wollen. Die ganze Freude und der ganze Schmerz so unmittelbar nebeneinander machen ein Leben aus, in dem wir Gott suchen und ihn kennen und ihn dann noch mehr kennen. Er hat sich uns hier gezeigt.

Unsere ganzen Geschichten und die faszinierende Art, wie sie miteinander verwoben sind, verkünden flüsternd, wie herrlich Gott ist und wie er jedem von uns leidenschaftlich nachgeht. Seine grenzenlose Barmherzigkeit und Liebe und Freundlichkeit gehen uns nach, retten uns, ziehen uns zu ihm. Wir können nur dann heil gemacht werden, wenn wir zerbrochen sind, und oft erleben wir

Gottes liebesvolles Herz für uns am deutlichsten, wenn er etwas Kaputtes wieder heil macht. Jedes Detail jeder Geschichte ist seine Barmherzigkeit, sein Geschenk, uns nach seinem Bild neu zu machen und uns einen neuen Namen zu geben: *Sein*.

Nicht lange nachdem wir mit ihr gebetet hatten, starb dieses schöne 13-jährige Mädchen. Aber sie kannte Jesus, als sie starb. Nach seinem schönen und perfekten Zeitplan hatte Gott uns in ihr Leben geführt und uns genug Zeit geschenkt, um ihr von seiner großen Liebe zu ihr zu erzählen. Ich weiß nicht, warum sie am Ende ihres Lebens so große Schmerzen erleiden musste. Ich weiß nicht, warum ihre Mutter den Schmerz erfahren musste, ihre Tochter zu beerdigen. Aber ich vertraue, dass Gott auch dann alles weiß, wenn wir es noch nicht sehen können. Und das ist genug.

Vor ein paar Wochen war unsere Familie in einem unserer Lieblingsrestaurants am Ufer des Victoriasees. Hinter uns zog ein Sturm auf, während wir alle zuschauten, wie die Sonne über dem See unterging. Goldtöne, leuchtende Rottöne und tiefe Blautöne erfüllten den Himmel und spiegelten sich auf dem Wasser. Es war wunderschön.

Ich warf irgendwann einen Blick hinter mich, und mir stockte der Atem. Während wir alle von der untergehenden Sonne fasziniert gewesen waren, hatte hinter uns ein Regenbogen den Himmel überzogen, direkt vor den düsteren, schwarzen Wolken, die langsam näherzogen. Die Größe dieser Schönheit übertraf selbst die Schönheit des Sonnenuntergangs, aber wir mussten unseren Blick dem Sturm zuwenden, um diese Schönheit zu sehen.

Ich versuchte, die Aufmerksamkeit der Mädchen auf den Regenbogen zu lenken. Sie schauten nach hinten, aber sie waren von dem Sonnenuntergang fasziniert und davon, Fische im Wasser zu suchen, und sie waren durch die Musik im Restaurant und andere

Dinge abgelenkt. Ich ließ die Mädchen und ihren Vater den See betrachten, während ich mit Noah, der in seiner Schlinge an meiner Brust schlief, davonhuschte und mich zu den schwarzen Wolken umdrehte, um die Schönheit des Regenbogens genießen zu können. Ich dachte an mehrere Regenbogen, die Gott uns im Laufe der Jahre gezeigt hatte. Diese Regenbogen erschienen immer dann, wenn ich es gerade besonders nötig hatte, mich an seine Verheißungen zu erinnern und daran, was für ein Privileg es war, dass ich an seiner Schönheit teilhaben durfte. Aber mir wurde bewusst, dass ich die Schönheit des Regenbogens völlig verpasst hätte, wenn ich mich nicht umgedreht und in die Dunkelheit des aufziehenden Sturms hineingeschaut hätte.

So ist es mit dem ganzen Leben.

Hätte Abraham die Schönheit des Schafbocks im Busch erlebt, wenn er nicht mit der Absicht, seinen Sohn zu opfern, auf den Berg Morija gestiegen wäre? Hätte Jakob Gottes Angesicht gesehen und seine Berührung erfahren, wenn er nicht mit ihm gekämpft hätte? Hätte die Frau mit den Blutungen die Zärtlichkeit seines Blickes oder die Liebe in seiner Stimme erfahren, wenn sie nicht krank gewesen wäre, wenn sie nicht die Hand nach ihm ausgestreckt hätte?

Während ich den Regenbogen anschaute, flüsterte mir Gott eine tiefe Wahrheit zu: In einer Wunde, die geheilt wird, in einer unerwarteten Freundschaft, die entsteht, ist viel Schönheit zu finden. Viel Schönheit ist zu finden, wenn jemand, den wir stundenlang gepflegt haben und für den wir noch viel länger gebetet haben, geheilt und wiederhergestellt wird, oder wenn das Kind, das wir liebevoll beraten und für das wir treu gebetet haben, zur Wahrheit umkehrt, oder wenn irgendetwas anderes glücklich ausgeht. Aber es ist auch viel Schönheit zu finden, wenn wir am Bett einer kranken Freundin sitzen, für sie beten und ihre Hand halten, bevor sie aus diesem Leben geht und Jesus von Angesicht zu Angesicht sieht. Schönheit ist zu finden in den verzweifelten, immer wieder vorgebrachten, aber nicht erhörten Gebeten, die uns immer wieder zu Jesu Füßen bringen. Schönheit ist zu finden in einem Leben, das in Treue und Gehorsam ausgegossen wird, egal, wie die Umstände aussehen. Schönheit ist an den unwahrscheinlichsten Orten zu finden, aber in so vielen Fällen müssen wir uns dem Sturm zuwenden, um sie zu sehen. Oft müssen wir uns der Dunkelheit zuwenden und uns nicht von ihr abwenden, um diese Schönheit zu sehen, um auf so greifbare Weise an Gottes Zusagen erinnert zu werden.

In dieser gefallenen, kaputten Welt gibt es immer einen Sturm. Das ist einfach Realität. Schlagzeilen berichten reißerisch von Flüchtlingen, die bei ihrem Versuch, in die Freiheit zu fliehen, in Booten kentern, und von Frauen, die sich entscheiden müssen, welches Kind sie auf ihrer Flucht mitnehmen. Nur 12 Stunden nördlich von unserer Stadt kauern sich Kinder unter Betten, um sich vor Bomben zu schützen. Selbst wenn es ihnen gelingt zu überleben, droht ihnen der Hungertod. Ungefähr genauso weit weg in Richtung Westen kommen Menschen an den Ort, an dem Rebellen ein Massaker verübt haben. Sie durchsuchen Leichenberge und hoffen, dass ihre Angehörigen nicht darunter sind. Die Welt ist voll von tiefem Leiden, von dem ich nichts weiß, von Problemen, die weit über meine eigenen Erfahrungen hinausgehen.

Sie, lieber Leser, blicken vielleicht auch einem Sturm ins Auge: die Scheidung, die Sie nie wollten, das Kind, das von dem Weg abweicht, den Sie es geführt haben, das Familienmitglied, das keinen Kontakt mehr will. Sie haben einen Freund, der Angst vor einer Zukunft mit Chemotherapie oder in der Psychiatrie hat oder unter unüberwindlichen Schulden zusammenzubrechen droht; diese Liste lässt sich endlos fortsetzen. Es könnte verführerisch sein, einfach die Augen davor zu verschließen, nicht wahr?

Aber inmitten des Schmerzes ist Schönheit zu sehen. Das glaube ich. Das habe ich gesehen. Wir müssen uns für die Stürme wappnen. Wir sind vielleicht versucht wegzusehen, aber wenn wir das tun, verpassen wir das Herrliche und erleben nicht, wie schön Gott uns durch das Schwere verändert.

Manchmal geben uns die Dinge, die wir uns nie für unser Leben aussuchen würden, Gelegenheit, Gottes Versorgung zu empfangen, zu sehen, wie er auf eine Weise handelt, die wir sonst nicht erleben würden. Manchmal dürfen wir auf den Berg steigen, damit wir den Schafbock im Busch sehen können, damit wir Gott umso mehr kennenlernen können. Es ist wirklich erstaunlich, dass wir genau das, was wir brauchen, bekommen können, wenn wir Wege gehen, die wir nie gehen wollten. An den dürren Orten, wenn unser Leben überhaupt nicht so läuft, wie wir es beabsichtigt haben. Gott kann uns gerade dann auf eine Weise zu sich ziehen, wie er das immer beabsichtigt hat.

So ist Gott. Er benutzt das Schwere, um uns seine große Freundlichkeit noch deutlicher zu offenbaren. Er weiß immer, was wir brauchen, bevor wir uns das überhaupt vorstellen können. Abraham steigt auf den Berg Morija, ohne eine Ahnung zu haben, was Gott vorhaben könnte, ohne zu verstehen, warum ihn Gott auffordert, seinen einzigen Sohn zu opfern, aber Gott nutzt Abrahams Treue und Gehorsam, um sein Vertrauen wachsen zu lassen und um ihn auf künftige Anfechtungen vorzubereiten. Vielleicht macht uns Gott durch die schwersten Dinge tapfer und bereitet uns auf das vor, was er als Nächstes vorgesehen hat. Schwere Umstände lehren uns, uns immer wieder auf ihn zu stützen, weil wir erkennen, dass es wahr ist: *Wenn wir schwach sind, ist er stark.*

Ich hatte das am Anfang nicht gewusst. Ich hatte es nicht gewusst, als ich diese langen Stunden gefahren war, um Jane und ihre Mutter zu besuchen, als ich sie in unser Gästezimmer aufnahm. Ich hatte es nicht gewusst, als ich Tränen vergoss, weil die vielen Menschen unter unserem Dach so kaputt waren, weil sie eine so grausame und schier unüberwindliche Vergangenheit hinter sich hatten, weil ihre Wunden wie abgrundtiefe Löcher erschienen, die nicht heilen wollten. Ich hatte es nicht gewusst, als ich

Katherines toten Körper in ein Tuch wickelte, um sie in ihren Sarg zu legen, als ich nachts allein mit meinen Tränen und meinem himmlischen Vater auf dem Badezimmerboden gesessen hatte. Ich begann erst, es zu lernen, als ich mitten in der Nacht an Bettys Bett saß, auf ihr Leben hoffte und mich auf ihren Tod vorbereitete; als wir unser Haus weiterhin anderen öffneten, auch wenn wir nicht wussten, wie alles ausgehen würde; und als ich bei unserem Freund in der Entzugsklinik gesessen habe. Aber jetzt weiß ich, dass die Dinge, die ich nie wollte, genau die Dinge waren, die ich am meisten brauchte. Die Dinge, von denen ich gedacht hatte, dass sie mich brechen würden, waren die Dinge, die mich zu Gott trieben. Meine Not und meine Traurigkeit schickten mich zu dem Heiler, der alle diese kaputten Stellen reparierte und mich schöner, als ich es mir je vorgestellt hatte, wieder zusammensetzte. Diese ganzen Risse und Löcher und Brüche waren die Stellen in meinem Leben, durch die seine Herrlichkeit durchscheinen konnte. Schönheit, auch wenn ich sie nicht erwartete, würde inmitten der Asche gefunden werden. An diesen Stellen lehrte er mich, wie sein Herz ist, während er sie liebevoll und zärtlich verband, und sie machten mich tapfer und bereit für das Nächste. *Bereit für alles.*

Wir denken nicht immer daran, dass wir unseren Blick auf den Sturm richten müssen; deshalb sehen wir den Regenbogen nicht. Aber alle unsere Berge, alle unsere Anfechtungen können unseren Blick für Gottes Freundlichkeit und Versorgung öffnen. In seiner großen Barmherzigkeit formen diese Anfechtungen uns zu dem Menschen, der wir sein sollen. Unser Gott setzt den Meißel an, ja, aber er bearbeitet uns nicht wie jemand, der zerstören will, sondern wie ein Künstler, der uns vorsichtig, sanft, liebevoll zu dem Menschen formt, der wir sein sollen, und zieht uns liebevoll zu ihm hin. Das alles geschieht zu seinem Ruhm.

Ich trat eines Abends in das Zimmer meiner 16-Jährigen und sah, dass Haftzettel die Wand über ihrem Bett säumen. Darauf stehen ihre Gebete, ihre große Hoffnungsgabe an Gott. Einige Gebete wurden erhört, einige bleiben unerhört und auf einigen zählt sie einfach ihren Dank auf: *Freunde. Tägliches Essen. Freundliche Worte von einer Schwester. Gottes unermüdliche Liebe zu mir.* Ich grinse. Seit meine leuchtend bunten Haftzettel die Wände unserer Küche gesäumt haben, ist viel Zeit vergangen. Sie waren die greifbare Erinnerung an Gottes Güte zu uns, die ich damals brauchte.

An einem anderen Tag stehe ich barfüßig unter der sengenden Sonne im Garten und streue mit Sumini, Sarah, Mary und Patricia Sonnenblumensamen aus. Joyce geht mit ihrem kichernden kleinen Bruder auf der Hüfte an uns vorbei. Ich bin vor Freude überwältigt. Es ist eine Freude, die viel mehr ist, als in einer Situation glücklich zu sein. Mich überrascht Gottes großzügige Versorgung, dieses Geschenk, dieses Leben.

Ich freue mich wieder, als mir bewusst wird, dass Gott, der seinen eigenen Sohn nicht verschont hat, uns mit Dingen versorgt, von denen wir anfangs gar nicht wussten, dass wir sie brauchen. Er weiß genau, was wir brauchen.

Die Sonne wärmt meine Schultern, und ich drehe mich um und schaue zum Haus hinauf. Benji repariert ein Loch im Gartenzaun. Ellie, Margaret und Agnes hängen Wäsche auf die Leine, und Hellen, Tibita und Scovia spielen auf der Veranda Scrabble. Prossy hilft Grace, sich die Schuhe anzuziehen, damit sie zu uns kommen können. Mack wohnt eine Weile bei uns, da er sich in einer Übergangsphase befindet. Ich lächle, als ich ihm zusehe, wie er treu unseren Hasen füttert und für unsere Mädchen eine Schaukel an den Baum hängt. Diese Tage sind wirklich geweiht. In diesem Moment habe ich Augen für die Großartigkeit dieses Wunders, denn unsere Familie, unser Leben ist ein Wunder. Gott hat Gnade über Gnade geschenkt. So viel mehr, als wir verdienen, so viel mehr, als ich mir je hätte vorstellen können. Jesus, das verheißene Lamm, hat uns erlöst. Gott hat uns erlöst! Darüber hinaus hat uns Gott barmherzig und reichlich alle Dinge gegeben, die wir brauchen.

Es ist eine Sache, einen Ort »Der Herr sieht« zu nennen, und es zu glauben, wenn die Sonne warm scheint und das Leben wie geplant läuft. Aber etwas Stärkeres, ein Mut, den nur Gott geben kann, ist nötig, um es auch zu glauben, wenn die Nacht schier endlos und das Leiden schwer ist, wenn wir noch keinen Schafbock im Busch sehen können. Es ist etwas Tapferes, zu hoffen und an der Hoffnung festzuhalten, wenn wir wissen, dass Gott Ja sagen könnte, dass er aber auch Nein sagen kann, und uns zu entscheiden, ihn trotzdem zu loben.

Und wenn wir hoffen, selbst wenn die Hoffnung keinen Sinn ergibt? Wenn wir den Berg Morija hinaufgehen, zitternd, mit einem Messer und Feuer, die Last des Holzes auf unserem Rücken, und keine Ahnung haben, was passieren wird oder *wie* Gott handeln wird, und wir mit Gewissheit sagen: »Gott wird für ein Lamm sorgen«? Dann führt uns unsere Hoffnung direkt zu unserem liebenden Vater. Unsere Hoffnung ist unser Opfer, das wir ihm bringen. In unserer Hoffnung formt er uns, gestaltet er uns, zieht er uns zu sich. Hier lernen wir ihn kennen.

Vielleicht fühlt sich Ihre Geschichte heute dunkel an. Vielleicht ersticken Sie fast in Leiden und Traurigkeit, und die Dunkelheit droht Sie zu verschlingen, und manchmal ist der Schmerz zu groß. Vielleicht sieht nichts nach einem Geschenk und nichts nach Barmherzigkeit aus. Ich war auch an diesem Punkt. Vielleicht fühlt sich das Leben heute großartig an und die Dinge laufen wie geplant, aber Sie wissen, dass Stolpersteine und Schlaglöcher kommen werden, denn niemand von uns kommt durch dieses Leben, ohne in irgendeiner Art einen Sturm zu erleben.

Jetzt weiß ich und bezeuge es: Ich habe mit Gott gekämpft und sein Angesicht gesehen und seine Berührung gefühlt. Das werden Sie auch erleben. Sie werden das auch erfahren. Der Gott aller Barmherzigkeit und allen Mitgefühls benutzt unseren Schmerz, um uns zu sich zu ziehen und uns zu verwandeln, damit wir ihm ähnlich werden. Er verwandelt unsere Traurigkeit in Freude und benutzt unser Leiden, um uns seine Gnadengaben zu zeigen. Er verwandelt unsere Finsternis in Licht, und er trägt uns nach Hause. *Kopf hoch, Liebes,* flüstert er. *Halte an dieser Hoffnung fest. Richte deinen Blick auf mich, Liebes. Ich bin noch nicht fertig.*

Wir halten an unserer Hoffnung fest. Es gibt immer einen Schafbock im Busch, weil das Lamm immer auf dem Thron sitzt.

Nachwort

Nachdem ich Monate meines Lebens damit verbracht habe, dieses Buch zu schreiben und zu gestalten, auf Gott zu hören und mein Herz zu öffnen, war mir die Freude vergönnt, es meiner Familie, die fast alles, was ich hier beschreibe, mit mir erlebt hatte, vorzulesen. Ich wollte sichergehen, dass meine Worte ihnen und ihren Erinnerungen an diese Geschichten gerecht werden. Die Mädchen hörten aufmerksam zu und grinsten, wenn sie ihre Namen hörten. An manchen Stellen kicherten sie, und sie weinten mit mir, als wir uns an den Schmerz erinnerten, als unsere Freundinnen starben. Viele steuerten Details aus ihren eigenen Erinnerungen an diese Zeiten und hilfreiche Gedanken bei, die die Geschichte verbesserten.

Meine Töchter sind mir eine so große Ermutigung. Jede von ihnen bringt mir auf ihre einzigartige Weise eine Freundlichkeit entgegen, die ich oft nicht verdiene. Sie waren geduldig und großzügig, während ich dieses Manuskript schrieb, und es war eine Freude, diese Geschichten mit ihnen gemeinsam Revue passieren zu lassen und an alles erinnert zu werden, was Gott in unserem Leben getan hat.

Während wir das Buch gemeinsam lesen, fragt mich Joyce, ob sie ein Nachwort für das Buch schreiben darf. Obwohl ich bei ihrem viel zu großzügigen Lob erröte, werde ich durch ihr Herz, das mich auf diese Weise ehren will, so sehr gesegnet und gebe ihre lieben Worte hier wieder.

Katie Majors ist meine Mutter. Keine Mutter ist so brillant, umwerfend, talentiert und wunderbar wie meine liebe, geniale Mutter.

Ich weiß, dass es schwer zu glauben ist, aber meine Mutter ist so stark und so tapfer wie eine Löwin. Sie hat vieles durchgemacht, aber sie lächelt immer noch. Meine Mutter ist eine Frau, die in jeder Situation bei einem Menschen bleibt, egal, wie schlimm es kommt. Sie verbreitet Freude und Ermutigung, und sie hört zu, was man zu sagen hat. Meine Mama ist schnell dabei zu beten, und sie ist schnell dabei, auf Gott zu hören. Dann gehorcht sie schnell dem, was Gott ihr sagt.

Meine Mutter lehrt mich viel. Ich sehe, dass Gott auf eine Weise in ihr wirkt, wie er hoffentlich auch in mir wirken wird. In Situationen, in denen ich sagen würde: *Wirklich, Herr? Willst du das wirklich?*, hat mich meine Mutter gelehrt, ihm zu vertrauen, und ich hoffe, dass sie mich noch viel mehr lehrt.

Das Herz meiner Mama ist großzügig; sie geht immer auf andere zu und berührt ihre Herzen, sie begegnet ihrer Not, kümmert sich um sie und hört zu. Sie gibt fröhlich weiter, was sie auf dem Herzen hat, weil sie hofft, dass sie dadurch Sie etwas lehren kann und Ihr Herz anrühren kann, damit Sie ermutigt werden können.

Und meine Mama ist *die beste Köchin.*

Nichts in meinem Leben ist mit der Liebe meiner Mutter zu vergleichen. Sie ist eine starke Frau, die anderen Mut macht, eine Frau, die mich lehrt, auf Gott zu vertrauen. Ich bin wirklich stolz darauf, dass ich eine so wunderbare Mutter in meinem Leben habe, die immer für mich da ist, auch wenn ich Fehler mache. Eine Mutter, die immer bereit ist, mir zu vergeben und mir zu helfen und zu sagen: »Es ist gut.«

Ich bete jeden Tag für meine Mama, dass Gott weiterhin ihr Leben segnet und sie benutzt, um unglaubliche Dinge zu tun.

Ich liebe meine Mutter, weil sie Gott nicht nur durch ihre Gaben die Ehre gibt, sondern auch dadurch, dass sie in anderen, einschließlich in mir, Gaben und Talente ans Licht bringt. Sie sagt uns, dass Gott uns auch gebrauchen kann, und er wirkt durch sie und lässt sein Licht in die Herzen von vielen Menschen leuchten.

Ich bewundere meine Mutter und ich bete, dass ich auch ein solches Leben führen und anderen dienen kann. Egal, was meine Mutter erlebt, sie wird immer sagen, dass es okay ist, weil Gott immer bei ihr ist. Sie lehrt mich, dass ich ihm vertrauen kann, dass er auch bei mir ist.

Joyce Liberty Majors, 14 Jahre

Danksagung

So viele Menschen sind mit mir den Weg gegangen, der zu diesen Seiten geführt hat. Die Geschichte, die Gott hier geschrieben hat, wäre nicht vollständig, wenn auch nur einer von ihnen fehlen würde. Ich sage folgenden Menschen meinen tiefsten Dank:

Benji, durch dich lerne ich immer mehr, was es bedeutet, wie Jesus zu lieben. Danke, dass du dein Leben täglich dafür einsetzt, unsere Familie zu lieben und ihr zu dienen. Danke, dass du mich näher zu Gottes Herzen führst. Danke, dass du mich erwählt hast. Ich liebe dich.

Shana, wir haben zusammen zu viele Tote in Särge gelegt, wir haben zu viele unbeschreibliche Szenarien durchgemacht. Aber inmitten dieser Szenarien haben wir laut gelacht und tiefe Freude erfahren. Deine Treue ist unserer Familie jeden Tag ein Vorbild. Ich kann dir dafür nie genug Danke sagen.

Lillian und Namele, wie ihr inmitten von Schmerz und Not Jesus liebt, ist so schön. Ihr fordert mich heraus, ihn tiefer kennenzulernen, ihn leidenschaftlicher zu lieben. Euer Leben, das ihr für ihn ausgießt, ist ein bemerkenswertes Zeugnis.

David, Esther, Winnie, Dan, Jamo, Princess, Musoke, Anna, Jjaja und Simon, eure Geschichten haben mein Herz auf eine Weise zu Jesus hin verändert, die ihr euch nie vorstellen könnt. Danke, dass ich sie mit euch erleben durfte. Ich fühle mich dadurch sehr geehrt.

Die Frauen von Masese, die Kinder von *Amazima* und die unglaublichen Mitarbeiter von *Amazima*, so viele von euch stehen in diesen Geschichten hinter den Kulissen, lieben, dienen und weisen mein Herz auf Jesus hin. Ich bin dafür so dankbar.

Es gibt noch so viele andere. Während ich im Geiste eine Liste mit den Freunden erstelle, die uns auf diesen Seiten ihre tatkräftige Liebe gezeigt haben, fließt mein Herz über. Ihr habt Essen gebracht und auf die Kinder aufgepasst und beim Fahren geholfen und meine Arme gehalten. Ihr habt euch um mich gekümmert, damit wir uns um andere kümmern konnten. Ihr habt Ermutigungen geschrieben und Kekse gebracht und bis spät in die Nacht auf dem Küchenboden oder auf Krankenhausbänken gesessen. Ihr habt Nachrichten und E-Mails mit Bibelversen und Liebe geschickt, die den Ozean überspannen. Ihr habt gebetet. Das ist der Leib Christi. Mit Worten lässt sich das nicht beschreiben.

Curtis und Karen, ich bin durch eure Freundschaft so gesegnet. Danke, dass ihr an mich glaubt, und danke für eure unermüdliche Ermutigung.

Laura und das ganze Team bei Multnomah, danke, dass ihr an diese Geschichte glaubt, dass ihr glaubt, dass sie Menschen auf Jesus hinweisen kann, und für die unermüdliche Arbeit, die ihr dafür eingesetzt habt. Danke, dass ihr bei diesem Prozess mit mir und für mich gebetet habt.

Mama, Papa und Brad. Ihr liebt uns so sehr. Ihr ermutigt uns. Wir lieben euch.

Prossy, Margaret, Agnes, Ellie, Hellen, Mary, Tibita, Sarah, Scovia, Joyce, Sumini, Grace, Patricia und Noah. Ihr seid meine Freude, meine allergrößten Geschenke. Ich liebe euch.

Anmerkungen

[1] Apostelgeschichte 2,46-47.
[2] 1. Mose 32,25-32.
[3] Siehe 1. Mose 32,27.
[4] Römer 8,32.
[5] 1. Mose 12,1.
[6] 1. Mose 12,2.
[7] 1. Mose 15,1.
[8] Siehe 1. Mose 15,6.
[9] Lukas 1,45.
[10] Psalm 6,4.
[11] 1. Mose 22,1-3.
[12] 1. Mose 22,7-8.
[13] 1. Mose 22,13-14.
[14] Siehe 1. Mose 22,8.
[15] 1. Könige 17,12.
[16] 1. Könige 17,13-14.
[17] Sprüche 27,7.
[18] Philipper 1,6.
[19] Sacharja 9,12.
[20] Sacharja 2,14-15.
[21] Sacharja 3,2.
[22] Sacharja 3,8.
[23] Siehe Jesaja 11,1.
[24] Jesaja 61,3.
[25] Jesaja 61,3.
[26] Siehe Sacharja 3,4 und Offenbarung 19,7-8.
[27] 2. Korinther 1,19-22; 3,12.
[28] Philipper 1,6.
[29] Siehe Jesaja 61,1-3.
[30] Henri J. M. Nouwen, Donald P. McNeill, and Douglas A. Morrison, *Compassion: A Reflection on the Christian Life,* rev. ed. (New York: Doubleday, 2006), 25.
Deutsche Ausgabe: Henri Nouwen, Donald P. McNeill und Douglas A. Morrison: *Das geteilte Leid.* Herder Freiburg, 1983 (Neuauflage 1986).
[31] Dietrich Bonhoeffer, *Gemeinsames Leben,* Chr. Kaiser Verlag, München, 1985, S. 17.
[32] 1. Thessalonicher 2,8.

[33] Siehe Lukas 5,17-19.
[34] Psalm 63,2.
[35] Siehe Habakuk 1,2.
[36] Habakuk 1,5.
[37] Habakuk 2,1.
[38] Habakuk 3,17-19.
[39] Jesaja 55,1.
[40] Jesaja 55,1-3.
[41] Jesaja 55,12-13.
[42] Psalm 63,2.
[43] Römer 5,2.5.
[44] Walter Wangerin Jr., *Reliving the Passion: Meditations on the Suffering, Death, and Resurrection of Jesus as Recorded in Markus* (Grand Rapids, MI: Zondervan, 1992), 31.
[45] Zack Eswine, *Sensing Jesus: Life and Ministry as a Human Being* (Wheaton, IL: Crossway, 2013), 36.
[46] Hesekiel 37,1-6.
[47] Hesekiel 37,13-14.
[48] Markus 5,24-34.
[49] Jesaja 6,1.3.
[50] Jesaja 45,3.
[51] Siehe Lukas 22,43.
[52] Psalm 63,2.
[53] Psalm 63,3-5.
[54] Psalm 63,6-10.
[55] Hillsong Live, »Healer«, von Michael Guglielmucci, *This Is Our God*, copyright © 2008, Hillsong.
[56] Offenbarung 21,1-2.
[57] Offenbarung 21,3-7.
[58] Offenbarung 21,22-23.
[59] Offenbarung 22,1-5.
[60] Offenbarung 22,20.
[61] Johannes 11,32.
[62] Johannes 11,25-26.
[63] Johannes 11,5-6.
[64] Johannes 11,36.
[65] Jesaja 61,3.
[66] Das Hohe Lied 2,10-13.
[67] Das Hohe Lied 2,14.
[68] Das Hohe Lied 2,10.14-15.
[69] Hebräer 10,23.
[70] Hebräer 10,23.
[71] Jesaja 61,3.

[72] Jesaja 62,2-5.
[73] Siehe Matthäus 4,19.
[74] Siehe Johannes 21,6-7.
[75] Johannes 21,12.
[76] 1. Korinther 2,9.
[77] Sandra McCracken, »In Feast or Fallow«, copyright © 2010, Drink Your Tea Music (ASCAP), admin. by Simpleville Music Inc.
[78] Siehe 2. Mose 14,12.
[79] 2. Mose 16,4.
[80] 2. Mose 16,15.
[81] 1. Petrus 2,3.
[82] Lukas 24,15-16.
[83] Lukas 24,21.
[84] Lukas 24,26-27.
[85] Lukas 24,28-35.
[86] Lukas 24,30-31.
[87] Siehe Matthäus 26,26.
[88] Lukas 24,33.
[89] Siehe Johannes 20,25.
[90] Siehe Johannes 6,58.

Katie Davis Majors, Beth Clark

Katie
Leben für Ugandas Kinder

Paperback, 13,5 x 20,5 cm, 288 Seiten
Nr. 395.415, ISBN 978-3-7751-5415-4

Sie gibt ihr komfortables Leben, ihre Collegepläne und ihre große Liebe auf: Die Highschool-Absolventin Katie Davis geht nach Afrika. In Uganda wird sie Mutter für Waisenkinder und engagiert sich für die Ärmsten. Eine herausfordernde Biografie über Mut und Veränderung.

Riley Banks-Snyder, Lisa Velthouse

Das Mädchen, das Träume schenkt
Die wunderbare Geschichte der Riley Banks

Gebunden, 13,5 x 21,5 cm, 200 Seiten
Nr. 395.795, ISBN 978-3-7751-5795-7

Riley war erst 13 Jahre alt, als sie das erste Mal nach Afrika flog, weil sie den Wunsch verspürte, zu helfen. Seitdem kam sie jedes Jahr zurück, verteilte gespendete Schulmaterialien und Hygieneartikel an Mädchen, gründete eine Schule und eine Hilfsorganisation!